Romanzi e Racconti 410

Salvo Sottile

Maqeda

Baldini Castoldi Dalai
Editori dal 1897
www.bcdeditore.it e-mail: info@bcdeditore.it

Ogni riferimento a fatti e/o persone realmente esistiti o esistenti è puramente casuale.
Tutti i personaggi sono frutto della fantasia dell'autore, così come i nomi e le caratteristiche degli stessi; le opinioni espresse dai personaggi non rispecchiano necessariamente quelle dell'autore.

In sovracoperta fotografia di Letizia Battaglia

ISBN 978-88-6073-066-4

«È una bella prigione, il mondo.»
Shakespeare, *Amleto*

A Giuseppe e Sarah
che sono dove sono.

INDICE

1. OGGI

Ora lo posso dire. Credo di non aver mai vissuto una sola vita. Ne ho vissute tante e tutte insieme. Intense e grame, spericolate oppure sospese, qualcuna amara qualcun'altra agrodolce, forse nessuna davvero felice. Sono stato tanti uomini, la mia esistenza è il riassunto di tanti copioni incollati, di tante recite incrociate da cui sono fuggito un attimo prima che calasse il sipario. Palermo è stata il mio palcoscenico, il mio grande amore e insieme la mia maledizione. Lì l'attore che è in me ha vissuto, è morto ed è rinato tante volte. Oggi sono un cuoco, ma sono stato un fotografo di cronaca, un imprenditore di successo, per qualcuno anche il nipote di un mafioso e il complice di una strage. Mi sono fatto otto mesi di galera da innocente, ho cucinato per i pezzi da novanta e per l'ultimo rapinatore della Vucciria, mio compagno di cella. Ho conosciuto il potere vero, quello della politica e dei salotti buoni, e sono stato attratto dal potere falso, quello del denaro, quello che ti fa credere che tutto in fondo ha un prezzo. Ho salvato una donna dall'eroina e dalla morte certa e negli anni Ottanta ho contato i proiettili e i cadaveri dei morti ammazzati sui marciapiedi di Palermo. So cos'è il successo e ho provato sulla mia pelle il pregiudizio e la solitudine. Chiunque mi ha visto come mi ha voluto vedere e forse mi ha giudicato senza mai conoscermi davvero. Non posso certo dirlo io se è stato un gran bel film, quello della mia vita. Ma nessuno mi ha mai chiesto il rimborso del biglietto. Io mi chiamo Filippo e questa è la mia storia.

2. FRANKIE AGUSTA

Forse è in quel momento che ho capito per la prima volta il valore del cibo, quando un uomo anziano – un po' come fanno gli uccelli – masticò per me un pezzo di pane e con amore lo accostò delicatamente alla mia bocca di bambino. Potevo avere tre, quattro anni. È un'immagine che non dimenticherò mai. Per lui era il modo di esaltare il nostro legame profondo, un certo spirito di appartenenza, un messaggio volutamente fuori degli schemi. Cibo uguale amore. Era un'equazione difficile da capire, invece per me, quattro denti, la bocca ancora sporca di latte, estremamente chiara.

Il gesto di mio nonno era qualcosa di primordiale, quintessenza di un istinto animalesco. Quel vecchio non aveva studiato, sbagliava i congiuntivi e parlava solo il dialetto. Eppure il suo messaggio, senza bisogno di parole, non solo mi era arrivato, ma mi aveva colpito dritto al cuore.

Mio nonno si chiamava Giuseppe Genuardi, aveva fatto la guerra dentro i sommergibili. Al ritorno dal fronte era partito per il Belgio, dieci anni di sudore e sangue a spalare carbone in miniera, a inseguire una fortuna che non arrivava mai.

A Palermo aveva trovato lavoro come operaio in una fabbrica di marmi. Un magro stipendio, era dura tirare sino alla fine del mese. Ma viveva la sua vita con dignità e con un'allegria contagiosa. Era alto, moro, bello e fascinoso come certi attori che da bambino vedevo solo nelle locandine del cinematografo, con i capelli tutti neri pettinati all'indietro, lucidi di brillantina, i baffetti sottili e ben curati, i denti bianchissimi, le mani grandi grandi. Tanto assomigliava a certi divi hollywoodiani che i suoi amici lo avevano soprannominato «Frankie».

Andava in giro con una Agusta 125 tre marce, azzurra col manubrio cromato. Nel quartiere, tra i suoi coetanei, era molto invidiato. Perché Giuseppe Genuardi, «l'americano» di corso Calatafimi, aveva fama di gran *femminaro*. Le donne le corteggiava con spavalderia, loro piacevano a lui e lui piaceva a loro. Ma ne aveva amata davvero soltanto una: mia nonna Mattea. Con un diminutivo affettuoso la chiamava «Mattiuzza». Asciutta, capelli d'argento, occhi nocciola, Mattiuzza era nata ad Alcamo e ai suoi tempi era la più bella del paese. Col nonno si erano conosciuti al suo ritorno dal Belgio, avevano messo insieme i soldi per una casetta popolare e avevano fatto cinque figli, un maschio e quattro femmine.

Abitavano vicino a noi, in un appartamento modesto ma accogliente. Io ero il monello di casa e loro il mio rifugio, il ghiaccio che raffreddava e congelava le incazzature e i castighi di mio padre. Erano la festa, la vertigine di un giorno sempre nuovo da inventare, erano una bella tavola imbandita con ogni ben di Dio.

Ricordo quando la domenica salivo sul calesse di Frankie e andavamo fino all'ingresso della Vucciria a fare la spesa. Più mi addentravo in quei vicoli e più ero stordito dagli odori, dai profumi che emanava il ventre di Palermo. Ricordo la paura e il fascino che suscitavano in me le urla dei padroni delle botteghe, le vecchie *putìe* gremite di massaie. Ricordo i camici dei macellai sempre sporchi di sangue, i capretti sgozzati, le teste di bovino appese ai muri. Ricordo le lastre di granito lucide come specchi, sempre bagnate e scivolose. Ricordo il pesce che si muoveva sul marmo dei banconi aspettando di morire e i *pisciari* che lo innaffiavano appena appena d'acqua per allungarne a oltranza l'agonia: «Vivo è!!! Signori! Vivo! Vivo!!!»

A ogni angolo della Vucciria veniva esposto un alimento diverso, ogni alimento era una ricetta già pronta o un'altra tutta nuova da immaginare, un'altra pagina «di storia» da scrivere e da tramandare. Io e il nonno tornavamo con le buste delle spesa stracolme di roba, soprattutto di dolci: i buccellati, i cannoli, la frutta martorana, i biscotti secchi. Se c'era una certezza in casa era questa: la domenica sulla nostra tavola non mancava nulla. Spesso spiavo mia nonna e mia madre mentre stavano ai fornelli, la cura che mettevano nel preparare le pietanze, la caponata di melanzane, la pasta con le sarde, il tonno *ammuttunato*. Il loro era un dosare delicatamente gli ingredienti. Come se ogni piatto fosse il risultato di un'attesa paziente, il compimento perfetto di un rito millenario che si ripeteva da secoli sempre uguale.

Capitava che mio nonno di tanto in tanto alla fabbrica di marmi facesse il turno di notte e allora io dormivo con Mattiuzza. La consideravo una seconda madre e la sua morte fu il mio primo vero grande dolore. Il pomeriggio in cui ci lasciò per sempre, mentre ero al suo capezzale in ospedale, per un attimo aprì gli occhi, mi riconobbe, mi chiese di passarle la borsetta, tirò fuori un portamonete, uno di quelli vecchi, di cuoio rovinato, e mi mise in mano un biglietto da ventimila lire. «Filippuzzo, tieni», disse con un filo di voce, «vai a comprarti quello che vuoi.»

Finita quella frase, appoggiò di nuovo la testa sul cuscino, si girò su un fianco e con ultimo colpo di tosse si addormentò. Per sempre. Mio nonno e Mattiuzza erano una cosa sola, difficile stare senza di lei. A poco a poco lasciò la sua casa e si trasferì dall'unico figlio maschio. Cercò di reagire, di continuare nonostante tutto, ma non durò a lungo. «Frankie Agusta» non era più lui. Mise in vendita la moto, smise di uscire, si chiuse dentro una vestaglia e cominciò ad aspettare in silenzio il suo turno per il camposanto.

Era l'inizio degli anni Settanta.

Mio padre faceva il sarto. Quand'ero ragazzino confezionava per me dei vestiti che mi sembravano magici, avevano il potere di farmi camminare a quattro metri da terra. Non erano abiti particolarmente pregiati o realizzati con chissà quale stoffa rara. Però mi cadevano a pennello e non c'erano doppioni in giro. Sicché la mia carica di esibizionismo nelle passeggiate sul lungomare o in via Ruggero Settimo la domenica lievitava a dismisura. Il tempo si fermava e le vetrine del «salotto buono» di Palermo, dove mi specchiavo lavorando di fantasia, mi rimandavano l'immagine di un ragazzino, domani un uomo, che sapeva non si sarebbe mai accontentato. Che sapeva che nella vita avrebbe cambiato cento abiti, cento costumi per essere cento personaggi diversi.

«Minchia! Filippo! Sembri il figlio di Valentino!» Nonostante fossi un moccioso, mi atteggiavo a grande uomo e i commenti dei miei compagni di gioco finivano per essere impietosi. Bastava che scendessi da casa elegante e posato, agile e sciolto dentro l'ultima creazione disegnata da mio padre, perché nelle loro invidiuzze appena accennate venisse fuori tutta la voglia di continente, il bisogno nascosto ma tangibile di fuggire da quelle borgate, dalle strettoie di quei vicoli e di quella vita modesta per essere finalmente ciò che tutti segretamente sognavamo di diventare. Altro.

Mio fratello, più piccolo di me, non era fatto per studiare. Diceva che i libri gli facevano venire il mal di testa. Voleva costruirsi un futuro, fare *piccioli*, e dopo le scuole medie chiese e ottenne di lavorare subito nell'azienda di mio zio. A me l'idea del liceo attirava come un'ape sul miele. Non perché fossi diverso da lui, anch'io non ero mai stato uno studente modello. Ma nella mia testa tutto quello che girava intorno alla scuola – le ragazze, le aule, i bagni dei maschi – rappresentavano una ribalta, un ulteriore palcoscenico sul quale esibirmi e provare uno dei miei personaggi. Era la mia prima grande occasione. Optai per l'Artistico. Solo perché mi piaceva disegnare, solo perché da mio padre avevo ereditato un tratto di matita fermo. In realtà morivo dalla voglia di entrare a scuola e diventare subito un leader, un capobranco, quello che tra noi ragazzi era chiamato con rispetto il *toko*, il più fico. Sapevo di potercela fare.

Il liceo artistico si trovava allora a Palazzo Aiutamicristo, in uno dei più bei posti della città vecchia, dietro la stazione, un edificio del XIV secolo ornato di stucchi, affreschi e marmi pregiati che il barone di Misilmeri Guglielmo Aiutamicristo, banchiere di origine pisana, si era fatto costruire dal celebre architetto Matteo Carmilivari per meglio accogliere i suoi ospiti illustri. Passato di mano e svenduto dai destini incerti di nobili decaduti, era da anni sotto restauro e una parte era stata ceduta al Comune per essere utilizzata come scuola.

La vigilia del mio primo giorno di liceo non chiusi occhio. Era il 1973. La paura di non fare colpo tra le ragazze mi fece venire una strana malattia per le scarpe e i vestiti. Quelli che mio padre per anni aveva cucito per me di colpo non mi piacevano più. Mi sentivo come Pinocchio che andava a scuola con i vestitini ritagliati da Geppetto. Li vedevo tutti fuori tempo, fuori moda, troppo seriosi per un ragazzo di quattordici anni. Volevo svecchiare il mio guardaroba, mi ero fissato con la roba firmata e così uno alla volta, a poco a poco, tolsi dall'armadio tutti gli abiti di mio padre per fare posto a una collezione di indumenti «tattici» che ritenevo fondamentali per distinguermi dal resto del branco.

Mio padre era sempre convinto che per i suoi vestiti andavo pazzo e quindi me ne cuciva e me ne regalava almeno uno ogni due settimane. Io non sapevo come dirgli che mi ero stufato, che preferivo indossare altro, avevo paura che ci rimanesse male. Così per farlo contento ogni tanto me ne mettevo uno, lo andavo a salutare prima di uscire, ma poi sotto casa aprivo lo zaino e mi cambiavo alla velocità della luce.

Il primo giorno di scuola – era settembre e a Palermo faceva un caldo bestiale – mi presentai con una specie di divisa: jeans e maglietta bianca Fiorucci, stivali Camperos, loden verde larghissimo, occhiali Ray-Ban a goccia. Sembravo il protagonista di uno spaghetti-western, solo che invece del cavallo avevo un vespino 50 Special bianco lucido.

I Ray-Ban li avevo comprati a specchio per camuffare le spesse lenti da miope. Allora non c'erano le lenti a contatto e sapevo che i «quattr'occhi» a scuola li prendevano tutti per il culo. Ero talmente minchione che nella foga di esagerare, di apparire a tutti i costi «super», mi ero messo un fazzoletto ripiegato dentro le mutande. Ma non era l'unica stramberia. Qualcuno mi aveva detto che i segni dei succhiotti sul collo facevano molto maschio. All'epoca i ragazzi più grandi li esibivano come trofei con una bella polo sbottonata fino al petto.

Io non avevo una ragazza e neanche un'amica a cui chiedere di lasciarmi qualche livido, perciò avevo ripiegato su un rimedio alternativo: la pompa per gonfiare le ruote della bicicletta. La trasformavo alla bisogna in una specie di ventosa. La appoggiavo al collo, creavo il vuoto tra la pelle e la valvola dell'aria, chiudevo gli occhi, stringevo i denti e staccavo. Tac! Un colpo secco verso l'alto e il succhiotto era bello che spuntato. Era un trucco di scena, una tortura cinese alla quale mi sottoponevo scientemente nella speranza che quel supplizio, oltre che intere boccette di disinfettante, un giorno o l'altro mi portasse anche qualche ragazza.

Così, con una preparazione degna dell'Accademia di Arte Drammatica, entrai a Palazzo Aiutamicristo. Camminata da pistolero, mani in tasca e gomma da masticare. In classe feci il mio ingresso senza libri. Scelsi il banco, quinta fila, vicino alla finestra. Ci misi più o meno venti minuti per ambientarmi, per guardarmi intorno e prendere le misure a quelli che sarebbero stati i miei compagni per cinque lunghi anni.

Un'ora dopo il suono della prima campanella ero già seduto accanto alla più carina della classe. Si chiamava Gabriella, parlava a raffica, insopportabile. Per un po' stava zitta. Poi di colpo mi investiva con una sventagliata di domande a cui non volevo rispondere o rispondevo in modo evasivo. Già allora gli interrogatori mi davano l'orticaria. Quindi, se vedevo che Gabriella mi dava tregua le davo retta, se tornava a incalzarmi col suo terzo grado mi chiudevo in un impenetrabile mutismo che non concedeva all'interlocutrice niente di più che qualche scocciato sorriso.

«Da quando siamo entrati in classe, ho parlato solo io», si lamentava lei facendo una tara approssimativa delle sue domande e delle mie risposte.

«Meglio una parola in meno che una parola in più», rispondevo io tutto serio. Che quella frase non sapevo neanche bene cosa significasse. La sentivo ripetere spesso a mio zio Angelo, il fratello di mia madre, e dal tono con cui la pronunciava mi piaceva, mi dava un'idea di mistero e insieme di potere, faceva molto boss, molto maschio.

Mentre la mia nuova amica rifletteva come me sul senso di quelle parole, guardando fuori dalla finestra ebbi un'illuminazione. Capii che il mio look per quella scuola era sbagliato. Era il periodo dello sfascio, dei maglioni di quattro misure più grandi, dei pantaloni di velluto a coste larghe, dei giubbotti da camionista di lana finta e degli anfibi usati. Andavano in giro così i ragazzi dell'ultimo anno. Dovevo guardare loro se volevo diventare un leader tra quelli della mia classe, imparare a vestirmi da quelli più grandi.

Tornai a casa, cacciai il loden e tutta l'altra roba che avevo addosso dentro l'armadio e mi misi nudo davanti allo specchio. Dovevo cambiare di nuovo. Ci voleva un altro Filippo. Ma mentre lo pensavo l'occhio mi cadde sul letto. Sul cuscino, stirato e avvolto nel cellophane c'era l'ultimo regalo di mio padre. Un altro vestito fresco di sartoria. Un altro abito completo, l'imitazione di un Principe di Galles, giacca, pantaloni e gilet. Nel biglietto lasciato sul comodino era scritto: «Sorpresa! Visto che quello dell'altra volta ti era piaciuto tanto, te ne ho fatto un altro. Un bacio. Papà».

«Cazzo», pensai, «questo nello zaino non c'entra.»

Seduto sul letto, nudo come un verme, mi volevo suicidare.

3. COME BRUCIA LA NEVE!

Il palermitano è esagerato di natura. Se gli proponi una gita in montagna, sulla neve, lui non è che dice «no grazie», si veste come Reinhold Messner, come se dovesse scalare il K2. Non importa se gli sci non li sa usare, intanto lui si compra quelli da slalom gigante, il resto poi si racconta.

L'incubo dei nostri genitori si chiamava «Piano Battaglia». Perché se per un malaugurato caso a scuola si organizzava la scampagnata sulla neve, a Piano Battaglia appunto, l'unico pizzo di montagna vicino Palermo dove d'inverno arriva una spolverata di neve, per le nostre famiglie erano minimo due giorni d'inferno.

Il ritrovo era a piazza Matteotti, 6.30 del mattino, dove ci aspettavano due pullman noleggiati per l'occasione. Andata e ritorno in giornata. Mia madre mi svegliava due ore prima, alle quattro. E io avevo sempre gli occhi gonfi di sonno perché la sera tiravo tardi facendo le prove-abbigliamento davanti allo specchio. D'altra parte era più forte di me, al mio appuntamento con la neve dovevo essere perfetto, non potevo sbagliare nulla. Sapevo benissimo che Piano Battaglia non era il Polo Nord, che – ammesso di trovare un po' di neve – lassù avremmo sentito caldo. Però il freddo, quello vero, mi veniva al pensiero di sfigurare agli occhi degli altri, di non essere vestito come un vero amante della montagna.

Essendo già a quei tempi un discreto megalomane, forse la prima volta esagerai un tantino. Obbligai quella santa donna di mia madre a comprarmi il meglio dell'attrezzatura sciistica in commercio: dolcevita, maglione giallo a strisce bianche con rinforzi sui gomiti e giacca a vento, pantalone rosso da Super-G attillatissimo con le imbottiture sulle ginocchia, occhialoni Ellesse tipo maschera subacquea e scarponi tecnici infilati sopra calze di lana spesse cinque centimetri. Mio padre e mia madre cercavano di dissuadermi dall'uscire di casa conciato così. «Sei ridicolo», mi dicevano, «sembri un manichino dei grandi magazzini!»

E, in effetti, ero rigido come un blocco di marmo, facevo fatica perfino a muovermi, con una temperatura interna vicina ai cinquanta gradi. Mi sarei spogliato, persino d'inverno, di notte e all'addiaccio sulle Alpi francesi. Ma non fiatavo, soffrivo in silenzio. Non riuscivo neanche a entrare in macchina tanto ero pesante, tanto mi sentivo fasciato. Però avevo la testa dura e così alle 6.30 in punto, come da programma, mi presentai al mio primo appuntamento con la neve. Mentre ci preparavamo a salire sul pullman sembravamo un battaglione di soldati in partenza per il fronte. Le mamme con i fazzoletti che piangevano, noi ragazzi che salutavamo dal finestrino, i papà che raccomandavano all'autista di non correre.

Il conducente del pullman sembrava incazzato, ma poi capii che era sempre così. Si chiamava Franchino, aveva due baffoni da messicano ed era non troppo alto, un po' tarchiato, con una pancia talmente grande che le sue braccia arrivavano a malapena a sfiorare il volante. Noi facevamo casino e lui ogni due minuti minacciava di fermarsi e di mollarci al primo Autogrill. E siccome non smettevamo di urlare, anzi gridavamo ancora più forte per fargli saltare i nervi, capitava che spazientito Franchino fermasse il pullman e si alzasse in piedi per dare la caccia agli irriducibili: «La vogliamo finire, ah? O vi butto a tutti fuori?»

A questa frase minacciosa che avrebbe dovuto terrorizzarci, seguiva immancabilmente la stessa risposta, che in genere arrivava dal fondo del pullman. Era una specie di grido di battaglia: «Franchino!!! Suuuca!!!»

Alla fine si arrendeva sempre lui. Il viaggio continuava e fino a che il pullman restava dentro le mura della città sembravamo una normale scolaresca in gita. Imboccata l'autostrada, i maschietti perdevano qualunque contegno e le ragazzine si trasformavano come per incanto nelle conigliette di Playboy. L'ottanta per cento delle nostre compagne aveva già avuto esperienze sessuali. Noi ragazzi, invece, per quanto ne sapevamo potevamo essere ermafroditi.

Erano anni di fidanzamenti repentini, che duravano il tempo di un respiro e che si trasformavano spesso in altrettanto repentini struggimenti. Qualche cottarella in passato me l'ero presa anch'io, ma era niente in confronto all'amore con cui – senza saperlo – avrei fatto i conti nel bel mezzo della mia prima gita a Piano Battaglia.

Mezz'ora dopo la la partenza, quando Palermo non si vedeva neanche più all'orizzonte, tre ragazze si avvicinarono al nostro gruppetto confinato in fondo al pullman. Erano quelle che per noi rappresentavano la trasgressione, le più mature, le più audaci, quelle che solleticavano le nostre fantasie di adolescenti arrapati, ed erano loro a decidere chi era il ragazzo del momento, il corteggiato della settimana. Le avevamo soprannominate «la Mutilata», «la Barista» e «la Tremotori», in omaggio a tre famose *buttane* che a quei tempi facevano furore tra i vicoli della vecchia Palermo.

Una di queste, la Mutilata, mise gli occhi su di me e si avvicinò per conoscermi. Era molto attraente. Aveva capelli ricci, occhi castani e labbra carnose. Non era molto magra ma aveva un culo tondo e delle gambe slanciate. Portava dei jeans strappati a zampa d'elefante e una camicetta rosa sbottonata che lasciava intravedere un seno generoso.

«Filippo? Ma che bel nome che hai! Posso sedermi vicino a te?»

«Prego, accomodati.»

Feci alzare Santino, il compagno di classe che alla partenza da Palermo si era sistemato nel sedile accanto al mio.

«Piacere, Filomena», disse.

Meno male che me lo aveva detto. Io, a forza di chiamarla con gli amici «la Mutilata», non sapevo quale fosse il suo vero nome. Per cui ringraziai Dio di avermi risparmiato una grezza sicura.

Trenta secondi dopo le presentazioni ufficiali, Filomena, con grande nonchalance, fece scivolare la sua mano sulla mia coscia. Tutto sembrava andare come da programma. Ma nell'attimo stesso in cui le dita della Mutilata sfiorarono la mia gamba, sentii una vampata di calore stringermi le tempie. Iniziai a sudare, i piedi e le scarpe già caldi diventarono incandescenti. La ragazza mi piaceva. Parlava pochissimo, come me. E come me, era una che non amava perdere tempo in conciliaboli, preferiva andare dritto al sodo. Senza che avessi il tempo di realizzarlo, mi ritrovai la sua lingua dentro la bocca. Era il mio primo bacio appassionato. E avendo io la gola sensibile, dovetti ricorrere a tutto il mio autocontrollo per non vomitare.

Provavo un senso di schifo, ma allo stesso tempo capivo che la mia marcia di avvicinamento verso la maturità era iniziata, sapevo che di lì a poco sarei diventato un vero uomo. Sentivo crescere i peli sul petto e viaggiavo con la mente. Immaginavo la mia nuova ragazza adagiata su un letto in uno chalet di montagna, addormentata alle prime luci dell'alba dopo una notte di sesso sfrenato, mentre io in bagno – tutto contento e col pisello arrossato – mi facevo la barba con una tazzina di caffè sul lavandino.

In una pausa fra un bacio e l'altro, dove respirare era oggettivamente difficile, pensai che la possibilità di avere un contatto fisico nel giro di poco con la Mutilata si faceva sempre più concreta. Di colpo fui assalito da una crisi di panico. Avevo quel fazzoletto ripiegato nelle mutande, avrei fatto una figura di merda, già me l'immaginavo: lei lo avrebbe trovato e lo avrebbe raccontato a tutti. Dovevo stare attento. E siccome aveva ricominciato a slinguazzarmi, mi misi a pregare e a sperare che in quel mare di carezze nel quale c'eravamo tuffati in attesa di raggiungere Piano Battaglia, la Mutilata (che aveva già esperienza e sapeva bene, come dire... quali tasti toccare) non decidesse di far scivolare per caso la sua mano sulla patta troppo rigida dei miei pantaloni da Super-G. Riuscii a evitarlo, prendendole la mano nella mia e stringendola forte per allontanarla dalla zona fazzoletto. Ma tanta fu la paura che da quel momento iniziai a balbettare e da allora non ho più smesso.

Piano Battaglia era vicino, e come previsto tornammo a casa la sera stessa. La neve la guardammo solo col binocolo. Con Filomena non ci fu tempo né modo per consumare quell'amore fatto di promesse e di continui rinvii. Lo chiamammo amore – ci dicemmo «ti amo» – ma dell'amore in realtà non sapevamo niente, ne intuivamo a malapena il senso e ci sembrò di afferrarlo al buio, nei bagni delle stazioni di servizio in cui ci fecero scendere, sui sedili di dietro del pullman che a sera ci riportava in città, in un'intimità che almeno per me era goffa e immaginifica. Eravamo dei mocciosi ma con una voglia matta di crescere, di diventare adulti. Quella notte non riuscii a prendere sonno. Pensavo e ripensavo solo a lei. Non vedevo l'ora di poterla incontrare di nuovo. Mi sentivo innamorato ed ero sicuro che Filomena – ora per rispetto non la chiamavo più la Mutilata e avevo invitato i miei amici a fare lo stesso – sarebbe stata mia per sempre.

Il giorno dopo a scuola lei non si presentò. Le telefonai a casa, ma i suoi mi dissero che era uscita. Rimasi come sospeso per mezza giornata, col mal di pancia e la sensazione di avere la febbre alta. Avevo un presentimento, brutto.

Montai in sella al vespino e di pomeriggio mi precipitai al punto di riunione della nostra comitiva, la piazzetta alberata di fronte al Cinema Fiamma. C'era un bar all'angolo, sempre pieno di ragazzi. Ma io Filomena la andai a cercare da un'altra parte, fra le decine di coppiette appartate sulle panchine coperte dalle siepi ai lati della strada. Chissà perché, qualcosa mi diceva che era lì. Avrei voluto sbagliarmi, non trovarla e vergognarmi per avere pensato male. Invece avevo visto giusto. Mentre io facevo il minchione convinto di vivere una storia d'amore struggente alla «Romeo e Giulietta», la Mutilata pomiciava amabilmente con un ragazzo dell'ultimo anno.

Di colpo i miei dolci ricordi da innamorato – la passeggiata romantica mano nella mano sulla neve di Piano Battaglia, le bibite al rifugio, quei caldi abbracci che ci avevano (mi avevano?) illuso di chissà quale futuro insieme – caddero come foglie morte.

Per un po' sentii dolore, sofferenza e delusione, una delusione cocente. Mi veniva da piangere. Poi mi consolai pensando semplicemente che avevo incontrato una zoccola, la prima di una lunga serie.

Pensai che l'amore in fondo non era poi così diverso da una gita in montagna nei dintorni di Palermo. Se non ci sei mai stato, all'inizio parti come se dovessi incontrare gli eschimesi, attrezzato con le calze di lana e gli scarponi pesanti. Poi arrivi finalmente lì, non c'è la neve e ti ricordi di essere in Sicilia, un posto dove fa caldo dieci mesi l'anno. Ecco perché la Mutilata mi ripeteva che avremmo sciato insieme per tutta la vita. Sapeva che a Piano Battaglia la neve non cade quasi mai.

4. BRUCE LEE, I GEMELLI E L'ESORCISTA

Arrivarono le vacanze estive. Per tutta l'estate non feci altro che sognare di tornare tra i banchi. La lontananza da Palazzo Aiutamicristo mi aveva reso di cattivo umore, mi faceva sentire un disoccupato, un pesce fuor d'acqua. Tanta era la voglia di scuola che a settembre, il primo giorno di lezione, mi presentai davanti ai cancelli del liceo artistico con un'ora di anticipo.

La mia classe quell'anno si era ampliata. C'erano facce nuove, parecchi tipi strani. Feci subito amicizia con una ragazza bionda dagli occhi chiari. Mi colpì perché sembrava una straniera, somigliava a Brigitte Bardot abbronzata. Portava una giacca di renna a lunghe frange, jeans scoloriti e stivali da cowboy e si muoveva con stile, una spanna sopra le altre. Il suo nome era Martine. Era in effetti di madre francese e di padre siciliano. Apparteneva a una delle famiglie più ricche della borghesia palermitana. Aveva un carattere da maschiaccio, un po' burbero, un sorriso furbetto e intrigante. Diventò la mia prima donna-amico. Il nostro fu uno di quei rapporti viscerali che si alimentava di complicità disinteressata, uno di quegli incontri che non passa necessariamente per una scopata e al quale rimani lo stesso legato per sempre.

Io e Martine trascorrevamo insieme qualcosa come dieci

ore al giorno. Era la compagna ideale. Sempre più spesso bigiavamo la scuola per andare in vespino, a zonzo, per le sue case sparse nelle campagne di mezza Sicilia. Ero affascinato da quel suo mondo un po' naïf fatto di fiorellini, perline, treccine, gli oggetti più disparati raccolti nei suoi viaggi intorno al mondo. Col permesso del padre ci impossessammo di un seminterrato che arredammo di tutto punto. Lo usavamo a turno come garçonnière, come luogo di feste improvvisate nel cuore della notte o semplicemente come una sorta di «ufficio-confidenze», un posto dove riparare quando né io né lei avevamo voglia di studiare o ci sentivamo particolarmente depressi.

Fu in quel buco che misi in piedi il mio primo cucinino. Lo arredai con carta da parati a cuoricini, mensole di legno, un piccolo frigo e un fornellino elettrico. Martine e la sua famiglia ebbero il merito di raffinare il mio palato, di insegnarmi la differenza tra buono e cattivo gusto. Suo padre era conosciuto da tutti come «l'Ingegnere». Era un uomo colto, elegante di un'eleganza naturale, mai scontata. Fu lui a farmi conoscere e assaggiare il germano reale al forno, il porcospino col marsala, i fegati d'oca, quelli che chiamavo «cibi strani». Il suo frigo era una specie di pozzo di san Patrizio. Aprendolo non sapevi mai quale prelibatezza ti veniva a tiro. Passai quell'anno a stretto contatto con lui. Il padre e la madre di Martine avevano una casa bellissima a Mongerbino e una terrazza affacciata sul mare dove io e lei ci fermavano a chiacchierare fino a notte fonda aspettando l'alba che illuminava a sprazzi il golfo di Palermo.

Era il 1975, sentivo che stavo crescendo, mi accorgevo che stavo cambiando. Di nuovo.

La scuola non mi bastava più, mi divertivo sempre meno.

Avevo bisogno di altro. Per caso iniziai a frequentare una vecchia palestra di karate in via La Loggia con Toti, uno dei miei amici d'infanzia. All'inizio ci andavamo saltuariamente, poi diventò una malattia anche questa e come tutte le passioni della mia vita mi coinvolse fino a perderci il sonno. La palestra cadeva a pezzi, ma aveva il suo fascino. Era un vecchio magazzino con le pareti divorate dalla muffa e dalle ragnatele. Il puzzo degli spogliatoi ti dava quella carica in più, la povertà degli attrezzi ti stimolava agli allenamenti più duri.

Con Toti ci allenavamo anche dodici ore al giorno. Per mesi, invece che sui libri, passammo pomeriggi interi a prendere a calci e pugni gli alberi del Parco della Favorita. Il nostro guardaroba si riempì solo di tute da ginnastica. Smisi di usare la moto. Se c'era da andare in un posto io ci andavo correndo. All'inizio per fare footing usavamo le scarpette da ginnastica, poi buttammo via anche quelle. Correvamo scalzi per rinforzare le piante dei piedi, per fare uscire quei calli che ci davano più resistenza nei combattimenti facendoci sopportare meglio il dolore. Ogni sabato e domenica all'alba ce ne andavamo a Mondello. Affittavamo le barche dai pescatori e remavamo quattro, cinque ore. Lo facevamo per irrobustire le spalle.

Avevo un fisico asciutto e potente. E più diventavo forte più facevo il bulletto, la mia preparazione atletica cresceva insieme alla mia arroganza. Erano i tempi dei primi film di Bruce Lee e noi vivevamo nel suo mito, talmente rincoglioniti e calati nella parte da pensare di emularlo. La sera andavamo al cinema, guardavamo i suoi lungometraggi due o tre volte di seguito. Toti prendeva appunti, io memorizzavo le mosse e non vedevo l'ora di provarle su qualcuno. Dopo quattro ore di scene violente eravamo così gasati che ci infilavamo in un bar affollato di gente e con una scusa qualsiasi scatenavamo risse furibonde. Bastava solo che uno mi guardasse storto per andargli vicino e suonargliene di santa ragione. Se facevamo a botte capitava magari che qualcuno chiamava il 113 e per farci paura i poliziotti ci portavamo in questura per una bella tirata d'orecchi. Questo se eravamo ancora interi. Se per caso invece di darle le prendevamo di brutto, al posto della polizia arrivava l'ambulanza.

Credo di avere frequentato più io il reparto traumatologico dell'Ospedale Villa Sofia di qualunque altro palermitano medio. Decine di fratture alle gambe e alle braccia provocate dagli allenamenti, dalle cadute in moto, dalle *sciarre* in mezzo alla strada. Se c'era da fare a pugni con due o tre persone alla volta non mi tiravo certo indietro. E se il mio rivale era molto più grande di me ancora meglio: mi saliva l'adrenalina in corpo.

Tra una frattura, un combattimento in palestra e una scazzottata al bar, iniziarono le prime occupazioni a scuola fatte di notti in bianco, di dormite e scopate improvvisate nei sacchi a pelo. Non so nemmeno bene per cosa occupavamo il liceo, se c'era un ideale da difendere o una causa da portare avanti. So solo che passavo ore e ore alla lavagna a disegnare e a spiegare agli altri le cose più improbabili. Più cazzate sparavo più i miei compagni erano attratti dal mio personaggio.

Un giorno il professore di matematica, un certo Luigi Barbieri, una faccia da cazzo, un mezzo prete, infastidito dal fatto che avessi un forte ascendente sui ragazzi, decise di sfidarmi. Siccome tutti i miei compagni nella sua materia andavano male, mi disse che se avessi fatto cento flessioni senza mai fermarmi avrebbe dato un sei politico a tutta la classe: «Voglio vedere che sei capace di combinare!»

Il suo era un tentativo di rendermi ridicolo davanti ai miei amici. Io ero il faro per gli altri, ero la guida, crollando io crollava tutto. Ma orgoglioso com'ero accettai e cominciai a pompare: dieci, venti, trenta flessioni. Alla cinquantesima iniziai ad avvertire un mancamento. Alla settantesima avevo cambiato colore in volto, le vene del collo si erano gonfiate come due peperoni. Credevo che i polsi da un momento all'altro si spezzassero tanto mi facevano male.

«Fi-li-ppo!!! Fi-li-ppo!!!»

Fu il tifo da stadio dei miei compagni a farmi vincere la sfida. La classe, come da accordi, ebbe il suo sei e io fui portato in trionfo per i corridoi della scuola. Ma tornato a casa – la sera stessa – non feci altro che pensare a quello stronzo del professore.

D'accordo, alla fine ero stato io a umiliarlo davanti a tutti. Ma perché non prendersi la soddisfazione di fargli un altro piccolo sfregio?

Palazzo Aiutamicristo aveva una serie di stanze segrete e di corridoi tortuosissimi. L'aula di matematica era nella parte più nascosta dell'edificio, sul retro. Ci si arrivava salendo una lunga rampa di scale e percorrendo uno stretto corridoio. All'interno non c'erano finestre, solo una feritoia dalla quale entrava un sottile fascio di luce. Era risaputo che il professore il martedì, dopo le lezioni, si fermasse in quell'aula per buona parte del pomeriggio a correggere i compiti. Io e un paio di miei amici lo aspettavamo al varco.

Con pazienza lasciammo che finisse la sua ora, che salutasse tutti. Poi, quando placido si mise a lavorare accendendo una radiolina, passammo all'azione. Con gli scannetti di legno (delle tavole quadrate che usavamo in laboratorio per appendere i disegni) barricammo la porta in modo che non si potesse più aprire verso l'esterno. Dalle cinque alle undici di sera il professor Barbieri Luigi di Polizzi Generosa tentò invano di uscire dalla sua prigione. Era inutile chiedere aiuto, l'aula non aveva finestre, allora non esistevano i telefonini e dalla feritoia che dava sul retro certamente nessuno avrebbe potuto sentirlo. Fu il bidello Micalizzi Gaspare a liberarlo, che giusto quella sera era tornato a scuola per organizzare un servizio di pulizia straordinaria previsto per la mattina successiva. Quando uscì da quell'aula Barbieri era un concentrato di bile, ma riuscì a dire una sola parola: «Farabutti!»

Per sei ore filate il professore aveva spolmonato inutilmente per riprendersi la sua libertà. Aveva gridato così tanto che non aveva neanche la forza di parlare. Qualsiasi cosa volesse dire, qualsiasi maledizione volesse lanciare, se la doveva tenere dentro. Altro che Bruce Lee, altro che *L'urlo di Chen*.

Barbieri non scoprì mai che dietro a quelle interminabili ore d'inferno c'era il mio zampino. Eppure per lui era facile. In fondo insegnava matematica. Bastava pensare alle flessioni e fare due più due.

Nell'estate del '77, a liceo finito, mi ero fidanzato con una ragazza carina che avevo conosciuto l'ultimo anno a Palazzo Aiutamicristo. Si chiamava Silvia. Alta, carnagione chiara, capelli a caschetto. Silvia non era particolarmente bella, ma mi piaceva perché era una semplice, posata, senza troppi grilli per la testa. Non facevo sesso con lei. O meglio, non avevamo dei rapporti completi, però ci andavamo molto vicini. Lei era vergine, era la classica ragazza che per educazione, per cultura familiare, voleva arrivare al matrimonio pura, illibata. Io rispettavo la sua scelta. Certo mi pesava non poterla avere completamente, ma non facevo nulla per forzarla. Avevamo un bel rapporto e tanto mi bastava.

Intanto il karate mi aveva preso a tal punto che avevo iniziato a praticarlo anche a livello agonistico: andavo spesso a disputare gare e tornei in giro per l'Italia. Un giorno che ero appena tornato da Cuneo, reduce dall'ennesimo combattimento, Silvia mi chiamò e mi disse che mi doveva parlare. Ci incontrammo dopo pranzo sotto casa mia.

«Filippo», sussurrò con un filo di voce, «guarda che non mi vengono le mestruazioni.»

Lì per lì restai perplesso ma cercai di rassicurarla: «Non ti preoccupare, ci penso io».

Decisi di chiamare Alfio, un mio amico ginecologo, e prendere subito un appuntamento.

«Venite insieme», mi disse lui, «vi aspetto alle quattro.»

Ci presentammo puntualissimi allo studio. Baci e abbracci con Alfio, come stai come non stai, gli spiegammo il problema.

«Vedrete», ci disse, «sarà sicuramente una sciocchezza.»

Silvia si spogliò, si fece visitare, Alfio ordinò una serie di esami e mandò le urine in laboratorio. Non contento portò Silvia a fare anche un'ecografia all'addome.

«Allora?» chiesi io con l'ansia che mi serrava la gola.

«Adesso accomodatevi in sala d'aspetto. Dieci minuti e vi chiamo.»

Passò la prima ora, passò la seconda, nessuna notizia. Mi ero già fumato un pacchetto di sigarette.

Dopo tre ore Alfio finalmente si fece vivo: «Ragazzi complimenti, Silvia è incinta di tre mesi, aspetta due gemelli».

Mi sembrava uno scherzo e sul momento, conoscendo Alfio – che era un cornutazzo, che gli piaceva coglionare – mi misi a ridere: «Guarda che lo so che Silvia è vergine... Dai Alfio, non sparare minchiate...»

Lei, accanto a me con gli occhi bassi, aveva già iniziato a singhiozzare. Il mio amico col camice bianco stava in piedi accanto alla finestra, serissimo, come mai l'avevo visto. Capii che era tutto vero, che non scherzava affatto. Mi dovetti sedere per non cadere a terra e per un attimo mi balenò nella testa il dubbio di essere lo scemo di turno, convinto di avere accanto la santa che invece poi trombava di nascosto con tutto il quartiere. Come cazzo era possibile che fosse rimasta incinta?

«Filippo», spiegò Alfio tenendo in mano il referto, «ascoltami bene e stai tranquillo, non sei stato tradito. Silvia è ancora vergine, ma evidentemente durante uno dei vostri contatti ravvicinati uno spermatozoo ha, diciamo così... superato l'ostacolo e centrato il bersaglio. Capita una volta su mille, ma può capitare.»

Mi sentivo come paralizzato. Giusto noi dovevamo fare statistica? Giusto noi dovevamo rappresentare il caso su mille? Mi sembrava di vivere un incubo e, stordito dalla botta, riuscii a dire solo: «Ti ringrazio, ho capito».

Salutai Alfio, pagai e scesi da quello studio come in trance. Io avevo diciotto anni, lei diciassette. Sarei diventato padre di due gemelli. Mi vedevo già rovinato, ostaggio del famoso matrimonio riparatore. Con Silvia ne parlammo a lungo, le dissi la verità, che non mi sentivo pronto. Forse non lo era nemmeno lei. Due ragazzini che avevano ancora tanto da vedere del mondo.

Di nascosto da tutti, la convinsi ad abortire. Fu un'esperienza dolorosa per lei, me ne rendo conto, ma non avevamo scelta. Dovevamo avere entrambi un'altra possibilità, un'altra occasione per sceglierci la vita che volevamo vivere. E sarà stato per lo shock e lo stress dell'aborto, sta di fatto che poco dopo ci lasciammo.

Passarono tre o quattro giorni, non ricordo esattamente. Io avevo ripreso a uscire con gli amici, a tirare tardi la sera. Volevo distrarmi, cambiare aria. Una notte, erano le due passate, mentre stavo rincasando mi accorsi che c'era un gruppo di persone che stazionava davanti al portone del mio palazzo. Erano il padre di Silvia, sua madre, sua sorella e suo cognato, un'allegra famigliola dell'Albergheria – uno dei cinque quartieri normanni di Palermo, un posto dove la bellezza delle chiese, il fascino del mercato, Ballarò, faceva a pugni col degrado e lo stato d'abbandono delle case popolari – cui io evidentemente con quella storia ero andato a guastare la quiete. Aspettavano me e non appena mi riconobbero iniziarono a gridare come forsennati: «Cornuto!... Sei un cornuto... vieni qua... *curnutu*!!!»

Non avevano buone intenzioni, era chiaro, ma lo capii soprattutto vedendo che il padre di Silvia – un uomo basso, tarchiato, i denti neri sporchi di nicotina e una cicatrice a mezzaluna sotto il mento – teneva un oggetto nero in mano.

E in effetti mi si fece sotto agitandomi sotto il naso una pistola, non una di quelle giocattolo ma un'arma vera con tanto di proiettili, e a quanto diceva col colpo in canna: «Tu non lo sai chi sono io, ti ammazzo e poi ti scanno come un capretto... *curnutu*!»

Il padre di Silvia era un tipo conosciuto nel quartiere. Era malato di «malandrineria», come si diceva da noi. Era uno che si atteggiava a grande boss, si sentiva importante, ma tra i veri mafiosi non contava un cazzo. Tanto che qualcuno nel quartiere lo aveva soprannominato «Scacciacani» come la pistola che non ferisce né uccide ma fa solo rumore. Al fornaio di solito piaceva riempirsi la bocca di paroloni e minacce roboanti, ma quella notte sembrava mosso dalle peggiori intenzioni.

Nonostante fossi preoccupato di finire al cimitero con una pallottola in testa, cercai di affrontarlo. Mi stavo già preparando al peggio, quando in mio soccorso – richiamato in strada dalle urla dei miei aggressori – arrivò mio padre. Lui non era come me, un *fumantino*. Era una brava persona, gli piaceva mediare. Calmò il fornaio che continuava a chiedere come una litania il mio sangue – «Lo voglio ammazzare! L'onore mi ha levato!!!» – e gli promise che l'indomani sarebbe andato a trovarlo in negozio: «Stia tranquillo, sistemeremo ogni cosa. Ora si vada a coricare».

La mia fortuna fu che il padre di Silvia aveva gridato ai quattro venti che mi avrebbe ammazzato ma poi non lo aveva fatto. In qualunque altro posto del mondo la cosa si sarebbe chiusa lì. Ma l'Albergheria era un posto strano, una specie di condomino allargato, con tanto di capi e di regole (non scritte) che tutti erano chiamati a rispettare. Codici di comportamento stabiliti dalla mafia che erano chiarissimi a proposito di armi. Non era previsto che uno andasse con una pistola sotto casa di un altro, gliela sventolasse sotto il naso, gli dicesse «io ti sparo» e poi se la rimettesse in tasca. Se di onore si trattava, bisognava andare fino in fondo, premere il grilletto. In caso contrario passavi per un «quaquaraqua», uno a cui piaceva fare scena, mettere in piedi teatrini. E quella dei vicoli era la vita reale, non l'opera dei Pupi.

Radio Albergheria quella notte aveva diffuso in quattro e

quattr'otto la notizia di quel delitto mancato. E agli occhi del rione i ruoli si erano invertiti. Io ero diventato la vittima, il ragazzo che sì aveva sbagliato ma che si era comportato da uomo affrontando a testa alta il suo aggressore. Il fornaio invece da ragione si era fatto torto, era passato per vanaglorioso, uno a cui piaceva fare moina, un minchia tutto fumo e niente arrosto.

L'indomani a casa mia ci fu una riunione di famiglia. A mio zio Angelo, il fratello di mia madre, una specie di secondo padre per me ma soprattutto uno che aveva buone conoscenze nel quartiere, fu raccontato tutto per filo e per segno. Non mi spiegarono mai i dettagli. Seppi soltanto, a distanza di giorni, che la famiglia di Silvia per quello «sgarbo» era stata invitata, anzi costretta a cambiare quartiere, a lasciare per sempre l'Albergheria. Evidentemente mio zio aveva mosso le sue pedine, interessando della questione qualcuno molto «in alto».

Dopo quell'episodio stranamente iniziai a essere perseguitato dalla sfortuna, inseguito da un *attasso* nero: collezionai una serie di disavventure, di incidenti dentro casa e fuori, soprattutto in moto. Non c'era più una cosa nella mia vita che andasse per il verso giusto. Cadevo e scivolavo in continuazione. Non stavo neanche tanto bene di salute. Tossivo e mi faceva sempre male il petto. Sapevo che si trattava di coincidenze, banali casualità, ma qualcuno tra i miei amici mi fece venire il dubbio di essere caduto vittima di un maleficio, una «fattura» partita probabilmente dalla famiglia di Silvia. Anche in vacanza d'estate, per esempio a Ibiza o a Panarea, quando per gioco mi facevo leggere la mano, le fattucchiere e le cartomanti mi ripetevano la stessa cosa: «Filippo sei vittima del maligno, qualcuno ti ha fatto una magia nera». Non ero un credulone, ma non conoscendo il confine tra le puttanate e le cose serie decisi di chiedere aiuto per farmi liberare dal sortilegio.

Mi informai nel mio rione per sapere chi era l'esperto in questioni di stregoneria e mi indirizzarono dall'unico esorcista palermitano, padre La Grua, un prete che esercitava in una chiesa della Noce, nel cuore della città vecchia. Lo andai a trovare. Quel luogo era un angolo di peccato e di luce divina, un crocevia di santoni, di acque miracolose, di donne indemoniate che sputavano sulla croce e non chiedevano perdono. A ognuna di loro, padre La Grua toccava la testa e scacciava il demonio. Lo fece anche con me che non ero un seguace delle tenebre ma nemmeno un bravo cristiano.

«Puoi andare», disse poggiando una mano sulla mia fronte, «adesso sei libero.»

Uscendo dalla chiesa inciampai sulle scale. Ma fu l'ultima volta.

Finito il liceo mi iscrissi alla facoltà di Architettura, ma all'università c'erano troppe femmine in giro e io non avevo testa che per loro. Sì insomma, di studiare, come diceva mia madre, «non ne volevo neanche a brodo». Per un anno i libri non li toccai, non diedi neanche un esame, e qualcuno dentro l'esercito se ne accorse perché esattamente dopo dodici mesi e un giorno dal mio ingresso in facoltà arrivò la cartolina di chiamata alle armi. Almeno non ero finito nella lista degli Alpini, il che mi faceva sentire fortunato. Con la neve avevo litigato fin dai tempi di Piano Battaglia, e da allora su una montagna non ci avevo messo più piede. Ero stato chiamato a Taranto, in Marina. Al contrario dei miei coetanei che si disperavano, che si piangevano addosso, che cercavano la conoscenza giusta per farsi riformare e non partire, io ero contento.

Mio nonno Giuseppe era stato un lupo di mare, aveva fatto la guerra nei sommergibili. Mi aveva raccontato tante di quelle storie sui suoi viaggi intorno al mondo, su quei mesi infiniti (di paura, di incertezza) trascorsi nelle profondità degli abissi che l'idea di indossare la sua stessa divisa mi faceva sentire fiero, gonfio d'orgoglio. Mi sembrava quasi di ricongiungermi con un pezzo del mio passato, di farlo rivivere di nuovo, «Frankie Agusta», dentro di me.

La prospettiva di ricalcare le sue orme, di navigare i suoi stessi mari, mi dava del militare un'idea sublime di rischio, di polvere, di avventura. Poi però, quando smettevo di sognare e tornavo coi piedi per terra, mi chiedevo quanto tempo avrei impiegato (e se ci sarei mai riuscito) ad adattarmi al rigore di quella vita, alla disciplina, alle regole ferree, io che ascoltavo solo me stesso, che ero un bulletto, quello che si dice un cane senza padrone.

Decisi di provare, di farlo questo viaggio verso l'ignoto. A Taranto ci arrivai in treno, un treno di reclute pieno zeppo di ragazzi di tutti i tipi e di ogni ceto sociale.

Lo avevano soprannominato «il treno dei soldatini». Partiva da Palermo alle tre del pomeriggio e non faceva fermate. C'era il ragazzo di città con lo zaino all'ultima moda ma anche il ragazzo di paese, con la bisaccia di cuoio e le scarpe sporche di fango. C'era il figlio di papà che non era mai uscito di casa e il figlio dell'ambulante arrestato per spaccio. C'era quello che parlava dicendo «minchia» ogni due parole e quello che le due parole le diceva solo in dialetto.

«Oh, cucì, ma sei antico! Ma da dove vieni, dal Burundi?»

Quanti venivano presi in giro perché non erano «evoluti», perché sapevano di provincia! Era, quel convoglio, una Babele di culture diverse, un misto di ignoranza e paura, paura di essere sopraffatti, di essere sottomessi ancora prima di indossare una divisa. Era un esame quel treno, un test attitudinale che non faceva sconti a nessuno.

I più prepotenti, gli *scanazzati*, andavano a caccia dei più deboli e timidi, quelli che non tiravano fuori le unghie e diventano gioco-forza bersagli, passatempi per ridere, sfogarsi, per non pensare a quell'anno lontano da casa. Le prime amicizie o antipatie importanti tra comilitoni non nascevano mai nelle camerate ma lì, dentro gli scompartimenti del treno.

A Taranto mi assegnarono al laboratorio fotografico della Marina. Scattavo, sviluppavo e catalogavo le foto segnaletiche dei soldati in servizio nel mio battaglione. Erano tutti ragazzi simpatici che con affetto mi chiamavano «il fotografo» perché la mia vera arte era trovare fra i soldati in divisa una faccia, un'espressione insolita che consegnata agli archivi dello Stato potesse rappresentarci tutti, diventare un simbolo. Mi ero talmente calato nella parte che anche nei momenti liberi, fuori dalla caserma, i miei commilitoni mi chiedevano di scattare foto da mandare alle loro famiglie o alle loro fidanzate. In quel modo avevo fatto amicizia con decine di ragazzi. Molti erano palermitani e avevamo fatto gruppo, eravamo affiatati, ci fottevamo dalle risate.

Dieci di noi, i più virtuosi, furono chiamati un venerdì pomeriggio da un tenente con la proposta di frequentare la scuola per radiotelegrafisti di Chiavari, in Liguria.

Al nostro gruppetto fu proposto di frequentare la scuola per radiotelegrafisti di Chiavari, in Liguria. Era un corso di quattro mesi che ci avrebbe permesso un giorno di lavorare nei dragamine o nelle navi d'élite della Marina, come l'*Amerigo Vespucci*.

L'idea di imparare un mestiere non mi dispiaceva, anzi. Sapevo che accettando di partire mi sarei allontanato ancora di più da casa, ma stava arrivando l'estate e Chiavari in fondo era vicino a Portofino, a Santa Margherita Ligure, posti che raggiungerli non ci voleva molto e poi ti divertivi di sicuro. Ci andai con la mia macchina per potere, in libera uscita, scorrazzare comodamente con gli amici per le Cinque Terre.

Il mio arrivo nella scuola R.T. non cominciò proprio sotto i migliori auspici. La mattina che ci presentammo in caserma i superiori ci chiesero di farci un giro e tornare dopo un po'. Bisognava aspettare qualche ora per l'assegnazione degli alloggi, così decidemmo di fare una passeggiata nel viale alberato antistante la caserma. Tanto per ammazzare il tempo. Senza farlo apposta, intralciammo una partitella di calcio che dei militari «anziani» avevano organizzato su un campetto in terra battuta. Uno di loro, un «nonno» con la mascella quadrata, ben piazzato e con un drago tatuato sull'avambraccio, si incazzò come una iena: «Idioti!» cominciò a gridare. E per mostrare tutto il suo disappunto pensò bene di sfogare la sua rabbia calciando una violenta pallonata, di proposito, sul volto di uno dei miei compagni. Gli spezzò il setto nasale e Michelino – si chiamava così il malcapitato, un ragazzo di Bagheria – trascorse il suo primo giorno da recluta a sputare sangue in infermeria.

Partendo da Palermo avevo fatto una specie di «voto»: niente più risse. Avevo promesso a me stesso di contenere la mia indole da samurai. Volevo guarire dalla «sindrome di Bruce Lee» che in quei mesi mi aveva procurato più guai che altro. Ma il gesto di quello stronzo, le lacrime e il dolore di Michelino che aveva pagato per tutti e senza motivo, mi avevano irritato a tal punto da farmi dimenticare il fioretto. Mi era cresciuta dentro una sete di vendetta, una specie di istinto omicida.

Anche perché, mentre noi ci eravamo precipitati in soccorso del nostro amico che era a terra, quasi svenuto, il «nonno» come se niente fosse aveva tranquillamente ricominciato a giocare a calcio, vantandosi con alcuni suoi compagni per quella pallonata che – diceva lui tutto fiero – «ha fatto capire a quel cane terrone chi è che comanda». Il tipo era di Bolzano, o di qualche paese nei dintorni, ed era tutto orgoglioso di quel gesto, del suo comportamento arrogante che spadroneggiava senza trovare mai nessuno capace di tenergli testa.

La voglia di dargli una bella lezione per me era diventata una questione di principio.

«Oh, testa di minchia! Se hai coraggio vieni qua», gli urlai davanti a tutti interrompendo di nuovo la partita.

Sul campo di calcio calò il gelo.

«Filippo, che fai? Sei pazzo?» domandò morto di paura un mio compagno che credeva mi fossi bevuto cervello. «Che, vuoi fare la fine di Michelino?»

Il «nonno» si girò e mi lanciò un'occhiata disgustata, come se avesse visto un verme. Voleva essere certo di aver sentito bene: «Stai parlando con me, mafiosetto?»

I suoi amici, convinti di assistere al secondo round, avevano cominciato a sghignazzare.

«Sì», risposi, «sto parlando con te. Devi chiedere scusa a Michelino.»

«E chi lo dice?» domandò lui avanzando verso di me con

le mani sui fianchi. Si fermò a un centimetro dalla mia faccia, così vicino da farmi sentire il puzzo del suo fiato.

«*Io* lo dico», risposi.

«E tu chi sei?»

«Il tuo Dio.»

Il «nonno» di Bolzano si mise a ridere. Fece finta di girarsi e a tradimento tentò di assestarmi un pugno dritto in faccia. Ma non solo mi mancò. Spostò tutto il peso in avanti e perse l'equilibrio, così io iniziai a colpirlo.

Lo picchiai con tutta la forza che avevo. Come ai vecchi tempi, come quando con Toti uscivamo dal cinema e scaricavano l'adrenalina su un povero cristo dopo aver guardato ore e ore di combattimenti cruenti. Il «nonno» fu conciato per le feste. Gli feci saltare quasi tutti i denti. Il sergente e il caporale che gli prestarono i primi soccorsi lo trovarono a terra, il volto tumefatto, gli zigomi spaccati. Lui finì una settimana in ospedale, io cinque in giorni in cella di punizione. Ma nessuno da quel giorno in poi si azzardò più a importunare me o i miei amici, e sulla porta della nostra camerata attaccammo un cartello con tre lettere scritte a penna: PBT. Stava per «Primo Battaglione Terroni».

In cella di punizione mi misi a pensare. A Chiavari avevo cominciato col piede sbagliato ma volevo recuperare. Mi piaceva quel corso e non volevo sprecare un'opportunità. Per la prima volta nella mia vita ero intenzionato a buttarmi a capofitto nello studio. Ci riuscii e i miei sacrifici furono premiati. Dopo quattro mesi avevo imparato a digitare sulla tastiera con dieci dita, ero diventato un padreterno nelle tecniche di comunicazione via radio. Ero tra i militari più brillanti e mi guadagnai sul campo i gradi di sergente maggiore. Mi pagavano pure, guadagnavo quasi un milione di lire al mese e nei giorni liberi mi andavo a divertire. C'erano un sacco di belle ragazze in città, molte stazionavano fuori dalla caserma e non aspettavano altro che essere rimorchiate.

Per un periodo mi cimentai anche in un secondo lavoro: andai a fare il cameriere. Era successo che il mio vicino di branda, Santino Di Bella, che non era ricco e che quando smontava la sera arrotondava lavorando in pizzeria, si era beccato una punizione ed era bloccato in caserma una settimana senza poter mettere il naso fuori. Senza dirgli niente, al suo posto quella sera mi presentai io.

Il titolare del locale non fece una grinza: «Sai servire ai tavoli?»

«No.»

«Benissimo, sei assunto.»

Era estate, i ristoranti erano sempre affollati e i proprietari – a corto di personale – prendevano chiunque. Non ci volevano particolari requisiti, bastava avere due braccia e due gambe. E soprattutto fare del proprio meglio, cercare di non fare casino, non rompere piatti e bicchieri, essere gentili anche con i clienti che arrivata una certa ora diventavano maledettamente insopportabili.

Per sette giorni recitai la parte del cameriere modello: lo feci per amicizia, per affetto verso Santino Di Bella.

Quando gli portai la paga e le mance che avevo racimolato tenendogli il posto «in caldo», rimase come stordito, imbambolato quando nel prendere in mano i soldi che credeva perduti. Non riusciva neanche a parlare tale era l'emozione. Ogni giorno, da quel giorno, una sola cosa ripeteva a tutti Santino: «Filippo è un *picciotto* di bella».

A Palermo questa espressione si usa per descrivere uno sul quale puoi contare, sempre. Santino però la diceva a modo suo: «Filippo è Di Bella...» Faceva una pausa e poi precisava: «...con la D maiuscola». Come se sostituendolo mi fossi meritato molto più del suo rispetto, qualcosa di più intimo, il suo cognome.

Filippo Di Bella. Suonava pure bene! Santino all'università non ci aveva mai messo piede eppure mi aveva dato una laurea «ad honorem», la prima e unica della mia vita.

5. UN VIAGGIO A MONDELLO

Erano passati centoventitré giorni dal mio arrivo a Chiavari, e alla scuola per radiotelegrafisti della Marina avevo visto e imparato tutto quello che c'era da vedere e imparare. Avevo davanti una carriera assicurata a bordo degli incrociatori o delle navi utilizzate in zone di guerra, ma non avevo animo di vagabondare in giro per il mondo. Io sono un siciliano di scoglio, non di alto mare. Mi ero divertito in Liguria, ma in quel momento avevo solo voglia di tornarmene a casa. Durante le licenze non ero andato spesso a Palermo e in quei giorni ne sentivo fortissimo il richiamo. Mi mancava la famiglia, volevo vedere i miei amici, avevo nostalgia della mia città.

Mancavano all'incirca due mesi al mio congedo e grazie alle amicizie di mio zio Angelo – amicizie importanti – riuscii a trovare una raccomandazione per farmi trasferire in Sicilia. Fui assegnato alla stazione R.T. di Trapani, a quaranta minuti di macchina da Palermo. Una vera pacchia: lavoravo qualche ora al giorno e poi ero libero di svignarmela.

Era un posto per imboscati. Ma il grande vantaggio, se così si può definire, era che i miei superiori erano di manica larga, di un permissivismo che a volte persino a me sembrava eccessivo. Nessuno ti diceva niente se arrivavi in ritardo, se non avevi la divisa in ordine o se portavi i capelli lunghi. E poi, se volevi, ti facevano pure dormire a casa tua, nel tuo letto.

Rispetto a Chiavari, lì mi sentivo in vacanza, sembrava quasi di stare in un villaggio turistico. Addirittura, essendo estate, lavoravamo in bermuda e passavamo più tempo a giocare a carte che davanti ai radar. Poi tornavo quasi sempre a Palermo con la mia R4 bianca contando alla rovescia i giorni che mi mancavano all'alba: «38... 33... 26... 13». Li cerchiavo tutti con un pennarello verde su un calendario di Frate Indovino che un'anziana donna aveva regalato a mia madre e che mia madre aveva girato a me: «Tienilo tu, Filippo», mi aveva detto, «magari ti porta fortuna».

Non lo avesse mai fatto. Uno di quei sabato pomeriggio in cui ero rientrato a casa per il fine settimana, dopo aver pranzato con i miei decisi di raggiungere degli amici al mare, a Mondello.

«Filippo, fatti bello che c'è una che ti vuole conoscere!» Piero, uno dei *fanghi* con cui mi accompagnavo durante le mie scorribande in città, al telefono mi aveva prospettato una seratina niente male: cena da Sariddu, una trattoria dove si mangiava un pesce squisito, e poi festicciola con quattro ragazze a casa sua.

Piero e le sue amiche nel primo pomeriggio erano usciti in barca ed eravamo d'accordo che ci saremmo visti di fronte a Latte.Pa, una vecchia gelateria all'ingresso del paese. Mi ero fatto la doccia, sbarbato e profumato, mi ero *allicchittato come un pupiddu*, pantaloni bianchi e camicia a fiori, giacca di lino blu e mocassini neri senza calze. Ero pronto per una notte di *schiticchi e bordello*. L'appuntamento era per le sette e mezza, ma a Mondello ero arrivato con largo anticipo.

Posteggiai l'auto nella piazza, accanto a un muretto, e nell'attesa ficcai una cassetta di musica blues nello stereo. Mi volevo estraniare. La musica andava e io battevo il tempo coi piedi tenendo gli occhi chiusi, la mente sgombra, libera come un foglio di carta bianco. A un certo punto avvertii la presenza di qualcuno. Riaprii gli occhi, mi girai di scatto e vidi, appoggiata allo sportello della R4, dal mio lato, una ragazza che mi fissava dal finestrino.

«Chi caz... è?»

Ero rilassato e soprappensiero e vedendola lì, immobile come un *tabbuto*, come il fantasma della baronessa di Carini, feci un salto sul sedile. Mi ero quasi preso uno *scanto*, e mi stavo pure incazzando.

«Scusa, non volevo spaventarti.»

«Scusa un cazzo. Un infarto mi stavi facendo venire. Che c'è? Che vuoi?» dissi io che mi ero agitato inutilmente e sul momento la volevo strangolare.

Abbassai il finestrino per sentire meglio la sua voce.

«Mi daresti un passaggio a Partanna?»

La ragazza era carina. Portava i capelli corti su un viso ovale, gli occhi verdi, la pelle bianchissima, levigata come porcellana. Addosso aveva un prendisole di cotone color champagne sotto un giacchino verde scuro, dei sandali di cuoio ai piedi e una borsa di tela rossa a tracolla. L'avevo già incontrata qualche altra volta, ci conoscevamo di vista, ma per una serie di circostanze non avevamo mai scambiato una parola. Avevo quasi la tentazione di dirle no, il modo in cui si era presentata mi aveva irritato. Tuttavia all'appuntamento coi miei amici mancava ancora mezz'ora e così, con l'incazzatura smaltita a metà, accettai: «Va bene, sali».

Era la fine di settembre, non faceva particolarmente caldo ma lei stranamente era sudata, bagnata fradicia, quello che si dice «un pezzo d'acqua». Si agitava, era smaniosa, accendeva una sigaretta dietro l'altra. Partanna è un complesso di case attaccate a Mondello, un paio di chilometri, cinque minuti di macchina.

Misi in moto, ingranai la prima e partii. Per tutto il tragitto lei non spiccicò parola, neanche il suo nome mi voleva dire. Arrivato a Partanna mi fece fermare davanti a una vecchia palazzina senza intonaco circondata da calcinacci e rifiuti, una di quelle case iniziate chissà quando e mai finite.

«Aspettami cinque minuti e poi mi riporti dove ci siamo incontrati.»

Me lo disse col tono di un ordine e mi stavo storcendo di nuovo: «E che sono, il tuo autista?» risposi acido per farle notare quanto era stata maleducata.

La ragazza scese dalla macchina. La seguii con lo sguardo e vidi che ad aspettarla di fronte all'ingresso del fabbricato c'era un tipo equivoco vestito di nero con un berretto bianco e il viso butterato, una faccia che non mi piaceva per niente. Si scambiarono qualcosa, si salutarono con fare spedito e lei tornò subito indietro.

«Metti in moto, andiamo». Era ancora più agitata di quando era scesa, respirava con affanno, sembrava che l'avesse morsa la tarantola.

«Che hai?» chiesi.

Non rispondeva, sembrava muta, una suora di clausura. Iniziai a innervosirmi anch'io, a pensare che forse avevo sbagliato a darle quel passaggio. Magari per colpa di questa «scimunita» mi ero cacciato in qualche brutto guaio. Ma chi me l'aveva fatto fare?

All'inizio non avevo dato peso, forse per ingenuità, al suo incontro con quel tipo, ma ripensandoci non mi sentivo tranquillo per niente. Di colpo ero diventato paranoico, più di lei, peggio di lei. Che cosa si erano scambiati? Chi era l'uomo che aveva incontrato? Era un ladro? E lei? Doveva essere sicuramente una complice.

Pazienza. Qualunque cosa quel *cane di mannara* le avesse consegnato, ora quel qualcosa era dentro la mia macchina. Dovevo liberarmene, e anche in fretta. Schiacciai il piede sull'acceleratore e ripartii alla volta di Mondello. Non vedevo l'ora di farla scendere. La piazza era lì, dietro l'angolo, ma la mia macchina la sentivo ferma. Più acceleravo e più mi sembrava di non arrivare mai. Per fare prima, ero pure passato col semaforo rosso.

Contavo i metri che mi separavano dal punto in cui l'avevo raccolta. Ogni tre secondi guardavo lo specchietto retrovisore per controllare che non avessimo dietro qualche pattuglia della polizia. Mi sentivo pedinato, braccato, un po' come il vivandiere di Bernardo Provenzano col boss in macchina, muto, che aspettava il momento buono per saltare fuori e barricarsi in chissà quale covo. Ormai eravamo quasi arrivati. Avevo cominciato a rilassarmi, quando con la coda dell'occhio mi accorsi che la «scimunita» stava armeggiando con la borsa. Mi girai per guardare meglio e rimasi come pietrificato, una statua di sale. In meno di dieci secondi si era stretta intorno al muscolo del braccio una cinta di cuoio, aveva preso in mano una siringa da insulina e con due dita – pizzicando la pelle – stava cercando di ingrossare la vena.

Istintivamente inchiodai i freni e fermai la macchina: «Ohhh! Ma che minchia fai?»

«Ti prego, stai zitto.»

Con quella siringa non trovava pace, continuava a rigirarsela tra le mani, tormentava il muscolo di buchi ma inutilmente. Più ci provava più la vena non si «svegliava».

«Cazzo!» imprecò a un certo punto.

L'ago si era spezzato.

«Scendi dalla macchina», le ordinai alzando la voce e dandole una spinta nell'intento di buttarla fuori.

«Ti ho detto di stare zitto!» urlò lei ancora più forte, guardandomi come se fosse posseduta dal demonio.

Si contorceva, sbraitava, bestemmiava.

Non riusciva a bucarsi ed era una pila elettrica, la mano le tremava, due rivoli di saliva avevano iniziato a colarle dagli angoli della bocca.

«Devo farcela, porca puttana.»

Diede un pugno al cruscotto e tirando un bel respiro cercò di rilassarsi, di azzerare gli ultimi cinque minuti come se non fossero mai esistiti.

Dalla borsa rossa prese un'altra siringa incellofanata. La scartò, ci rimise dentro la «polverina» e ci riprovò con tutta la concentrazione di cui era capace e questa volta sforzandosi di stare ferma e di dare la giusta inclinazione all'ago.

«L'ho presa», disse a un tratto quasi sottovoce.

Adesso la vena rispondeva. Con la siringa tirò un po' di sangue. Poi, quando il sangue diventò un tutt'uno con l'eroina, lentamente col pollice spinse sullo stantuffo per spararsi quella miscela in corpo. Si bucava. E mentre lo faceva era come se intorno a lei non ci fosse stato nessuno. Lei, il suo ago e nient'altro.

I suoi occhi erano immobili, le pupille si dilatavano ogni secondo di più. Mi sembrava di impazzire. «Adesso che faccio?» mi dicevo sentendomi impacciato e inutile. Non avevo mai visto nessuno prima di allora farsi «una pera». Avevo diciannove anni e il mio mondo – per me l'unico possibile – era fatto di sport, di femmine, di divertimenti. Un mondo «sano». Io facevo il bulletto, mi sentivo un *toko*, mi piaceva il rischio, ma la droga era l'unica vertigine che non mi aveva mai attirato. Non mi interessava. E quelli che la usavano, gli «scoppiati», li tenevo alla larga, li consideravo dei deboli e dei falliti. Eppure quel giorno, davanti a quella scena – una tossica che mi aveva praticamente sequestrato, la sua siringa, un po' di sangue rappreso sul braccio – capii che il mio castello di certezze stava vacillando.

Scesi dall'auto e iniziai a vomitare. Tornai indietro per rassicurarmi che respirasse ancora. Era lì, rannicchiata sul sedile. Aveva smesso di contorcersi, di bestemmiare. Ora stava bene, di certo stava meglio di prima: immobile, mi guardava implorante, gli occhi come due fessure, un ghigno disegnato sul viso. Non aveva nessun imbarazzo, nessuna vergogna. All'inizio mi aveva fatto schifo, ora cominciava a farmi pena, quasi tenerezza. Più passavano i minuti più mi accorgevo che cambiava, diventava sempre più pallida, la pelle sempre più bianca. Forse qualcosa stava andando storto.

«Non è che questa muore dentro la mia macchina?» Disorientato, parlavo da solo, dicevo frasi senza senso. Lei alternava momenti di lucidità ad attimi di assenza. Ora che la droga stava entrando in circolo sembrava mansueta, un agnellino. Le avrei potuto dire qualunque cosa, non avrebbe risposto. Appoggiò il capo sul poggiatesta del sedile e si voltò dall'altra parte come a cercare un momento di pace, una tregua da quell'inferno che la strangolava. Chiuse le palpebre. Poi si girò verso di me e mi guardò ancora una volta. Uno sguardo triste, buio, arrendevole.

Era come se mi supplicasse di non parlare, di non abbandonarla, come se mi chiedesse di aspettare ancora due minuti perché poi tanto se ne sarebbe andata, sarebbe sparita così com'era arrivata.

Non poteva parlare, non ne aveva la forza, ma io sentivo che qualcosa mi stava dicendo: «Non ti prendere pena per me, adesso vado, grazie e scusa». Era questo che mi suggerivano i suoi occhi fissi e vitrei come quelli di un pesce appena catturato. Mi invitavano a pazientare, mi chiedevano di non infierire. Avevo voglia di abbracciarla, di coccolarla, ma mi sentivo maledettamente a disagio, di troppo in quella macchina che ormai era sua: se l'era presa d'imperio.

Mi accorsi che con le mani stringeva la borsa di tela, serrandola quasi a volerla nascondere, e notai che indossava due orecchini, due pendenti di oro antico che valevano milioni. Doveva essere una ragazza ricca, e se non lo era, certamente veniva da una famiglia benestante.

Continuavo a guardarla attentamente. Gli angoli della sua bocca si piegarono, il viso, terreo, si strizzò in un'altra smorfia. Ribaltai il sedile, l'aiutai a stendersi. Capii che la ragazza senza nome aveva iniziato il suo «viaggio». Sapevo che dovevo solo aspettare. Aspettare il suo ritorno.

Fuori, intorno a me vedevo scorrere frammenti di vita normale. I ragazzi, i *picciotti* che impennavano coi motorini, le coppiette appartate sulla spiaggia davanti al mare, i bambini che si godevano l'ultimo gelato della stagione. E io lì, ad assistere una sconosciuta, guardiano di una vita a perdere.

Mi ero pure dimenticato dei miei amici. Volevo aiutarla, ma che cosa potevo fare? Avrei potuto accompagnarla a casa, ma non sapevo neanche il suo nome. Potevo chiamare un'ambulanza o portarla in ospedale, però magari l'avrei messa nei guai, con la famiglia o con la polizia. Lasciai perdere. Mi chinai su di lei. Respirava, il suo cuore batteva ancora. Iniziai ad accarezzarla.

Non so quanto tempo rimasi a fissarla. Il segnale che stava tornando, che il suo viaggio era arrivato al capolinea, me lo diede il ritmo del suo respiro. Cambiò di colpo. Si fece man mano più regolare.

«Fatti un bel sonno», le stavo dicendo, e con la mano le sfiorai una guancia, quando aprì per un attimo gli occhi e spalancò la bocca, come se le mancasse l'aria. Sembrava fosse tornata da un'immersione, da una lunga apnea. Cercò di riempire i polmoni con tutto l'ossigeno di cui poteva disporre, fino a farli scoppiare, trattenne il respiro e poi «sciuuuuu!!!» liberò tutta l'aria che aveva incamerato. Era come se fosse venuta al mondo in quel momento. Bentornata brutta stronza. Ero felice.

«Come stai? Ti senti bene?» le chiesi tutto contento di sentire ancora la sua voce.

«Senti, lasciami lì un po' più avanti, troverò un passaggio per tornare a casa.»

Parlava con un filo di voce, era distrutta e non si reggeva in piedi.

«Ma no, dai, ti accompagno a casa. Dove abiti?»

«Di là!»

Col dito mi indicò la strada che portava a Palermo. Misi in moto l'auto e ci avviammo. Questa volta non volevo correre, non c'era fretta. Durante il tragitto rimase in silenzio: adesso si sentiva in imbarazzo, ora che era lucida provava vergogna. Attraversato il Parco della Favorita ed entrati in città, imboccai piazza Leoni e poi infilai via Libertà.

«Vai sempre dritto.»

Non avevo un indirizzo, era lei che mi guidava. Abitava in via Pasquale Calvi, davanti al Piccolo Teatro.

«Fermati qui.»

Scese dalla macchina e mentre chiudeva la portiera feci appena in tempo a chiederle il suo nome.

«Come ti chiami?»

«Emma.»

Ma mentre lo diceva era già sparita dietro un portone.

6. UN CADAVERE A TEATRO

Emma. A mano a mano che passavano le ore quel nome diventava un'ossessione, una spina che lentamente si infilava nel mio cervello. Era strano. Avrei dovuto sentirmi bene, in fondo lei se n'era andata e io ero libero, potevo finalmente tornare ai miei amici, alla mia vita, alle mie cose. Ma la verità era che non avevo voglia.

Avevo visto negli occhi di quella *picciotta* l'ombra nera della morte e ora mi sentivo in qualche modo cambiato, diverso rispetto al ragazzo cinico e spregiudicato che ero stato fino a quel momento. Presi la strada di casa – non mi andava quella sera di fare *vucciria* – ma mentre guidavo mi sentivo come sospeso, prigioniero di una bolla di pensieri.

La testa ce l'avevo a lei, a quella ragazza che – non sapevo bene ancora perché – aveva capovolto il mio universo. Gli occhi mi caddero sul sedile dove si era bucata. Era ancora macchiato, di sangue e di polvere marroncina. Probabilmente Emma mentre tremava e armeggiava per bucarsi doveva essere stata un po' maldestra. Inavvertitamente aveva rovesciato qualche granello di eroina sulla tappezzeria e non si era curata di «fermare» il sangue dopo il buco. E ora quello era tutto ciò che mi era rimasto di lei, un nome e le tracce di una battaglia persa.

«Filippo, che c'è? Che hai? Non ti senti bene?»

Vedendomi rincasare troppo presto, alle nove di sera, sudato, bianco cadaverico – lo stesso colore dei pantaloni di lino che indossavo – mia madre, preoccupatissima, pensò chissà cosa mi fosse venuto. Voleva portarmi per forza all'ospedale, credeva che da un momento all'altro cadessi morto, *stinnicchiato* a terra: «Ti devi fare vedere, hai una faccia che non mi piace. *Amunì*, ti accompagno al pronto soccorso».

Lì per lì non mi andava di raccontarle la verità e le dissi una bugia: «Ma no, mamma, ho solo bisogno di riposare... Adesso vatti a coricare. Buonanotte».

Le diedi un bacio, mi barricai dentro la mia stanza e mi sdraiai sul letto. Volevo dormire. Ma più mi sforzavo di pensare ad altro e più la mia mente tornava all'incontro con Emma, a quel maledetto «viaggio» a Mondello. Non riuscivo ad afferrare il sonno, volevo rivederla, volevo sapere se stava bene.

Mi chiedevo se qualcuno si stesse prendendo cura di lei oppure fosse sola e di nuovo vagasse per la città come un'anima in pena, uno zombie in cerca di altri soldi, di altra droga. Era notte. Ogni due minuti guardavo l'orologio, il tempo non passava mai, volevo che facesse giorno, volevo andarla a cercare. Sentivo caldo, continuavo a sudare, il lenzuolo mi sembrava un foglio di carta vetrata, si era attaccato come un adesivo alle mie spalle.

Alle tre del mattino smisi di tormentarmi. Mi alzai e mi buttai sotto la doccia. Tirai fuori dal cassetto un paio di jeans, una camicia bianca, e uscii di casa con un unico obiettivo: trovare Emma. Mi misi in macchina e attraversai una città deserta. Da piazza Indipendenza oltrepassai il varco di Porta Nuova, imboccai corso Vittorio Emanuele e iniziai a scendere verso i Quattro Canti, verso via Roma.

Di notte, su quell'automobile, con le luci gialle dei lampioni che illuminavano palazzi principeschi e strade vuote, l'asfalto così liscio da sembrare uno specchio, un vetro seppiato che rovesciava cose e persone, non sapevo più se ero io ad andare da qualche parte o era Palermo che da sola e capovolta mi correva incontro per affogarmi dentro i suoi abissi di sagome e ombre.

Per arrivare a casa di Emma feci tutta via Roma, in giro c'erano soltanto comitive di ragazzi con le birre in mano, *buttane* nei vicoli attorno alla stazione e furgoncini carichi di pesce fresco che facevano a gara per presentarsi primi ai cancelli del Mercato Ittico. Davanti al Piccolo Teatro non c'era un'anima. Ai piedi di quel portone dove avevo visto sparire Emma c'era solo un gatto randagio, sporco e senza un occhio, che si accaniva affamato su un sacchetto di immondizia. Mi sentivo come lui, come il gatto. La differenza tra noi era che io non avevo fame e mi sentivo pure lo stomaco sottosopra. Erano le quattro di mattina.

Posteggiai la macchina, ma arrivato davanti al citofono rimasi paralizzato, un pupo di zucchero. Potevo mettermi a suonare a casaccio tutti i campanelli di quello stabile? Come minimo mi avrebbero preso per pazzo. Ero combattuto. Vado o non vado? Mi sentivo tirato da due corde. Per un verso avevo lo *spinno* di scendere dall'automobile, di fottermene di guastare la quiete notturna di una quarantina di famiglie che si godevano il loro sonno. Dall'altro mi sentivo ridicolo. Insomma, e se poi trovavo Emma e quella non ricordandosi di me era la prima a chiamare la polizia? Lasciai perdere, presi tempo e tornai in macchina. Prima o poi, pensai, da quel palazzo deve uscire un cornuto cui chiedere notizie.

Rimasi dentro la R4 e aspettai pazientemente l'alba. Passai quelle ore a tormentare lo specchietto retrovisore. Mi misi a pensare, al tipo di vita che avevo condotto fino ad allora, alle esperienze che avevo fatto. Possibile che non mi venisse in mente nulla di cui andare veramente fiero? No, non c'era niente. Ero sempre vissuto nell'ovatta, nella routine rassicurante di giorni sempre uguali. Non mi ero mai posto un certo tipo di domande. E ora mi chiedevo cosa spingesse qualcuno a farsi un buco, cosa fosse mancato a quella ragazza – che io invece avevo avuto – per cedere alle bugie dell'eroina. Le ore passarono a immaginarmi drogato come lei, uno «scoppiato», solo, perduto in una spirale di vomito e morte. A forza di sognare a occhi aperti, stanco com'ero, mi addormentai in macchina.

Ma siccome a quel tempo Palermo era una macelleria, sparavano e si ammazzavano per le strade come cani, qualcuno, vedendomi con gli occhi chiusi e in una posa scomposta dentro la R4 (lo stesso tipo di auto in cui avevano trovato il cadavere di Aldo Moro), per un riflesso condizionato pensò a un omicidio di mafia e chiamò la polizia. Nel giro di cinque minuti via Pasquale Calvi fu chiusa e si trasformò in una potenziale scena del crimine. Dieci volanti arrivarono a sirene spiegate richiamate da un messaggio della Centrale che parlava di un «sospetto cadavere di fronte al Piccolo Teatro».

Io, che mi ero addormentato come un sasso, in alcuni momenti di dormiveglia avevo sentito vagamente il rumore delle sirene, un leggero parlottio fuori dall'auto. Qualcuno – mi pare – aveva pure bussato al finestrino. Ma avevo attribuito quei rumori al giorno che era arrivato, ai ragazzini in vena di cazzeggio, ai rumori classici di una città come Palermo che si metteva stancamente all'opera.

E così, reduce da una notte in bianco, non solo ero rimasto immobile, ma per un po' avevo pure seguitato a dormire. Tutto potevo pensare tranne che quella gente fosse accorsa lì per me, sì insomma, che il morto in questione fossi io. Quando mi svegliai con i vestiti stropicciati e gli occhi ancora gonfi di sonno, provai un certo stordimento: ero circondato dalle Volanti con i lampeggianti accesi, un sacco di divise compresi gli uomini della Scientifica per i rilievi, e poi tutta la gente affacciata ai balconi, gli operatori tv con le telecamere puntate su di me a mo' di bazooka. Aprii la portiera e scesi dall'auto, spettinato, confuso, disorientato.

«Minchia!» esclamò un vecchio sul ciglio della strada vedendomi vivo e vegeto. «*U' muorto si susìu!!!*» Il morto, cioè io, si era alzato. La cosa forse faceva ancora più scalpore.

In via Pasquale Calvi per un attimo calò il silenzio. I poliziotti prima mi guardarono come se fossi Lazzaro benedetto da nostro Signore uscito dal sepolcro. Poi si resero conto che ero solo uno che stava facendo perdere tempo alla pubblica sicurezza e mi guardarono con lo stesso disprezzo che avrebbero riservato a un ladro maldestro e imbranato. Dai balconi, forse per sdrammatizzare o forse per rendere ancora più grottesca la scena, qualcuno pensò bene di applaudire: «Evviva *u' muorto*!!! Vivo è, vivo!»

Ma mentre – anche un po' divertito, lo confesso – mi godevo l'ovazione, un appuntato di polizia mi si avvicinò minaccioso e mi disse a brutto muso: «Lo vedi che casino hai combinato? La prossima volta che ti addormenti ti conviene morire… cornuto che sei!»

Vuoi vedere che quasi quasi c'era rimasto male che non ero un cadavere?

«Maresciallo, scusi, ma pure dormire a Palermo è diventato reato?»

In quel momento per conquistarmi l'appuntato l'avevo chiamato «maresciallo», lo avevo pure promosso, ma ormai quello non mi ascoltava più, nemmeno mi rispondeva. Da morto magari potevo avere una dignità, un nome, un cognome. Ma quell'equivoco aveva assunto il sapore di uno schiaffo, una beffa per decine di poliziotti col sangue alla testa. Così il «maresciallo» aveva deciso che ero diventato trasparente, praticamente un uomo invisibile.

«Chi è che parla? Non sento nessuno», continuava a ripetermi quando gli chiedevo chiarimenti.

Le altre macchine della polizia a poco a poco abbandonarono via Pasquale Calvi, la strada fu riaperta al traffico L'appuntato se ne andò per ultimo. Salì a bordo della sua auto e incazzato nero si inconigliò sul sedile accanto all'autista tenendo stretta con la mano la pistola che penzolava dalla fondina.

«Minchia», pensai, «ora questo mi spara.»

Ma continuò a non degnarmi neanche di uno sguardo. Chiuse lo sportello e afferrò la radio: «Centrale??!!. Dalla Volante Oreto... Il morto era un finto morto... un cornuto morto di sonno... torniamo in zona... passo e chiudo».

Una sgommata e la macchina partì a razzo verso chissà quale altra emergenza.

Nell'esatto istante in cui gli sbirri abbandonarono via Pasquale Calvi, incredibilmente fui investito da un'ondata di affetto popolare. Era come se tutti volessero festeggiare la mia prova di esistenza in vita. Perché io morto lo ero stato davvero, dieci minuti ma lo ero stato, e questa era convinzione generale. Poco importava se si trattava di un equivoco, se nessuno si era accorto che dormivo. Il fatto che prima ero trapassato (almeno per la questura) e poi ero in piedi mi aveva dato agli occhi della gente lo *status* di miracolato, e perciò bisognava festeggiare.

Una signora al primo piano di una vecchia palazzina mi preparò il caffè e me lo portò giù in strada con tanto di vassoio e tazzina del servizio buono. Il barista di fronte mi volle a tutti costi offrire un pezzo di cassata al forno, il tappezziere all'angolo mi mise a disposizione il suo bagno per darmi una ripulita. Un padre si avvicinò col figlio di sette anni e me lo volle a tutti costi far toccare: «Permette? Il bambino le vuole chiedere un autografo ma si vergogna... non ha il coraggio...»

«Prego», risposi prendendo in mano carta e penna.

Ero diventato un santino, un morto che parlava. Avessero potuto mi avrebbero portato in processione. Questa era Palermo.

Rimasi a chiacchierare per un po' con tutti loro, finché all'improvviso un'immagine, un nome, non mi attraversò la mente come una saetta, una stella cometa che precipitava in una notte limpida. Emma.

«Minchia!!!» esclamai toccandomi la fronte.

Come raggiunto da una brutta notizia, salutai tutti e scappai via.

7. LA CORDA PAZZA

Il portone adesso era spalancato, il gatto senza un occhio era sparito. Mi aggrappai ai campanelli del citofono schiacciandone più di uno, ma il pannello coi cognomi non dava segni di vita. La pulsantiera o era rotta o era stata disattivata dalla guardiola interna. Attraversai il portone, ma non vidi nessuno. Il portiere non era al suo posto, c'erano le sue cose sul tavolo ma lui era sparito, chissà dove si era imboscato. Non potevo bussare a tutti gli appartamenti per trovare Emma, c'era da diventare scemi. Dovevo per forza aspettare i comodi del signorino lì, nell'androne della portineria. Passarono cinque minuti, ne passarono dieci. Dopo un quarto d'ora, non vedendo nessuno, mi feci sentire: «C'è nessuno? Portiere???!!!»

Silenzio.

«Portiere!!!» gridai ancora più forte.

Una voce roca finalmente rispose dal sottoscala: «Sì... Arrivo!...»

Fece una pausa e poi, credendo che non lo potessi sentire, commentò a bassa voce: «...Minchia che camurrìa!»

Cose da pazzi, non solo aveva abbandonato il posto di lavoro, ma a senso suo lo avevo disturbato e 'sto cornutazzo si era pure risentito. Si presentò dopo venti minuti, col passo lento, la sigaretta in bocca e il giornale in mano, senza dire né buongiorno né buonasera.

«Era lei che gridava? Che ha? Si sente male?» Faceva pure lo spiritoso. «Vuole che chiamo aiuto?»

Lo stavo mandando a fare in culo. Ma siccome non volevo *sciarriarmi* – già mi era bastata la discussione in strada col poliziotto – mi sforzai di essere cortese: «No, sto benissimo, grazie. Cercavo Emma».

Il portiere sentendo quel nome prima mi lanciò una brutta occhiata, mi squadrò dalla testa ai piedi, come se volesse trovare sui miei vestiti delle tracce di sangue o delle siringhe appese alla camicia. Poi con tono sbirresco mi chiese: «E lei chi è?»

Mi stava salendo il sangue agli occhi, già avevo aspettato i suoi comodi e mi erano girati i coglioni. Ci mancava solo l'interrogatorio.

«Senta», dissi con l'espressione di chi si sta incendiando come la vampa di san Giuseppe, «citofoni a Emma e dica che c'è Filippo!»

«Filippo chi?»

«Filippo e basta.»

Finalmente azionò quel maledetto pulsante. Rispose la cameriera: «Pronto?»

«Sì, qui c'è un certo Filippo, Filippo Ebbasta, che faccio? Lo mando via?»

Chissà perché il minchione (che evidentemente era in vena di scherzi, di *babbìo*) era convinto che da sopra gli dicessero di non farmi entrare. Ma da casa di Emma diedero il via libera e il portiere, suo malgrado, dovette abbozzare: «Va bene, sta salendo».

Riagganciò la cornetta del citofono. E avviandosi di nuovo verso il sottoscala, senza neanche guardarmi, mi diede luce verde. Non senza un ultimo velenoso sfregetto: «Può andare signor Ebbasta, terzo piano! Ma mi raccomando, non si addormenti in ascensore...»

Aveva assistito anche lui al ritorno in vita del finto cadavere trovato di fronte al Piccolo Teatro, e ora sghignazzava il maledetto, rideva e tossiva, intasati com'erano i suoi polmoni dal catrame delle sigarette. Non fosse stato uno di una certa età, sarebbe stata cosa di prenderlo a schiaffi, a *timpulate*. Entrai nell'ascensore, schiacciai il pulsante accanto al numero tre e andai su.

L'appartamento era il primo a destra sul pianerottolo. Bussai, si aprì la porta e rimasi abbagliato. Eccola la ragazza che mi aveva fatto perdere il sonno. Mi si parò davanti come un raggio di sole, con un sorriso smagliante. Mi sembrava quasi un'altra donna.

«Ciao, ti ho visto adesso al telegiornale... ma che hai fatto, ti sei addormentato qui sotto?»

«Sì, guarda, è tutta colpa tua.»

«E io che c'entro? Non te l'ho chiesto io di fare il morto in macchina...»

Era un'altra Emma, più allegra, più ironica. La guardavo con attenzione mentre camminava per casa, mentre si muoveva tra le sue cose. Era aggraziata, aveva un portamento elegante. Sembrava una di quelle donne che hanno imparato stile e portamento sui passi di danza. Abitava in una casa bellissima, grande, spaziosa, con una terrazza fiorita coltivata a gerani, gelsomino e ibiscus. Nel salone, un salone di tre stanze, c'erano dei grandi quadri attaccati alle pareti – nature morte, scene religiose – ma anche piccole pitture a olio racchiuse in teche d'argento. Sulla parete più lunga, a sinistra dell'ingresso, c'era una libreria gigante piena di testi antichi con storie di leggende popolari e proverbi siciliani, e in giro una serie di oggetti d'arte rari, tavolini, statuette, acquasantiere, tutti tesori appartenuti all'Ottocento palermitano. I suoi genitori erano separati da anni.

Emma viveva col padre, Girolamo, un grosso imprenditore che aveva fatto fortuna col tessile e ormai viveva di rendita passando le giornate solo come un cane, attaccato alla bottiglia. La madre, Matilde, era una fotografa molto brava. Con Girolamo si erano lasciati parecchi anni prima perché lei si era voluta trasferire a Milano per fare foto erotiche, ma non aveva avuto successo. Emma per questo non l'aveva mai perdonata. Matilde andava in giro sempre vestita di nero, senza trucco e coi sandali ai piedi. Ormai si era rifatta una vita e stava con un altro uomo, un suo collega. Da qualche tempo era tornata di nuovo a Palermo e lavorava per conto di un'agenzia di Parigi, la «Paris Press», che a quell'epoca – era il periodo della guerra di mafia – andava sempre alla ricerca della «foto diversa», l'immagine esclusiva che raccontasse da sola e senza didascalie l'orrore della mattanza palermitana.

In mezzo a questi due mondi – suo padre e sua madre – Emma si muoveva come un funambolo su una corda pazza.

«Grazie per avermi riaccompagnata a casa ieri.»

Fu il suo unico accenno alla sera prima. Per il resto evitò accuratamente di parlarne, di scendere nei dettagli, era un modo per risparmiare a lei e a me inutili imbarazzi.

«Emma! Allora io vado.»

Da un'altra stanza era spuntata una ragazza con uno zaino sulle spalle, doveva essere una sua amica. Era bruna, sui venticinque anni, i capelli lunghi raccolti in una coda di cavallo. Era anche lei bassina, minuta, chiara di carnagione e con tutta una serie di cerotti e tagli sulle mani. Dal pallore del volto, dalle occhiaie scavate, doveva essere un'altra tossica.

«Lei è Antonella, lui è Filippo.»

«Piacere», disse la ragazza senza troppa convinzione. Poi sistemò qualcosa dentro la borsa, recuperò un paio di occhiali da sole sul tavolino di vetro accanto al divano e se ne andò.

«Ti chiamo dopo», disse rivolgendosi a Emma.

«Va bene, ciao.»

Restammo soli. Con la scusa di farmi visitare il resto della casa, a poco a poco Emma mi raccontò la storia della sua vita, una vita fatta di delusioni, di false speranze, di solitudine in cui la droga era entrata alla fine solo per deragliare un'esistenza, diceva, già compromessa di suo, un baratro di frustrazioni e affetto negato in cui aveva iniziato a precipitare chissà quando.

A sentirli così, snocciolati come rosari dolorosi e ineluttabili, mi sembravano i soliti alibi, i birignao stucchevoli che si raccontano i drogati per continuarsi a bucare: i problemi in famiglia, il sentirsi incompresi, il non avere niente e nessuno per il quale valga la pena vivere.

A un certo punto, quando il ghiaccio tra noi ormai era rotto, guardando il pavimento si sentì in dovere di spiegarmi come e quando l'eroina si era impossessata di lei: «Frequentavo una comitiva di amici a Villa Sperlinga, degli sbandati, eravamo tutti abbandonati a noi stessi. Io in casa non parlavo con nessuno, sentivo il bisogno di avere accanto un padre e una madre. Prima ho iniziato a strafarmi di canne, poi un giorno uno del mio giro, un certo Alberto, mi ha passato una siringa e mi ha detto: "Prova questa, vedrai che passano tutti i dolori". In un certo senso non aveva torto».

«Che vuoi dire?» chiesi volendo scandagliare quella frase sospesa.

Emma smise di osservare il pavimento e mi guardò dritto negli occhi: «Voglio dire che adesso posso fare a meno dei miei genitori, ma non posso vivere senza bucarmi».

In camera sua, seduti sul letto, parlammo per ore e ore. E mentre lei raccontava, spiegava, e ogni tanto rideva di un riso isterico, sapevo che da quella casa, dalla sua vita, non sarei uscito facilmente.

Mancavano quattro giorni al mio congedo dalla Marina. Non avevo più voglia di perdere tempo sotto le armi. Se avevo accettato di fare il militare scommettendo su uno scorcio neanche tanto chiaro di futuro, una lotteria, ora per la prima volta sapevo qual era la mia strada: dovevo aiutare lei, dovevo salvarla, quella era la mia vera missione.

Quel pomeriggio finimmo per baciarci. Capitò in un attimo fra un racconto e l'altro. Ci abbracciamo forte e lasciammo che il silenzio, come una specie di stucco invisibile, cementasse i nostri pensieri, la sua arrendevolezza contro la mia determinazione.

Ancora oggi mi chiedo se quello che provai verso Emma fu vero amore. La risposta è: non lo so. Non so dire se ho amato quella donna davvero o se lei fosse solo un pretesto e invece la passione vera, la sfida, fosse di nuovo con me stesso. Forse era solo un tarlo che allora assillava il mio orgoglio.

Ero in grado io di rinunciare a tutto per dedicarmi a lei, per combattere contro la droga, qualcosa che per il solo fatto di scorrere nelle sue vene rendeva quella ragazza, la sua anima, più sua che mia?

Con quel bacio firmai la mia cambiale per l'inferno.

Con Emma restai tre anni. Credo di aver passato in quei

trentasei mesi tutto quello che un uomo può passare in una vita. Stare con un'eroinomane è come avere un mostro che ti dorme accanto, il nemico in casa, attimi di lucidità e ore di autentico delirio, di follia pura.

Emma si bucava ogni giorno, anzi, parecchie volte al giorno. Era una tossica di quelle toste. Aveva provato qualche volta a disintossicarsi, ma senza troppa convinzione. Un giorno stava in comunità, il giorno dopo scappava e la ritrovavi di notte alla stazione o sotto un ponte che dormiva, sporca, mezza nuda in un prato lurido puntellato di siringhe piantate a terra come lapidi. Era difficile controllarla, un attimo di distrazione e ti spariva da sotto gli occhi. La potevi perdere anche per pomeriggi interi. Emma aveva solo quell'amica tossica, Antonella, che non era ricca di famiglia. Suo padre faceva l'elettricista, la madre era casalinga e lei, quando era alla canna del gas e soldi per bucarsi non ne trovava, si prostituiva. Emma per fortuna a quel punto non era ancora arrivata.

All'inizio della nostra storia, quando ancora non avevo capito in che guaio mi ero cacciato, Matilde, sua madre, un giorno mi telefonò. Non so se lo fece per mettermi in guardia, per farmi scappare o semplicemente convincermi che tentare di fare uscire quella ragazza dalla droga era come andare in America a nuoto.

«Senta», mi disse, «noi con nostra figlia abbiamo perso le speranze, abbiamo rinunciato. Vuole un consiglio? La lasci, le farà solo del male. Un giorno mi ringrazierà.»

I suoi genitori – lo avevo capito da solo – l'avevano abbandonata e perdipiù da un pezzo non le davano una lira. La droga Emma la comprava o chiedendo denaro in prestito o – quando non la scoprivano – facendo sparire e rivendendo a due lire i piccoli oggetti d'antiquariato che aveva dentro casa. Era ostaggio degli spacciatori e dei furfanti che, non avendo lei niente da offrire o barriere da alzare, si accanivano sui beni di famiglia, sulla sua «corda pazza».

Passai i primi mesi della mia storia con Emma a riscattare i suoi debiti. Il fruttivendolo del rione in cui abitava, il Borgo Vecchio, le aveva dato dei soldi ma siccome non li aveva avuti indietro si era tenuto il passaporto, l'orefice sotto casa le aveva prestato duecentomila lire e aveva preteso come garanzia un candelabro e un servizio di posate d'argento. Persino un rigattiere che accatastava cianfrusaglie in un buco dietro il Politeama era riuscito ad arrivare (a insaputa del padre) nella sua camera da letto e a portarsi a casa per due lire una cassapanca antica che valeva chissà quanto. Nella zona lo avevano soprannominato «u' Surciu» non solo per una somiglianza fisica con i ratti (aveva dei denti sporgenti, il naso schiacciato e piccolo e quattro peli in testa) ma perché come i topi, appunto, solitamente rimestava tra i cassonetti in cerca di cibo e robaccia usata da rivendere. Con quel mobile aveva vinto alla Sisal, si era sistemato per un anno. I rioni di Palermo sono così, le voci corrono. E nel quartiere tutti ormai sapevano che una drogata «figlia di papà» pur di avere i soldi per *inchiummarsi* era disposta a dare via a prezzi stracciati gli oggetti d'arredamento che ornavano la sua bella casa.

Col servizio militare avevo messo da parte otto milioni di lire, un po' di risparmi. Li utilizzai tutti per pagare uno dopo l'altro i creditori (veri e improvvisati) che bussavano – a torto o a ragione – ogni mattina alla porta di Emma. Lei neanche si ricordava a chi doveva soldi perciò mi toccò pagarli tutti, a volte anche i truffatori e gli strozzini che si inventavano di averla conosciuta, di averla aiutata e di essere rimasti a loro volta gabbati. L'incontro con uno di questi non lo dimenticherò mai.

Era uno strano tipo, uno che aveva un negozio di cucine nel centro storico, a via dei Materassai. Una sera si presentò a casa di Emma per riscattare un fantomatico debito. Andai io stesso ad accoglierlo alla porta.

«Buonasera, sono venuto a ritirare il quadro...»

«Quale quadro? Ci deve essere un errore», dissi pensando fosse un fattorino che aveva sbagliato appartamento.

«Abita qui la ragazza malata?...»

«Malata?»

«Sì, insomma, quella che... non so se lo posso dire... quella che si droga?»

«Si può dire. Io sono il fidanzato, prego...»

Era tutto vestito di bianco, un signore grassottello sulla quarantina, gli occhiali scuri con la montatura in tartaruga e il sigaro in bocca.

«Senta», cominciò a raccontare guardando il sigaro e girandoselo tra le dita, «lei lo sa che tre mesi fa ho dato un milione alla sua fidanzata, vero?»

Mi stava intossicando di fumo.

«No, non so niente», risposi.

«È venuta in negozio con un mio cliente che gioca ai cavalli, uno che mi ha garantito che la ragazza è ricca di famiglia. È stata lei stessa a dirmi che se non mi restituiva i soldi entro trenta giorni potevo venire a casa sua a prendermi quello che volevo. E visto che adesso i milioni sono diventati tre se non le dispiace mi faccio un giro nel salotto.»

«Ah, adesso i milioni sono diventati tre? Certo», continuai, «conviene chiedere a lei un prestito, tassi convenienti. Non è che ha un dépliant da lasciarmi?»

Si sentì punto sul vivo.

«Che vuole? Questi sono i miei prezzi. Chi viene da me conosce le regole. Io, egregio amico, presto soldi ma ci voglio guadagnare. Sono come una piccola banca a conduzione familiare. Anche perché la differenza tra me e una banca vera sa qual è? Che la banca alla sua fidanzata scoppiata non avrebbe dato una lira per procurarsi l'eroina e *inchiummarsi*, io invece sì, capisce?»

Parlando sul pianerottolo ebbi una strana sensazione, qualcosa non mi tornava. Non so perché, mi convinsi che questo ci voleva fottere. Mi venne un'idea.

«Senta», dissi, «io non so se lei ha dato soldi a Emma: la vado a chiamare, così vi chiarite tra voi e risolviamo la questione. Aspetti un attimo.»

«Va bene.»

«Emma!!!»

Accostai la porta e mi fiondai in cucina.

L'aguzzino mi vide tornare dopo due minuti e istintivamente, vedendo la ragazza, cercò di giocare d'anticipo: «Ah, signorina, finalmente!!! Come sta? Glielo vuole dire al suo fidanzato che è stata lei stessa a dirmi di venire a casa a prendermi qualcosa di valore se non mi restituiva il milione?»

«Quale milione? Ma veramente io non la conosco», rispose lei impassibile.

Lui insisteva: «Come, non mi conosce? È venuta in negozio col suo amico Nino, quello che scommette all'ippodromo, me lo ricordo come fosse oggi. Le ho pure offerto il caffè, signorina Emma, capisco che lei è malata... ma la droga non cancella la memoria. Siamo seri, non è bello quello che sta facendo».

«Veramente io mi chiamo Anita, sono polacca e qui faccio le pulizie. Lei non mi dato mai una lira e non ho nessun amico che si chiama Nino.»

Dall'altra stanza, con un sorriso a trentadue denti, arrivò la vera Emma. Era un perfetto colpo di teatro. Io fino a quel momento gli avevo dato corda, mi ero goduto la scena, adesso, però, avendolo intrappolato nella mia rete, avevo solo un desiderio: infierire ancora di più.

«Ma scusi», dissi, «non l'hanno avvisata che Emma è bassina e bionda mentre questa ragazza è alta e mora? Prima di imbrogliare la gente deve procurarsi informazioni corrette.»

Lo strozzino rimase inebetito. Era venuto per fottere ed era stato fottuto. Si levò gli occhiali e cominciò a sudare. Rimase interdetto per qualche secondo, poi si stropicciò gli occhi come a voler essere sicuro che la vista non gli avesse fatto brutti scherzi. Quindi, volendo ricorrere all'arte del palermitano che preso in castagna vuol sempre cadere in piedi, mi guardò e mi disse serissimo: «Certo che solo lei queste due ragazze le può distinguere».

Detto questo, precipitò giù per le scale e come risucchiato da un vortice sparì alla velocità della luce.

8. LA CORNICE D'ARGENTO

Dovendo combattere oltre che l'eroina anche gli sciacalli, decisi di trasferirmi a casa di Emma. Passavo le giornate con lei chiuso in una stanza, a farle compagnia mentre gestiva le crisi e mi scaricava addosso i suoi insulti, il suo odio, la sua irrazionalità fuori misura e fuori controllo: «Bastardo, vaffanculo, lasciami andare, voglio morire».

Era straziante vederla in quello stato, per non dire di quando le bloccavo mani e piedi per impedirle di uscire e andarsi a fare l'ennesimo buco: «Torna nel tuo quartiere di merda! Non c'entri niente con me... Vattene!»

Non era in sé e io finché potevo tenevo duro, intanto di là, nell'altra stanza, suo padre trangugiava altre tre dita di vodka e alzava il volume dello stereo per non sentire le urla della figlia. Nel cuore della notte a volte mi svegliavo e non la trovavo nel letto. Scendevo in strada con la moto e battevo Palermo in lungo e largo con la paura e il terrore di arrivare tardi, di trovarla già morta, magari uccisa da un'overdose. A volte tornava a casa da sola, più fatta di prima, e allora col metadone ricominciavamo da zero, come se fosse un nuovo giorno.

La «roba» di tanto in tanto ero io a comprargliela. Lo facevo per allontanarla da quell'ambiente. Ormai conoscevo tutti i pusher del Capo, tutti i figli di puttana che di giorno andavano nei quartieri alti e stazionavano davanti le scuole per dare dosi gratis ai ragazzi benestanti in cerca di sballo e di notte se ne stavano rintanati tra le budella della città vecchia, all'ombra di un lampione, a rosolare a fuoco lento quegli stessi ragazzi che per procurarsi l'eroina si riducevano all'elemosina.

Io non ero uno di loro, non ero né benestante né un pivello in cerca di emozioni. Ma a un certo punto i soldi finirono anche a me. A forza di pagare debiti e di comprare droga non avevo più una lira in tasca. Mi ero dimenticato della mia vita, della mia famiglia. Avevo smesso di andare in palestra, di vedere i miei amici. Ero smagrito, pallido, con gli occhi gonfi. Se qualcuno incontrava me ed Emma, tra i due, scambiava me per quello tossico.

I miei genitori ignoravano in che razza di giro mi ero infilato. Il non vedermi lo attribuivano di certo a una nuova fidanzata, mi credevano ostaggio di una nuova passione, ma una passione sana, non quel manicomio dov'ero precipitato. Il mio sogno era di tornare a casa un giorno e presentare loro la mia ragazza dicendo più o meno: «Ecco, lei è Emma, è viva per merito mio».

Ma il tempo passava: lei stava sempre peggio, per trovare l'eroina cadeva sempre più in basso, e io per non mollarla sprofondavo con lei. A Palermo certi segreti non durano a lungo, anche i muri parlano, e ai miei genitori alla fine qualcuno raccontò che frequentavo una drogata, che maneggiavo eroina, che ero sempre circondato da puttane e spacciatori. Per mia madre era meglio se le dicevano che ero morto: «Ma chi, Filippo? Il mio Filippo? È sicuro?»

Ormai a casa mia tornavo poco e niente. Ma una sera che ero passato a trovarli, in salotto – lo ricordo come se fosse oggi – ci fu il «vivamaria».

Mio padre era seduto sul divano, guardava un punto fisso nel vuoto. Il suo silenzio era materia da indovini o da metereologi, poteva significare quiete oppure tempesta. Mia madre era la personificazione della tragedia, una pentola a pressione cui avevano tolto il coperchio. Ci voleva poco ed era pronta per il Teatro Greco di Siracusa.

«Mamma, è successo qualcosa di brutto? Che hai?» chiesi io che vedendoli così mi ero preoccupato più di loro.

«Ma disgraziato, vuoi farci morire di crepacuore? Hai portato la droga nella nostra famiglia!!! Fammi vedere le braccia!!!»

Urlava, piangeva, si dava pugni in testa, batteva forte i piedi sul pavimento come certe madri che davanti al cadavere del figlio non trovano pace. Ma io ero lì, ero vivo, eppure non riuscivo a calmarla.

«Stai tranquilla, non mi buco, non è come pensi...»

«Bugiardo!!!» Pum! Si alzò e mi mollò un ceffone.

«Ringrazia che non ti buttiamo fuori di casa!» continuò. «Ma che, vuoi diventare lo zimbello del quartiere? E noi che ti abbiamo dato tutto, vergognati!» Continuava a piangere, ma ora mi fronteggiava, il viso arrossato, gli occhi di fuori. «Cosa ti è mancato? Rispondi! Questo io e tuo padre ci meritavamo?»

Temendo che anch'io fossi un tossico, i miei genitori mi tagliarono i viveri: «*Si voi piccioli, va' travagghià!* E stai attento a quello che fai, ti teniamo d'occhio».

Ritrovandomi ad avere ancor più bisogno di soldi, disperato bussai alla porta di mio zio Angelo: «Ti prego, zio, devo lavorare, fammi fare qualunque cosa».

Zio Angelo aveva un debole per me, mi considerava una specie di secondo figlio. Era ricchissimo, una potenza a Palermo, con amici dappertutto, belli e brutti che gli guardavano le spalle. Aveva una grossa industria di prodotti dolciari, la Setteveli. Distribuivano prodotti per la pasticceria in tutta la Sicilia. Mi offrì di fare qualche consegna coi furgoni all'alba e io non avendo alternativa accettai.

«Filippo, io ti aiuto e ti pago, ma mi raccomando, non mi deludere.»

«Stai tranquillo, zio.»

Iniziai a lavorare come una bestia. Dalle cinque alle sei del mattino facevo il giro dei bar di Palermo. Caricavo e scaricavo sacchi da cinquanta chili di farina di pistacchio e cioccolata in polvere.

Ormai era trascorso un anno e mezzo da quando Emma e io ci eravamo messi insieme. I miei innumerevoli tentativi di disintossicarla naufragavano, uno dopo l'altro. Il metadone si era rivelato un palliativo. Ogni discorso che le facevo, ogni tentativo di farla ragionare era inutile, qualsiasi speranza mi rimbalzava addosso. Prendendola con le buone mi ero solo complicato la vita. Quando andava in astinenza faceva la faccia *piatùsa*, «amore aiutami», si contorceva sul letto e sbraitava come una *taddarita*: «Non puoi lasciarmi così!!! Ti prego...»

Sapeva che prima o poi cedevo, che non potevo vederla in quello stato e quindi, per sfinimento, dopo un po' alzavo bandiera bianca. Mi facevo il segno della croce e scendevo di notte per andarle a comprare la droga. E siccome i miei mi avevano sequestrato la macchina, la R4, il furgone che mi aveva affidato zio Angelo lo utilizzavo anche come automobile. Era lungo cinque metri, verde, con la grande scritta bianca «Setteveli» in rilievo. Non passava certo inosservato.

I primi tempi mi servivo dagli spacciatori intorno alla stazione ferroviaria. Una notte che faceva un freddo pungente, mi avvicinai a un giovane pusher che aspettava i clienti davanti a una vecchia rimessa di autobus. Doveva essere un novellino perché era visibilmente impacciato e troppo appariscente per uno che deve lavorare senza dare troppo nell'occhio. Si capiva subito che non era uno del mestiere. Quella sera, non so perché, c'era un po' troppa polizia in giro, doveva essere successo qualcosa. E lo spacciatore non si sentiva tranquillo.

«Posso salire sul furgone? Stasera sento che mi arrestano.»

La temperatura si stava abbassando ancora, si stava pure mettendo a piovere, quasi quasi mi faceva pena.

«Sali.»

«Grazie, però spostiamoci da qui, intanto ti prendo la roba.»

Misi in moto e ripartii per fare il giro dell'isolato. Gli passai i soldi, lui si mise a frugare nelle tasche e finalmente tirò fuori due bustine. Una me la passò, l'altra se la ficcò dentro il giubbotto.

«Roba buona, tranquillo!»

«Va bene, ti saluto», dissi io che volevo tornare e casa e me ne volevo liberare. Accostai per farlo scendere.

«Cucì, me lo fai un altro giro che mi riscaldo *anticchia*?»

Erano le tre del mattino. Aveva una giacca a vento bucata e un berrettino calato fino agli occhi. Voleva stare ancora qualche minuto nell'abitacolo con la scusa che aveva freddo e si voleva riscaldare. Io non aveva voglia di fare salotto – tantomeno con uno spacciatore – e non vedevo l'ora di andarmene.

«Senti, non posso, devo proprio scappare, buonanotte.»

«No, cucì, fammi un favore, dammi un passaggio ai Quattro Canti, tanto ti viene di strada, no?»

Ero così stanco che non avevo la forza di dire no. Svoltai a destra per via Tripoli, ancora a destra per via Lincoln e imboccai via Roma. Avevo visto con la coda dell'occhio che il pusher guardava insistentemente la griglia dell'aeratore, ma lo avevo attribuito al fatto che era congelato e che quell'aria calda ora gli doveva apparire come una benedizione. Che cosa aveva in mente lo scoprii fermandomi all'angolo con corso Vittorio Emanuele.

Lo spacciatore scese dal furgone.

«Cucì, mi sei debitore, stasera ti ho fatto un regalo.»

Già il fatto che per la terza volta mi chiamasse con l'appellativo di «cucì» – appellativo confidenziale, che si usa tra amici stretti o tra cugini, appunto – mi stava facendo ribollire il sangue. Ma in più adesso si atteggiava a grande boss e mi guardava con una faccia da minchia.

«Che vuoi dire?» gli chiesi io che ero stanco e non avevo voglia di perdermi nei sottintesi.

Il pusher mi indicò la griglia dell'aeratore. Il cornutazzo – che se ne voleva liberare, altro che regalo! – senza che me ne accorgessi, aveva aperto le lamelle di plastica e aveva infilato la bustina dentro uno dei bocchettoni da cui usciva l'aria calda. Solo che l'aveva fatto mentre il furgone era in movimento e la bustina era precipitata all'interno dell'impianto di ventilazione andandosi a cacciare tra il cruscotto e il motore.

Diventai una furia. Avevo voglia di ucciderlo.

«Che cosa hai fatto? Figlio di *buttana*!»

«Ma come, così mi ringrazi?» mi rispose lui che non capiva perché invece di abbracciarlo lo volevo sbranare.

Scesi come un pazzo, feci il giro del furgone e iniziai a pestarlo. Non so quanti pugni gli diedi, in quel momento era come se picchiassi tutti gli spacciatori di Palermo, tutti quelli che come lui stavano mandando a scatafascio la mia vita. Lo lasciai a terra svenuto, mezzo morto, e ripartii. Ero terrorizzato, avevo il fiatone, le mani imbrattate di sangue. E adesso per la prima volta avevo anche paura. Non tanto di essere fermato dalla polizia, di finire magari in prigione per colpa di quelle due bustine. Di quelle, giuro, me ne fottevo. Mi preoccupava di più il pensiero di sputtanare mio zio Angelo. Se qualcuno tra i suoi dipendenti un giorno avesse ispezionato quel furgone trovando quella droga, lui che a Palermo passava per «un uomo di rispetto» avrebbe fatto una figura di merda. Se lo fossero venuti a sapere i suoi amici «importanti» poteva andarsi a nascondere. Non potevo fargli questo, non me l'avrebbe mai perdonato.

Così, dalle quattro del mattino alle quattro del pomeriggio mi ficcai nel garage di un mio amico e iniziai a smontare pezzo per pezzo il cruscotto del furgone finché non trovai quella maledetta bustina. Alla fine, in un moto di collera, presi anche la seconda, che avevo in tasca, e le buttai tutte e due dentro a un tombino. La paga di due giorni di lavoro bruciata. Arrivai a casa distrutto.

Ebbi solo il tempo di guardarmi intorno e accorgermi che la sala da pranzo era un tappeto di cocci e vetri rotti. Emma durante la sua crisi si era messa a tirare piatti e bicchieri. Ora c'era sua madre con lei. Matilde era stata chiamata da Girolamo che, per una volta, in uno slancio di coraggio aveva impedito a Emma di scappare di casa durante la notte. Mi accasciai sul letto della camera degli ospiti e mi addormentai per qualche ora. Al mio risveglio Matilde era in cucina. Mi aveva preparato un piatto di spaghetti.

«Siediti e mangia. Come ti senti?» mi chiese.

«Ho avuto una nottataccia», risposi.

«Immagino.»

Poi, realizzando che c'era troppa calma per quella casa, con la bocca ancora impastata di sonno mi alzai di scatto.

«Dov'è Emma?»

«Sta' tranquillo», fece lei mettendomi una mano sulla spalla perché tornassi a sedermi. «È di là, col dottore. Le sta dando qualcosa per farla dormire.» Smise di armeggiare con la pentola e il pomodoro, mi portò il piatto in tavola e con un tono di rassegnazione aggiunse: «Filippo, tanto lo sai che domani saremo punto e a capo».

«Sì, lo so», risposi. E cominciai a mangiare.

Con la madre di Emma era successa una cosa strana. All'inizio non ci eravamo presi. Senza mai dircelo eravamo entrati in guerra. Lei mi considerava uno dei tanti perdigiorno che ronzavano attorno alla figlia, io la vedevo come la cattiva madre, irresponsabile e cinica, che cambiando vita si era voluta spogliare di ogni dovere verso il proprio passato, figlia compresa.

Tra noi si era alzato un muro spesso di antipatia e diffidenza. Ma il mio dedicarmi completamente a Emma aveva fatto breccia nel rassegnato immobilismo con cui Matilde aveva gestito ed elaborato negli anni la tossicodipendenza della figlia. Non la considerava più «una morta che cammina», come mi aveva detto mesi prima al telefono. Adesso aveva di nuovo voglia di lottare per riportarla alla vita. E la sua ritrovata grinta per riflesso ci aveva uniti tutti.

Ora Matilde mi incuriosiva, mi intrigavano le sue macchine fotografiche, la sua voglia di raccontare il mondo per immagini. Era una donna colta e la sua vicinanza mi aprì le porte di un universo a me sconosciuto, quello dei classici della letteratura: Victor Hugo, Dostoevskij, Joyce, volumi che iniziai a sfogliare e a leggere in quella casa dove ormai i libri erano le uniche cose di valore rimaste, le uniche che Emma non aveva potuto barattare con nessuno spacciatore.

Finito il mio piatto di pasta tornai a letto. Sapevo che Emma era sedata ma che al suo risveglio mi avrebbe aspettato un'altra giornata difficile, l'ennesima guerra con lei. Era tardi, credo mezzanotte, stavo per riaddormentarmi quando a un tratto qualcuno suonò il campanello. Andai all'ingresso, guardai dallo spioncino e vidi Antonella, l'amica di Emma. Sembrava un fantasma.

Con Emma non si vedevano da mesi, io stesso avevo fatto in modo che troncassero ogni rapporto. Temevo che la mia fidanzata col suo aiuto tornasse a bucarsi più di prima. Decisi di non aprire, le parlai da dietro la porta.

«Che vuoi?» chiesi in modo brusco.

«Devo dare una cosa a Emma», rispose.

«No, Emma non c'è, è partita», dissi inventando la prima minchiata che mi passava per la testa.

«Non dire cazzate», fece lei. «Mi ha chiamata prima, dai apri.»

Capii che Emma – con tutto che era sorvegliata – aveva trovato il modo di telefonare ad Antonella e convincerla a portarle una dose di eroina.

«Apri», insisteva lei bussando sempre più forte. «Fammi subito vedere la mia amica!»

Emma dormiva. Matilde era con lei nella sua stanza. Ma con tutto quel casino avevo paura che prima o poi si svegliasse. Staccai la corrente in modo che Antonella non potesse più tormentare il campanello e la lasciai sbattere, non dandole più retta. Lei rimase un po' sul pianerottolo, poi si stancò e se ne andò, così com'era arrivata. Ero esausto. La mattina successiva fui svegliato da una tempesta di insulti. Era Emma. Era incazzata nera e ce l'aveva con me.

«Ti ho aspettato tutta la notte, stronzo, dove cazzo eri finito?»

Cercai di raccontarle la storia dello spacciatore, della bustina nascosta dentro il cruscotto.

«Sono tutte cazzate! Dillo che non me la vuoi comprare l'eroina, che vuoi abbandonarmi anche tu, sei una merda!»

Cercai di spiegarle che avevo smontato pezzo dopo pezzo tutto il furgone. Ricominciò a sbraitare lanciandomi addosso qualsiasi cosa le venisse a tiro. E nel suo delirio iniziò a insinuare che la tradissi.

«Hai un'altra, vero? Dimmi, chi è la *buttana*?»

Fu la prima volta che le diedi uno schiaffo.

«Adesso ti calmi, non ne posso più dei tuoi capricci.»

Sapevo che non erano capricci, ma avevo i nervi a fior di pelle e dicevo cose che non pensavo.

Quella volta Emma ebbe paura. Ma siccome il drogato raramente prova emozioni, in fondo la testa l'ha sempre lì, alla siringa, pur di convincermi a procurarle la roba mi rifilò l'ennesima bugia: «Ti prego amore, vammela a comprare, poi ti giuro che mi curo, faccio tutto quello che vuoi».

Non le dissi di no, ma con calma le spiegai che con quel furgone non me la sentivo più di girare in certe zone di Palermo, mio zio lo avrebbe saputo. Già con la storia della bustina infilata nel cruscotto del furgone avevo rischiato che mi scoprisse e mi togliesse il saluto. Non volevo dargli un dispiacere. In un raro momento di lucidità, Emma sembrò capire il mio disagio. Si accese una sigaretta e si mise a passeggiare nervosamente per la stanza. Con una mano fumava con l'altra si teneva lo stomaco come se da un momento all'altro le potesse cadere. Aveva dolori lancinanti.

Improvvisamente ebbe un'illuminazione: «Vai da Giovannella a comprarla, lì non ti vedrà nessuno».

Giovannella era il capo degli spacciatori della Vucciria. Era una donna sulla quarantina, mingherlina, eroinomane fino alla cima dei capelli. Viveva in un appartamento all'interno di una palazzina diroccata a piazza San Domenico, sopra una vecchia taverna chiamata Minchiapititto. Lo stabile era interamente abitato da transessuali sudamericani che facevano «la vita», ospitando i clienti, padri di famiglia, uomini in giacca e cravatta, nelle loro topaie. Stamberghe nauseabonde che odoravano di fogna e che solo luci soffuse, letti sfatti, tacchi a spillo facevano assomigliare a luoghi dove si comprava e si vendeva piacere.

Quella sera, come se i miei guai non fossero già tanti, mi tormentava un fastidiosissimo mal di denti. Posteggiai il furgone di fronte al palazzo, mi feci il segno della croce ed entrai. Per arrivare a casa di Giovannella bisognava salire una scala di ferro battuto, attraversare una specie di ballatoio che dava sul retro del palazzo e scendere trentaquattro gradini che rotolavano su un seminterrato. Emma mi aveva raccontato che Giovannella era una donna particolare, scontrosa, sospettosa e soprattutto incazzata col mondo. «Con lei stai attento», mi aveva detto, «se ti provoca fai finta di niente.»

Nel quartiere la sua storia rimbalzava di casa in casa e col tempo aveva assunto il sapore di una leggenda. Dicevano che una volta Giovannella aveva un'altra vita. Era stata una donna ricca e rispettata, proprietaria di un negozio di cornici d'argento dietro il tribunale, al Papireto, e poi aveva avuto un figlio, Giacinto, da un uomo dal quale si era separata.

Giacinto, diciotto anni, era un tossico, ogni mese entrava e usciva dalle comunità. Sembrava avere un destino segnato. Ma la madre, grazie al suo amore e alla sua determinazione, era riuscita a strapparlo dalle grinfie degli spacciatori. Lo aveva mandato via da Palermo affidandolo alle cure di un cugino, un padre benedettino che l'aveva accolto in un convento di Pietraperzia. Dopo un periodo di disintossicazione, Giacinto non solo si era ripulito dalla droga, ma aveva pure ripreso a studiare. Diciotto mesi dopo, terminata la «clausura», era ritornato a Palermo.

Era un'altra persona, innamorato della vita. Aveva ricominciato a giocare a calcio, a uscire con gli amici, si era anche fidanzato con una ragazza più grande di lui. Giovannella si sentiva felice, orgogliosa di quel ragazzo che sembrava come rinato. Se lui ce l'aveva fatta, un po' era anche merito suo. Lo aveva pure iscritto al secondo anno di ragioneria. Ma una mattina – mancava una settimana all'inizio della scuola – Giacinto uscì di casa e non fece più ritorno. Lo cercarono per settimane. Qualcuno pensò anche a un rapimento.

La polizia lo trovò morto in un vecchio garage abbandonato in via Bara All'Olivella, con le ossa rotte e il laccio emostatico intorno al braccio. Non si era bucato spontaneamente. Lo avevano pestato a sangue e poi ucciso con un'overdose di eroina. Nel loro rapporto gli investigatori scrissero di un possibile regolamento di conti. Forse – era questa l'ipotesi privilegiata – la vittima doveva dei soldi a qualcuno e quel qualcuno si era vendicato. Sua madre, chiamata all'obitorio per identificare il cadavere, stentò a riconoscere in quell'ammasso di carne pestata il volto del figlio, sfigurato com'era. Dopo il funerale, Giovannella non ostentò dolore. Non fece come altre donne, non si nutrì di pietismi e di rimpianti barricandosi dietro il lutto. Tantomeno lasciò Palermo. Fece molto di più. Mise in vendita il negozio, la casa, si liberò di tutti i suoi beni e coi soldi ricavati decise di investire nella droga, nella rete dello spaccio.

Voleva controllare tutti i pusher di Palermo, schiacciarli a uno a uno, diventare col tempo più potente di loro nella speranza – un giorno – di guardare in faccia e uccidere con le sue mani quelli che avevano massacrato suo figlio. Ora erano passati quasi dieci anni e Giovannella con la sua droga aveva ammazzato solo altri ragazzi innocenti. La sua vendetta si era consumata a metà. Lei era diventata un pezzo da novanta alla Vucciria, entrava e usciva di galera, i giornali locali le dedicavano pagine intere. Ma gli assassini di Giacinto non li aveva trovati, neanche con tutto il denaro che aveva da offrire. Così, per una sorta di *cupio dissolvi*, aveva iniziato a bucarsi anche lei, a soffrire pure lei. Forse il modo più semplice per avvicinarsi al figlio. L'alternativa era morire di dolore.

Trovandomi davanti al suo regno oscuro, ebbi un attimo di esitazione. Il pensiero di parlarle, di guardarla negli occhi, mi metteva addosso una strana inquietudine. Tuttavia suonai il campanello.

«Chi è?» chiese una voce femminile con tono scocciato.

«Sono Filippo, mi manda Emma.» E per farle capire chi era gliela descrissi da dietro la porta. Funzionò come una specie di lasciapassare.

«Adesso ti apro, sei solo?»

«Sì.»

«Va bene, entra.»

Apparve la figura di una donnina esile a piedi scalzi. La luce della scala per un attimo le illuminò il viso, come un flash. Lei si portò una mano agli occhi per proteggersi. Era pallida, la pelle rovinata, i capelli ricci spettinati e striati di bianco. Un tempo doveva essere molto bella, ma ormai non si curava più. Indossava i pantaloni di una tuta e una canottiera bianca metteva in mostra le braccia segnate dai buchi e dalle cicatrici. Aveva due occhi azzurri gelidi, due punte di lancia che aggiustavano il tiro senza emozioni. La casa era come le topaie dei viados: fatiscente, con un pungente odore di cessi sporchi e i tubi dell'acqua a vista arrugginiti che gocciolavano copiosamente. Nel soggiorno c'era un divano verde bucato e un tavolino pieghevole di plastica bianca, lurido di macchie d'olio e avanzi di cibo.

I vetri delle finestre erano foderati con grossi rettangoli di cartone che non facevano filtrare un raggio di luce. Nel soggiorno qualche candela a terra, per il resto regnava il buio, un'oscurità che rendeva tutto se possibile ancora più spettrale. C'era una musica di sottofondo, un motivetto di pioggia e arpe rilassanti che usciva da un vecchio mangianastri poggiato su un tavolo. Guardai a sinistra e vidi che in un angolo, stesi su una stuoia uno accanto all'altro, c'erano due trans che si stavano bucando. Avevano ancora indosso gli abiti da lavoro: minigonne plastificate, corpetti bianchi, stivali con tacchi altissimi e trasparenti. Le vene delle braccia dovevano essere inutilizzabili, perché uno si era tolto le scarpe e aveva inserito la siringa tra le dita dei piedi, l'altro si stava facendo sulla vena del cazzo. Non sapevo se scappare o vomitare.

«Guarda che questo non è un cinema», mi riprese Giovannella piuttosto contrariata dal fatto che rimanevo con gli occhi incollati a quei due poveracci. «Non perdiamo tempo, che vuoi?» chiese incalzandomi in malo modo.

«Mi serve una dose», risposi cercando di trattenere i conati di schifo che mi venivano su per la gola. «Emma sta male.»

Sapevo che erano amiche. Mentre cercavo di riscuotermi mi aspettavo una sua reazione, qualcosa del tipo «mi dispiace», ma evidentemente Giovannella quel giorno non aveva voglia di perdersi in convenevoli.

«Centotrentamila lire. I soldi me li devi dare prima. Poi gira i tacchi e vai fuori dalla minchia.»

«Subito», risposi per non avversarla ancora di più. Aprii il portafoglio e le passai le banconote.

«Aspetta qui.»

Infilò un corridoio e sparì in una stanza in fondo alla casa. I due transessuali avevano finito di bucarsi. Uno aveva la testa rivolta verso il soffitto, il viso contratto, gli occhi semiaperti, il rossetto rosso fuoco sulle labbra e le gambe larghe che lasciavano intravedere degli slip amaranto. L'altro giaceva svenuto sulla stuoia. Era quello che si era fatto tra le dita dei piedi ora ricoperti da un vecchio panno, uno strofinaccio bagnato che serviva – credo – a tamponare il sangue dopo il buco. A un certo punto sentii una chiave girare nella toppa. Con quel buio riuscivo a distinguere solo la sagoma di un uomo.

«Filippo!»

Mi avvicinai per vederlo meglio:

«Emilio!»

Non poteva essere vero. Era il mio istruttore di karate Emilio Giacobini, uno col quale mi ero allenato per quattro anni in una palestra di via Pacinotti.

«Che cazzo ci fai qui?» gli chiesi sorpreso di vederlo così a suo agio in quel posto di merda.

«Ci abito», rispose, «non lo sai? Giovannella è la mia donna.»

No, non lo sapevo. Emilio era l'uomo che era stato il mio faro, la mia guida, una sorta di mito vivente. Non fumava, non beveva, stava sempre a dieta. Aveva lo sport nel sangue, che c'entrava lui con la droga, con quell'ambiente, con i transessuali che si bucavano in salotto?

«La palestra l'ho dovuta chiudere, ormai si iscriveva poca gente. Mi alleno lo stesso da solo e sono ancora forte. Ti va un tiro di coca? Offro io.»

Ci sedemmo su un divano. Giovannella ci raggiunse, mi consegnò la «roba» per Emma e si mise accanto al fidanzato.

«È coca colombiana, roba di prima qualità!» fece lui tutto contento sistemando tre strisce e una banconota arrotolata su un vassoio d'argento.

Guardai Emilio come si possono guardare i pazzi.

«Oh, ma che cazzo credi? Io sono qui per la mia fidanzata, questa merda non la prendo.»

«Sbagli», mi contraddisse lui. «Sai che calci e che pugni ti fa tirare questa roba? Diventi indistruttibile, non hai neanche più bisogno di dormire.»

Rideva di gusto e la sua risata mi irritava, mi sembrava un oltraggio al passato, un insulto ai sacrifici che avevo fatto per me e in fondo anche per lui.

«Basta così Emilio, ti prego! Mi fa schifo la droga. Farsi è da coglioni, ricordi? Me l'hai insegnato tu. Mi dicevi che la nostra droga era lo sport e ora ti sei dimenticato tutto. Ma che cazzo di uomo sei diventato?»

«Tutti qui ci siamo rimangiati qualcosa», mi interruppe Giovannella puntandomi con i suoi occhi da dèmone irredimibile, «il passato ormai non conta più niente.»

Avevo mal di denti, Emilio vedeva che con la mano destra tormentavo la guancia come a voler schiacciare il dolore.

«Ascoltami Filippo, tira un po' di coca, vedrai che ti passa subito.»

«Vaffanculo Emilio, ti saluto.» Mi alzai e mi diressi verso la porta lasciando loro due lì, su quel divano.

Giovannella scoppiò a ridere: «Rassegnati piscialletto, tanto neanche tu Emma la puoi salvare!»

Non le risposi nemmeno. Ma mentre stavo uscendo da quell'inferno, i miei occhi si posarono su una specie di canterano accanto all'ingresso. Rivolta verso il muro c'era una cornice d'argento. Mi venne voglia di girarla e guardare.

Si intravedeva l'immagine di un ragazzo. Era dentro l'unico oggetto prezioso che Giovanella non aveva venduto, che aveva portato dal proprio passato, l'unica testimonianza che desse un indizio della sua vita precedente. Giacinto di certo ora la vegliava dal cielo, ammesso che potesse distinguere sua madre in quel girone di vite dannate che era diventata la sua casa, e Giovannella forse voleva risparmiare a lui, a quella foto, l'ultimo spettacolo: assistere alla sua morte lenta. Quella cornice d'argento aveva seminato anche troppo dolore e il rivolgerla verso il muro era per Giovannella una richiesta di perdono. A se stessa, a suo figlio. Per non averlo ancora vendicato.

9. L'ULTIMA FOTO

I miei peggiori incubi si avverarono. Qualcuno aveva visto un furgone della Setteveli davanti alla palazzina di Giovannella e senza farsi troppi scrupoli aveva avvisato lo zio. Una mattina a casa di Emma squillò il telefono: «Ti sto mandando il mio autista, fatti trovare sotto casa tra dieci minuti». Clic.

Zio Angelo mi attaccò il telefono in faccia, non ebbi neanche il tempo di rispondere. Conoscevo quella voce. Di solito era calda, rassicurante, come poteva essere quella di un padre. Il gelo, il tono perentorio e metallico – di quelli che non ammettono repliche – con cui aveva scandito quelle quattro parole mi aveva dato una certezza: era furibondo. E in fondo ne aveva tutte le ragioni. Lui mi aveva aiutato e io per tutta risposta lo avevo tradito. Se adesso decideva di togliermi il saluto non potevo biasimarlo.

L'autista mi lasciò davanti a quello che era il suo quartier generale, un palazzo settecentesco appartenuto ai principi spagnoli D'Alcontres.

Era un edificio che sorgeva in via Maqueda, sopra Pustorino, il più antico e rinomato negozio di cravatte della città. Mio zio aveva l'abitudine di comprarne a decine, qualcuna per lui e molte altre da regalare ai tanti amici che lo andavano a trovare. Una regimental se l'era fatta disegnare e cucire apposta per sé. Fondo blu e strisce verdi con al centro (in bianco, ricamato a mano) il disegnino del suo marchio, una coppola rovesciata sulla testa di un cono gelato. Quella cravatta per lui non era solo «un capriccio». Era la prova tangibile di un riscatto sociale, la conferma a se stesso di un sacrificio premiato, il riconoscimento di una vita consacrata sull'altare del lavoro.

«Filippo, ricorda», mi aveva detto una volta, «il talento è acqua fresca se non ci metti l'impegno.»

Negli anni Cinquanta, quando ancora non era nessuno, aveva cominciato con due stanze in affitto negli scantinati di questo palazzo. In una aveva allestito un magazzino, nell'altra un piccolo sgabuzzino dove teneva la contabilità. Ci sapeva fare coi clienti, aveva fiuto per gli affari. Così pian piano – grazie anche alle solide amicizie che aveva stretto col tempo – aveva fatto fortuna. E ora che la Setteveli era diventata un'azienda leader in Sicilia nella distribuzione di prodotti per la pasticceria, il palazzo era suo. Se l'era comprato un po' alla volta e lo aveva ristrutturato, riportandolo agli antichi fasti – solo cinquant'anni prima era stato abbandonato e ridotto a una discarica a cielo aperto.

Era una costruzione nobiliare in stile barocco, di quelle in pietra lavica, col bugnato decorato, le balaustre ricurve in ferro battuto, i davanzali ornati da maschere e putti, volti demoniaci che sugli angoli dei balconi alternavano ghigni a espressioni furiose. Il cortile interno era un giardino fiorito al centro del quale svettava un'immensa quercia secolare con rami forti e rigogliosi che formavano il telaio di un ombrello verde sempre aperto sul cortile e radici possenti arpionate al terreno come le mani di un gigante. Sullo sfondo, un grande porticato a semicerchio puntellato da sedici colonne di marmo di basalto completava il paesaggio.

In città quel palazzo era conosciuto con un soprannome: «lo Scanto», la paura. Una leggenda voleva che agli inizi del Novecento una bambina di undici anni, Lucetta, inseguendo una palla nel cortile dell'edificio – allora disabitato – avesse visto il visino immacolato di un'altra bambina con una bambola in braccio che la guardava sorridendo da dietro un vetro al secondo piano. Quella bimba con una mano le faceva segno di salire.

Lucetta le andò incontro, ma appena entrò in quella stanza una raffica di vento sigillò porte e finestre, dopodiché dai muri e dal tetto iniziò a sgorgare sangue. Pietrificata dalla paura, Lucetta cercò di scappare. La porta era bloccata, il pavimento sussultava. Era buio, la bambina brancicava. Si appoggiò alle pareti come un ragno nella speranza che quel muro la potesse proteggere. Poi dal fondo della camera sentì crescere un lamento. Si girò e rivide davanti a sé la bambina con la bambola. Ora era illuminata da una luce verdastra e non aveva più il visino angelico. Galleggiava, sospesa a mezz'aria, come uno spirito inquieto. Piangeva di un pianto straziante e con un dito indicava la propria tempia destra mostrando a Lucetta un volto orrendo e sfigurato.

Dicevano che fosse il fantasma di Salomar, la piccola figlia del principe D'Alcontres rapita da una banda di briganti e uccisa dopo che il padre si era rifiutato di pagare il riscatto. Il principe qualche giorno dopo il rapimento aveva saputo che Salomar non era sua figlia. La moglie, in lacrime, gli aveva confessato di averlo tradito otto anni prima con un servo, che quel servo dopo la nascita della bambina lo aveva allontanato lei dal palazzo per evitare scandali e ora lui si stava vendicando. Aveva rapito Salomar pretendendo in cambio un forziere colmo di monete d'oro. Il principe se ne lavò le mani. Fece impiccare la moglie alla grande quercia del cortile e lasciò che la bimba venisse ammazzata.

«Non vi darò un soldo, uccidetela pure», fu il messaggio che fece arrivare ai briganti.

Il capo dei rapitori, ovvero il padre della bambina, sparò un colpo di lupara in faccia a Salomar e la seppellì sotto un metro di terra nelle campagne di Carini.

Da quel giorno la sua anima vagava dannata e inconsolabile per le stanze del palazzo. Lucetta, che da quella visione rimase sconvolta, per lo *scanto* tornò a casa e smise di parlare, per tutta la vita.

Zio Angelo diceva che erano tutte minchiate. Ma un po' la storia di Lucetta doveva avere toccato anche lui, perché aveva ristrutturato il palazzo ma la stanza di Salomar l'aveva lasciata così com'era. L'aveva solo fatta murare. Da un lato per una sorta di rispetto verso la morta, dall'altro per scoraggiare la morta stessa – che in fondo era sempre una bambina a cui sicuramente piaceva giocare – dalla tentazione di esibirsi in altre spiacevoli apparizioni. Forse era solo una timida scaramanzia.

«Zu' Angelo, a che serve stu' muro? La morta se ne sta fottendo del muro, se vuole entrare a casa sua entra», disse all'epoca dei lavori un capomastro zelante che dovendo alzare lui quel muro si vedeva già dannato, perseguitato dallo spirito inquieto di Salomar.

«Tu fallo il muro», gli aveva risposto scherzando zio Angelo, «e mettici il cemento armato, così se la morta vuole entrare si deve armare anche lei.»

L'ufficio dello zio era all'ultimo piano. Se l'era fatto costruire sopra alle vecchie scuderie del palazzo, lontano dalla stanza dello *scanto*. La segretaria era al telefono. Vedendomi davanti alla soglia mi accolse con un sorriso di circostanza.

«Lo zio ti aspetta... vai... vai», mi sussurrò mettendo una mano sul microfono della cornetta.

Rimasi per un attimo immobile, a fissare la maniglia della porta. Mi aspettavo «il peggio» da quell'incontro e ora pensavo a Lucetta. Anche a me era passata la voglia di parlare.

Mi incuteva sempre una certa soggezione entrare nel *santa sanctorum* della Setteveli, un luogo che a qualunque osservatore distratto poteva apparire come una delle tante imprese floride e redditizie. Ma io, che ero custode di certe confidenze di mio zio, sapevo che quel posto nascondeva più di un semplice segreto. Tutto era ordinato e studiato per non apparire mai quello che invece era: una valigia a doppio fondo, una torta a più strati.

Lo studio di zio Angelo era una sorta di camera oscura dove il potere si spogliava di ogni pudore e metteva a fuoco le sue ambizioni più becere e nascoste. Era un «altrove» senza tempo dove in gran segreto la politica dei compromessi, l'imprenditoria più ingorda e una certa mafia che sapeva solo dettare condizioni si sedevano attorno a un tavolo per rimbalzarsi il rancore di un'occasione mancata o di un'altra che poteva sfuggire da lì a poco. Si «scannavano» ogni lunedì pomeriggio alle cinque, dopo un pranzo a base di capretto e zibibbo, attorno a un tavolo ovale che mio zio aveva fatto adagiare sopra un mosaico del «Cristo Pantocratore», forse nella speranza di far piovere un po' di grazia su quelle teste calde. I convitati argomentavano in dialetto, ognuno col proprio stile e scegliendo la propria dose di impudenza e di cinismo. E in mezzo a quella Babele di ricatti, minacce, baci e mezze promesse, zio Angelo si muoveva come una sorta di

Caronte. Traghettava saggezza da una sponda all'altra del tavolo, dispensava consigli e quando serviva riportava la calma. Sfilacciava pazientemente il groviglio delle incomprensioni, e in quel groviglio cercava di trovare il filo e il colore che potesse piacere a tutti. Il suo ufficio somigliava tanto ai penetrali di un tempio dove il mistero confina con la paura e la paura col mistero. Era una stanza opaca e ovattata, adusa a passi felpati e a voci sommesse, impregnata dell'odore di sigari cubani fatti a mano, articoli pregiati che comprava direttamente da un artigiano dell'Avana.

Mi guardai intorno, lui non c'era. La sua poltrona in pelle, che sembrava minuscola sotto l'enorme dipinto che raffigurava il «Martirio di San Sebastiano», era vuota, la scrivania di legno scuro ordinata e lucida. Il balcone era aperto, le tende danzavano a passo di vento. Mio zio era in terrazza, ma non era solo. Lo sentivo parlottare. Doveva esserci qualcun altro.

Quello spazio all'aperto era il suo pensatoio, un luogo dove con una sola occhiata riuscivi ad abbracciare con lo sguardo tutta la città, dalla cattedrale fino al mare. Da quella terrazza in tanti anni erano passati vincitori e vinti della fama e del successo. Uomini che guardando Palermo avevano sognato di prenderla tutta e uomini che si erano rassegnati a cederne un pezzo. Tutto dipendeva dal pendolo del potere, da come oscillava in quel momento.

Fuori, in terrazza, il pavimento era azzurro cobalto, realizzato con mattonelle d'epoca. Erano ancora quelle fatte a mano, nei forni d'argilla, dai maestri di ceramica di Caltagirone. Al centro c'era un gazebo bianco con divani e poltrone anch'essi bianchi e ai lati delle mezze colonne in marmo con grandi fioriere di gerani ad altezza d'uomo. Mio zio era appoggiato con le mani alla ringhiera nera in ferro battuto che circondava il perimetro della terrazza. Guardava avanti, con gli occhi persi verso l'orizzonte.

Accanto a lui c'era uno dei tanti boss che frequentavano il suo ufficio, il vecchio don Tano Galati. Era un uomo sui settant'anni che aveva cominciato a fare *piccioli* con le sigarette. Poi si era messo a vendere droga, quindi a comprare armi dai trafficanti russi, e a poco a poco, entrando e uscendo dall'Ucciardone, era diventato uno dei padroni di Palermo.

Mio zio stava in silenzio. Don Tano gli parlava con fare amichevole tenendo una mano appoggiata sulla sua spalla.

«Angelo, non si può continuare così, tu devi fare qualcosa, per il bene di tutti!»

Riuscii a sentire solo questa frase perché poi, entrambi nello stesso momento, come se fossero mosconi, come se avessero gli occhi pure dietro la testa, sentirono la mia presenza e si voltarono di scatto.

«Parli del diavolo...»

«*Sabbenedica* don Tano, ciao zio.»

«Eccolo qui il giovane screanzato. Filippo!!! Ma che mi combini, benedetto ragazzo?»

Il vecchio mi diede un buffetto sulla guancia. Era melenso, apparentemente cortese e affettuoso ma di una cortesia e di un affetto che avvertivo posticcio, peloso e venato di sberleffo.

«Questi ragazzi!» fece di nuovo lui rivolgendosi a mio zio con una risatina complice. «Tu lavori una vita per non fargli mancare niente. Poi loro escono di casa una sera e in un attimo vogliono mandare tutto *a buttane*, vero Angelo?»

«Vero, vero è don Tano, ma che ci possiamo fare? Pazienza ci vuole.»

Mio zio era pallido, stava attento ad assecondare don

Tano, a fargli da complice. Ma dalle occhiate furtive che mi lanciava quando non guardava il boss mi sentivo incenerito. Era livido di rabbia, di vergogna.

«*Filippo, veni ca', assettati vicino a mia!*»

Don Tano mi invitò a sedermi sul divano sotto il gazebo. E anche se il mafioso Galati era l'unico uomo di cui avere davvero paura in quella stanza (dicevano che da giovane era stato un assassino, un macellaio) io mi preoccupavo più di mio zio. Temevo la sua reazione, nonostante mi sentissi un verme per averlo costretto a subire quell'umiliazione.

«Dimmi 'na cosa Filippo...» attaccò di nuovo don Tano incrociando le mani come se stesse pregando, «ma con tutte le femmine che ci sono, proprio *chidda* ti dovevi andare a prendere? Sei un *beddo picciotto*, ti vai a mischiare in mezzo al fango... e perché? Tu appartieni a una famiglia *specchiata*!»

Sapeva tutto, sapeva di Emma, delle mie scorribande notturne, di certo sapeva anche delle mie visite a casa di Giovannella.

Tentati di ribattere: «Don Tano, se lei si riferisce a Emma, mi sono solo preso a cuore un caso umano, la sto aiutando a uscire dalla droga, che c'è di male?»

Iniziò ad alterarsi: «Filippo, ascoltami bene, perché io le cose le dico una volta sola».

Il suo viso si fece truce. Mi puntava con quegli occhi piccoli e immobili, da pescecane. «Con la droga non si *babbìa*. O la compri per te e allora sei mio cliente. Oppure la vendi per me e allora sei mio dipendente. Non ci sono altre strade, *ha caputo*?»

«Ho capito, don Tano.»

Mio zio cominciò a sudare freddo, era agitato. Quella frase di don Tano, quelle poche parole, parole di mafia, lo avevano terrorizzato. Tirò fuori un fazzoletto dalla tasca e cominciò a tamponarsi la fronte che per la tensione era diventata fradicia di sudore.

«Per oggi vi ho detto tutto, vi saluto.»

Il vecchio Galati prese da un vassoio sul tavolino una caramella alla carruba, la scartò, bevve un altro sorso d'acqua e si alzò in piedi. Zio Angelo lo seguiva come un'ombra aiutandolo a mettersi un soprabito sulle spalle.

«Ciao Angelo, spiegalo a tuo nipote che io voglio solo il suo bene.»

«Ma lui lo sa, lo sa don Tano», fece mio zio con fare accondiscendente.

Si diedero un doppio bacio sulle guance, don Tano infilò la porta e sparì.

Zio Angelo tornò fuori in terrazza. Tremava tutto, aveva i nervi a fior di pelle. Tanto povero di parole, enigmatico verrebbe da dire, era stato don Tano, tanto ansioso di parlare adesso era lui.

«Dillo che mi vuoi rovinare, pezzo di cornuto che sei! Vai col mio furgone a comprare droga, vai in giro a picchiare gli spacciatori di don Tano, ma che cazzo ti dice la testa? Me lo vuoi mettere nel culo?»

«Zio, ma che c'entri tu con don Tano? Tu non sei come lui.»

«Stai zitto!» urlò come un pazzo. Prese in mano un bottiglia di vetro e la scagliò contro il muro.

Non lo avevo mai visto così. Era in piedi e mi agitava minaccioso il dito sotto il naso.

«E io coglione che ti ho pure aiutato...»

Indietreggiavo con la schiena, mi ero messo paura e mi aspettavo uno schiaffo da un momento all'altro.

«Ma non lo capisci che mi stai mettendo alla berlina? Che

a Palermo la gente parla solo di te, di questa tua fissazione di salvare una che è già morta? Cosa vuoi, una medaglia?» Tornò davanti alla ringhiera. «Filippo, io sono stanco di guardarti le spalle, per quanto ancora devo coprirmi di merda per colpa tua?»

Non sapevo che dire, mio zio aveva ragione. In fondo gli schizzi di fango che mi ero preso per proteggere Emma avevano raggiunto e macchiato anche lui, la sua onorabilità, la sua reputazione di guardiano del faro, di eminenza grigia della mafia.

Se finora mi ero salvato dalla punizione di don Tano, se nessuno mi aveva rotto le corna, forse era anche merito di mio zio, del fatto che ero ancora dentro il suo cono d'ombra. Ma non potevo andare avanti a lungo, questo lo capivo da solo.

«Lo so che ti ho deluso, zio. È che per aiutare Emma mi sono bevuto il cervello, non dormo, non mangio, non vedo più nessuno, sono esaurito.»

Si girò come un leone affamato.

«E allora lasciala!» urlò con gli occhi di fuori.

Scoppiai a piangere: ero stanco di tutto, di difendermi, di scusarmi, forse anche di combattere. Zio Angelo capì che non era il caso di infierire, capì che ero come certi soldati che durante una battaglia perdono di vista il nemico e, disorientati, girano su se stessi. Si venne a sedere vicino a me. Mi versò un po' d'acqua in un bicchiere e me lo passò.

«Filippo, non voglio mai più sentire mezza parola sul tuo conto. Vuoi stare con questa Emma? Benissimo. Chiuditi dentro casa con lei, esci solo quando sarà guarita oppure quando sarà morta. Se so che vai ancora in giro a comprare droga o a picchiare spacciatori ti spezzo le gambe, ti ammazzo con le mie mani.»

Stavo zitto. Mi scoppiava la testa. Zio Angelo mi afferrò per un braccio.

«Hai capito Filippo? Rispondimi!»

«Va bene zio, te lo prometto.»

«Adesso dammi un bacio e vattene via.»

Uscii dal palazzo dello «Scanto». Era una giornata uggiosa, di quelle tristi, di quelle che fanno venire voglia di stare chiusi in casa. L'autista mi riaccompagnò indietro, ma arrivati davanti al Piccolo Teatro vidi un camion dei vigili del fuoco che stazionava, coi lampeggianti accesi, davanti a casa mia.

Il traffico era bloccato. Un'enorme colonna di fumo nero veniva su dalla strada. C'era un odore insopportabile di benzina, plastica e gomma bruciata. I pompieri stavano ancora arrabattandosi per spegnere il fuoco. Mi avvicinai facendomi largo tra il gruppetto di curiosi.

«Oh mio Dio! No!»

Mi portai d'istinto le mani alla testa.

Il furgone della Setteveli, quello che mio zio mi aveva affidato, stava bruciando, era diventato quasi uno scheletro di lamiera. Dentro l'abitacolo, al posto del guidatore, c'era il corpo carbonizzato di una donna.

«Emma», pensai, «cosa ti hanno fatto?»

Avevo le guance infuocate, mi sentii venire meno le forze, iniziarono a tremarmi le gambe, me le sentivo molli come se poggiassero i piedi a terra per la prima volta dopo mesi. Col cuore in gola mi avvicinai per vedere meglio. Il volto della donna era irriconoscibile.

Accanto all'autobotte dei vigili del fuoco, con un taccuino in mano riconobbi un cronista di una tv locale, un certo Giuseppe Morales soprannominato «Pucci». Chiedeva al suo cameraman di riprendere in primo piano la donna nel furgone, di zoomare sulle braccia bruciate, di non farsi sfuggire neanche il più piccolo dettaglio.

Gli stava col fiato sul collo: «Sbrigati collega! Tra un'ora andiamo in onda!»

Morales era famoso per essere uno malato di protagonismo. Se c'era un morto ammazzato si avvicinava con una scusa qualunque al medico legale per farsi fotografare accanto al cadavere. Se c'era una retata di mafiosi si piazzava davanti al portone della squadra mobile e «impallava» gli operatori che stavano tutti in fila pronti a immortalare l'uscita degli arrestati in manette.

Anche quando si trovava in tribunale, nell'aula di un grande processo, si metteva a fianco del pubblico ministero e gli suggeriva le domande per gli imputati. Era fatto così, gli piaceva comparire e aveva la sindrome «dello sbirro». Parlava e si muoveva come un poliziotto. Camminava con una 357 magnum di plastica e quando arrivava sul luogo di un delitto, mentre gli altri giornalisti prendevano appunti, lui si avvicinava ai parenti delle vittime – di solito sceglieva quelli in lacrime – e, con la mano destra sul calcio della pistola, li tormentava con domande da questurino.

«Voi avete visto niente? Sapete per caso chi ha sparato?»

«No, non sappiamo niente», rispondevano quelli tutti scocciati.

«Sicuro? Vi faccio fare un giro in questura?»

Una volta mi avevano detto che per questo suo pallino di fare lo «sbirro» senza distintivo qualcuno gli aveva pure rotto le corna e lo aveva lasciato mezzo morto dentro un cassonetto dei rifiuti. Ma Morales evidentemente il vizio non se l'era tolto.

Mi avvicinai a lui col fiatone, volevo avere qualche notizia.

«La posso disturbare un attimo?»

«Lei chi è? Si identifichi», mi chiese a brutto muso squadrandomi dalla testa ai piedi.

«Nessuno», risposi accennando un sorrisino isterico, «un suo ammiratore. Volevo sapere solo chi è la ragazza dentro il furgone.»

Ringalluzzito dal fatto di essere stato riconosciuto, cambiò subito atteggiamento.

«Non lo so», rispose, «so soltanto che è una ragazza di trent'anni morta di overdose. Il medico legale sostiene che l'abbiano messa sul furgone quando era già cadavere. Poi in un secondo tempo hanno cosparso di benzina il mezzo e l'hanno bruciato. Lei chi è, un parente?»

Già a Morales si erano illuminati gli occhi, intravedeva la possibilità di un'intervista esclusiva.

«No, glielo chiedevo per curiosità.»

Mi sentivo più tranquillo ma non ero ancora sicuro che quella ragazza non fosse Emma.

Il giornalista richiamò il suo cameraman, si infilò dentro una macchina e prima di chiudere lo sportello mi guardò e disse: «Vuole sapere come la penso? Secondo me lì dentro quella ragazza ce l'ha messa la mafia».

Tirò a indovinare, ma forse non aveva tutti i torti. L'operatore mise in moto e sfrecciarono via.

Si mise a piovere. Un poliziotto in borghese della sezione omicidi si fece largo tra i curiosi e mi venne a chiamare: «Può venire un attimo con me? Le vuole parlare il nostro dirigente, il dottor Santamarina».

Per ripararsi dalla pioggia, il commissario era seduto dentro una Volante parcheggiata sul lato destro di via Isidoro

Carini. Parlava alla radio e scriveva fitto fitto su un blocco di carta. Il poliziotto aspettò che finisse e bussò sul vetro.

«Dottore, qui c'è la persona che mi ha fatto chiamare.»

«Ah, grazie Crisafulli, arrivo subito.»

Claudio Santamarina era un ragazzone sui trent'anni alto un metro e novanta, capelli castani e ricci, fisico asciutto, occhiali da vista con montatura in metallo. Non sembrava uno di quei burocrati grigi e anonimi che stanno tutto il giorno in ufficio a riscaldare una sedia. Mi sembrava uno tosto, pieno di grinta, educato e vestito alla moda. Portava i jeans, un paio di stivali neri e un maglione a girocollo bianco sotto una giacca a vento blu. Dalla tenuta sportiva s'intuiva che quel pomeriggio era stato richiamato in servizio all'improvviso. Era siciliano, e dall'accento aveva tutta l'aria di essere nato e cresciuto a Palermo.

«Lei è il proprietario del furgone?» mi chiese scendendo dalla macchina e aprendo un ombrello.

«Sì, cioè no, è dell'azienda di mio zio. Dottore, mi scusi...» feci io cambiando discorso, «ma chi è quella donna sul furgone?»

Cercavo solo qualcuno che mi rassicurasse. Pregai Iddio che non mi dicesse il nome di Emma.

«Perché lo vuole sapere?» chiese lui.

«La prego, me lo dica.»

Santamarina vedeva che ero ansioso, che pendevo dalle sue labbra.

Aprì la sua cartelletta e cominciò a leggere: «Era una tossicodipendente scomparsa da casa da due settimane, una certa Antonella Puma». Mi passò una foto della vittima presa dalla carta d'identità e disse: «Eccola, è questa».

Mi sentii morire. Era l'amica di Emma.

«La conosceva?»

Feci un bel respiro e dissi: «No, mai vista».

Il tono del commissario divenne sospettoso: «È sicuro?»

«Certo.»

Ripassai la foto a Santamarina e feci per andarmene. Credevo di essere libero di tornarmene a casa, ma il commissario mi afferrò per un braccio e mi bloccò. Con me evidentemente non aveva finito.

«Le devo chiedere di venire in questura.»

«Perché?»

«Perché dobbiamo interrogarla, amico mio. Qualcuno, come vede, le vuole male, e se fossi in lei io cercherei aiuto.»

Sapevo che quel furgone bruciato con la tossica abbandonata all'interno era un messaggio mafioso per me. Qualche testa calda – potevo immaginare chi – a cui avevo pestato i piedi mi mandava a dire di lasciare in pace gli spacciatori. E il messaggio più o meno era: oggi è toccato ad Antonella morire in questo modo, domani può toccare a Emma.

Ne ero perfettamente consapevole, ma davanti al commissario feci il vago: «Guardi, io veramente non so cosa pensare, dottore. Mi creda, non c'entro niente con questa storia».

Mi portarono alla squadra mobile, sezione omicidi. E mi tennero a bagnomaria un paio d'ore, con le solite domande: «Dov'è stato? Chi ha visto? Con chi ha parlato?»

Non dissi niente, anche se dietro a questa storia ci vedevo lo zampino di don Tano. Santamarina aveva capito che nascondevo qualcosa, ma non avendo più motivi per trattenermi mi lasciò andare. Smaniavo per vedere Emma, per riabbracciarla.

Corsi a casa. Quella mattina l'avevo lasciata che dormiva. Andando da mio zio, avevo chiesto a suo padre di tenerla d'occhio per il tempo che sarei mancato. Ma non trovai nessuno. Cercai Matilde allo studio ma era uscita anche lei. Pensai: ecco, ci risiamo, è scappata di nuovo. Già all'idea di un'altra notte di ricerche mi volevo suicidare. La testa mi scoppiava, il cuore mi batteva forte, avevo la gola secca. Aprii il frigorifero e tirai fuori una bottiglia d'acqua. Iniziai a bere ingordamente. Per caso l'occhio mi cadde su un bigliettino posato sul tavolo della cucina. Sopra, con una penna rossa, c'era scritto: «Per Filippo».

Era la calligrafia di Emma.

Amore, ho visto Antonella dentro il furgone. Ho paura. Non voglio finire come lei. Mi voglio far curare. Mio padre e mia madre mi stanno accompagnando all'Ospedale Civico. Raggiungici. Ti amo.

Emma

Mi sembrava un sogno. Finalmente la mia ragazza voleva guarire. Salii sul primo taxi che passava da via Calvi e mi scapicollai al Civico. Matilde e Girolamo chissà da quanto tempo non parlavano. Eppure ora erano al pronto soccorso, accanto a quella loro figlia che per la prima volta in vita sua non scappava, non sbraitava. Per la prima volta era lei a chiedere a un medico di sottoporla al metadone.

Mi vide da lontano e mi corse incontro gettandomi le braccia al collo.

«Vedrai, questa volta non ti deluderò, lotterò con tutte le mie forze.»

Ci abbracciamo a lungo, poi le dissi: «Adesso vai, che il dottore ti aspetta».

Mentre Emma si allontanava, Matilde mi chiamò in disparte. Mi raccontò che quando mi trovavo allo «Scanto» la figlia si era svegliata al suono delle sirene delle autopompe dei vigili del fuoco che accorrevano sotto casa, si era affacciata al balcone e aveva visto il furgone avvolto dalle fiamme. Era scesa in strada, così com'era, in camicia da notte, ed era rimasta talmente colpita dalla scena di quella sua amica arrostita come un quarto di carne bruciata sul barbecue che doveva esserle scattata una molla dentro.

«Speriamo bene», aggiunse.

A Emma i medici somministravano il metadone «a scalare». Dosi massicce che si riducevano man mano che il corpo si abituava all'astinenza da eroina. Emma si chiuse in casa. Usciva solo per andare in ospedale per fare la flebo. Poi tornava e si buttava sul divano aspettando che la «scimmia» allentasse la morsa.

Una notte, verso le tre di mattina, si alzò dal letto e si chiuse in bagno. Ero sveglio, aspettavo che tornasse da un momento all'altro. Ma i minuti passavano e lei era ancora barricata lì dentro. Avevo un brutto presentimento. Prima avevo sentito dei rumori provenire dal bagno, rumori di scatole rovesciate, di cassetti rovistati. Adesso però sentivo silenzio.

La chiamai più volte, dando pugni sulla porta: «Emma! Emma, tutto a posto?»

Non rispondeva. Suo padre si svegliò e corse a vedere cosa fosse accaduto.

«Che c'è, che è successo, si sente male?»

«Non lo so, non risponde.»

A forza di spallate, buttai giù la porta.

«Emma, no!!!»

La vidi sdraiata nella vasca da bagno in una posa da manichino, con la camicia da notte imbrattata di sangue. Aveva gli occhi chiusi. Sembrava dormire. Si era tagliata tutti e due i polsi con la lametta di un rasoio che ora era sul pavimento, striata di rosso. Aveva aperto l'acqua calda, si era distesa e si era messa pazientemente ad aspettare la morte.

«Girolamo, presto, chiama un'ambulanza!»

Emma era di un pallore impressionante: mi sforzai di sentire il cuore, batteva ancora ma era debolissimo. Cercai di tamponare l'emorragia, afferrai la federa di un cuscino e la strappai a metà. Ricavai due grossi nastri di cotone che le strinsi intorno ai polsi continuando a gridare: «Tu non te ne vai! Tu non te vai!»

Quell'ambulanza sembrava non arrivare mai. Per andare incontro ai soccorritori avvolsi Emma in una coperta, me la caricai sulla spalle e scesi giù per le scale. Uscito in strada, sentii in lontananza il rumore di una sirena che si faceva sempre più forte.

«Ecco, ci siamo, resisti.»

Gli stracci che le avevo legato intorno ai polsi erano impregnati di sangue, e gli infermieri mi chiesero di lasciar fare a loro.

La adagiarono lentamente su una barella e la caricarono a bordo.

«Vuole accompagnarla?»

«Sì, certo.»

Salii sull'ambulanza e partimmo a sirene spiegate. Il pronto soccorso di Villa Sofia non era lontano, a quell'ora della notte ci arrivammo in una manciata di minuti.

Il medico di guardia ordinò subito una trasfusione. Ma i battiti del suo cuore erano sempre più flebili, Emma se ne stava andando. Le fecero un massaggio cardiaco. Uno, due, tre. Quel maledetto cuore non pompava. Gliene fecero un altro e un altro ancora, ma niente. Si erano quasi tutti arresi, stavano venendo verso di me per dirmi di preparami al peggio, quando all'improvviso... bip, bip, bip. Il sensore dell'elettrocardiogramma cominciò a lampeggiare, prima lentamente poi sempre più veloce... 40, 60, 70 battiti. Il suo cuore pompava, voleva vivere. Emma era tornata.

Quella notte restammo in ospedale. Rimasi sveglio, incollato al suo capezzale, promettendo a Dio che non l'avrei mai più persa di vista. Quando riaprì gli occhi, la mattina seguente, le stavo ancora carezzando il viso.

«Ciao», le dissi.

«Dovevi lasciarmi morire», rispose con un filo di voce.

«Perché? Che dici?»

«Perché è meglio che mi uccida io piuttosto che farmi uccidere dalla droga.»

«Emma, mi avevi promesso che ci avresti provato, me l'avevi giurato.»

«Non ce la faccio più a vivere così.»

Tornammo a casa e ricominciammo daccapo. Col metadone e con la nostra battaglia. I giorni scorrevano lenti. Non la lasciavo un secondo. Di sera le tenevo la mano o la guardavo contorcersi su un divano e avvitarsi su se stessa per colpa delle fitte alla pancia. Le crisi la perseguitavano, la voglia di mollare credo pure. Ma nonostante i dolori lancinanti e il pensiero di farla finita, un attimo prima di crollare. Emma riusciva ancora a trovare un appiglio, un'immagine per resistere, per non cedere alla tentazione di uccidersi o di scappare e correre a farsi un buco. Passò tre mesi d'inferno, ma tutto d'improvviso cambiò.

Lentamente ricominciò a mangiare, ad avere cura di sé,

ogni tanto si comprava abiti nuovi e jeans attillati per sembrare più carina. Matilde, vedendo i suoi progressi, mi prestò una delle sue macchine fotografiche.

«Voglio che la fotografi ogni giorno, voglio che si veda la vita mentre si riappropria di lei, della sua pelle, dei suoi occhi.»

Facevo mille scatti. E a ogni scatto di quella macchina, ogni volta che mettevo a fuoco un suo passo, anche piccolo, verso la salvezza, mi accorgevo di voler fare io un passo indietro, allontanarmi da quel viso, dai suoi primi piani, per girare lo zoom su qualcos'altro.

Una mattina che lei dormiva, notai un ritaglio di giornale che spuntava da sotto il materasso. Era un articolo ripiegato che aveva conservato di nascosto. Lo aprii e iniziai a leggere. Il titolo gridava: MUORE LA ZARINA DELLA DROGA.

Parlava della scomparsa di Giovanna La Cascia in arte «Giovannella», la signora dell'argento che aveva investito in eroina per vendicare suo figlio. A corredo del pezzo c'era una foto segnaletica presa dall'archivio della questura. Il cronista scriveva che era stata trovata morta in casa, impiccata a una trave del soffitto. Il suo fidanzato, il mio ex istruttore Emilio, era stato arrestato.

Si era ammazzata Giovannella? L'avevano uccisa? Non lo so.

So però che fu anche per merito suo se Emma alla fine riuscì a vincere la propria battaglia, di certo merito di Antonella, di sicuro di don Tano che quel furgone l'aveva fatto bruciare per spaventare me e invece inaspettatamente – involontariamente, verrebbe da dire – aveva salvato lei. Due anni e otto mesi dopo il nostro incontro, Emma era tornata a essere una ragazza come le altre. Sapeva di essere una sopravvissuta. Era come se quel carico di morte e di paura che si era coagulato tutto in una volta intorno alla sua vita, invece di accelerare il suo destino verso la fine, all'ultimo l'avesse cambiato.

Mio padre e mia madre conobbero Emma quando la droga ormai per lei era solo un ricordo. Fu lei a presentarsi ai miei genitori e lo fece a modo suo, senza vergognarsi del suo passato: «Salve, io sono Emma, la fidanzata sciagurata di Filippo, e sono viva per merito suo».

Mia madre la baciava, la accudiva, la coccolava come se fosse una figlia, la figlia femmina che non aveva mai avuto. E col passare del tempo anch'io iniziai a sentire Emma come una sorella. Le volevo bene, ma dopo quasi tre anni vissuti giorno e notte con lei ero a pezzi. Guardavo la Pentax che mi aveva prestato Matilde e sognavo di andarmene da solo in giro per il mondo. Le scattai l'ultima foto a Mondello, lì dove l'avevo conosciuta, col mare dietro le spalle e il vento tra i capelli. Gliela scattai un attimo prima di prepararmi a dirle che l'avrei lasciata. Lei era bellissima e sorrideva felice.

Poi… clic. E cambiai rullino.

10. DIDASCALIE

Un brodino riscaldato. Ecco cos'era diventata la mia storia con Emma. La pappetta sciapa fuoriuscita da una centrifuga impazzita. Un frullatore che aveva mescolato a casaccio tutto quello che avevamo di diverso e che a suo tempo ci aveva uniti: commiserazione, orgoglio, coraggio, paura. Avevamo un legame profondo, ma come quello che può avere un medico col paziente, un assassino col suo confessore, oserei dire un giudice con un pentito. Un'intimità senza più entusiasmi che che si annacqua nell'ordinaria amministrazione del giorno per giorno. Non diventa amicizia non si tramuta in odio. Dei fidanzatini di Peynet io e Emma non avevamo più nulla. Io da tempo evitavo persino di toccarla, lei erano mesi che arrivati a letto si girava dall'altra parte dicendo che aveva sonno.

L'ultima foto che le avevo fatto ci aveva portato da Renato, un bar affacciato sul porticciolo di Mondello dove avevamo ordinato biscotti di mandorle e granita di gelsi. Era una giornata limpida, col mare dello stesso colore del cielo, le barchette dai contorni pastello si stagliavano all'orizzonte come acquarelli su un quadro di Maurilio Catalano.

Emma finì la granita. Si abbandonò con la schiena sulla spalliera della sedia, alzò la testa e chiuse gli occhi per prendere un po' di sole. Rimase in silenzio per qualche minuto mentre io facevo finta di armeggiare con la Pentax e cercavo, fra tante parole, quelle giuste che mi avrebbero permesso di lasciarla senza per questo ferirla. Non sapevo da dove cominciare.

D'altra parte con quale cuore potevo dire a quella povera ragazza appena restituita dal Padreterno che io, il suo angelo custode, mi sentivo le ali bruciate e non avevo più la forza di volare per lei? Avevo paura di farla precipitare di nuovo nell'angoscia, temevo che, dopo averle insegnato a camminare con le sue gambe, senza di me, senza le mie mani pronte a sorreggerla, potesse cadere e farsi male.

Certo, Emma non era più una bambina e l'eroina adesso faceva parte del suo passato. Ma un ex tossico si sa come ragiona. Vive sempre in bilico fra la tentazione e la speranza. La vita normale dopo la droga è un equilibrio precario, basta un attimo, una scusa qualunque per precipitare di nuovo nel baratro.

«Niente, oggi la lascio tranquilla, magari le parlo domani.» Lo pensavo tra me e me.

Emma si accese una sigaretta, inforcò gli occhiali da sole e con un colpetto di tosse si schiarì la voce. Era come se mi stesse leggendo nel pensiero.

«Filippo, devo dirti una cosa.»

Smisi di tormentare la Pentax e la guardai come se non aspettassi altro.

«Cosa?»

«Domani parto per Londra, starò via un anno.»

Aveva un'amica d'infanzia che abitava in Inghilterra e con la scusa di perfezionare la lingua mi spiegò che voleva cambiare aria, trovare nuovi amici, forse – ma questo lo intuii – di me si era stancata e aveva voglia di innamorarsi di nuovo.

«Filippo, io non so cosa dire, ti voglio un bene dell'anima ma...»

«Basta così, non dire altro.»

Le diedi una carezza. Adesso mi fissava con i suoi occhi piccoli e verdi, mentre due fili di lacrime le rigavano il viso. Ero rimasto spiazzato dalle sue parole. In fondo, secondo il mio copione, dovevo essere io a lasciare lei, non il contrario.

Emma scambiò il mio smarrimento per il rigurgito di orgoglio di un uomo mollato. E tentò – senza troppa convinzione – di fare marcia indietro: «Ma se tu vuoi, io non parto...»

Me lo disse appoggiandomi una mano sul ginocchio con il pianto che le si spezzava in gola. Era come se fosse pentita di avermi parlato, quasi che il fatto di essere stata lei per prima quella che tra noi due aveva mirato dritto al cuore ora la facesse sentire in dovere di soccorrermi, in un certo senso di tornare sui suoi passi, di mandare indietro le lancette del tempo.

Se solo lo avessi voluto lei sarebbe rimasta accanto a me, per sempre. Ma non mi andava di prenderla in giro.

«No, Emma, parti tranquilla, davvero. Anch'io ho bisogno di stare da solo, te ne avrei parlato. È meglio così, per tutti e due.»

La abbracciai forte e tornammo a casa, insieme, per l'ultima volta.

Eravamo in macchina, ammutoliti, sulla stessa strada che da Mondello a Palermo avevamo percorso il primo giorno che ci eravamo conosciuti, quando lei aveva rischiato di morire tra le mie braccia e io non sapevo neanche il suo nome.

Basta. Era finita.

Ora avevamo bevuto la nostra cicuta e ci sentivamo liberati, più maturi, più forti, persino più amici sulla cenere fredda di quella nostra storia al tramonto. L'aiutai a fare le valigie e l'indomani, così come aveva detto, Emma partì: volo British Airways, 8.40 del mattino.

Mi lasciai con lei e mi misi con sua madre. O meglio, Matilde mi propose di andare a lavorare nel suo studio. Aveva visto, sparse per casa, delle foto che avevo fatto in giro per Palermo. Foto semplici, da dilettante, scattate alla Kalsa, al Cassaro, alla Magione: facce di vecchi, case diroccate, angoli della città tormentati dal degrado e dalla povertà. Matilde aveva notato che avevo una mano ferma, che mi sforzavo di comporre la foto, in un certo senso di farla parlare. Ed era questo il valore aggiunto che in quegli anni, anni di guerre di mafia, di morti ammazzati, faceva la differenza tra un qualsiasi «fotograficchio» di matrimoni e un grande fotoreporter. Il segreto era trovare l'immagine che annunciasse un articolo, pensare sempre a un direttore di giornale che andava di corsa, a una prima pagina da chiudere, alla foto giusta che poteva fare la differenza.

Volevo trovarmi una casa, ma con i soldi che mi avrebbe dato Matilde non ci avrei pagato neanche una topaia nei bassi di via Alloro. Dopo tre anni non potevo tornare a vivere coi miei genitori. Come minimo mi avrebbero *assicutato* a calci nel sedere. Permettermi un appartamento significava trovarmi un altro lavoro, magari part-time. E ne parlai con Matilde.

«Ma che dici?» La stava prendendo come un'offesa personale. «Questa è casa tua. In più la stanza di Emma ora è libera. Intanto stai qui, così sei anche a due passi dallo studio. Poi si vede.»

«Matilde, io veramente...»

Mi mise una mano sulla bocca per farmi tacere e mi congedò con un buffetto affettuoso sulla guancia: «Dai scimunito, cominci domani, ti aspetto in studio».

Ero elettrizzato all'idea di lavorare con lei, ma sapevo che mio zio non avrebbe gradito. Troppa differenza di vedute fra loro. Lo andai a trovare in via Maqueda, allo «Scanto», ufficialmente per riconsegnare il nuovo furgone della Setteveli che mi aveva dato in sostituzione di quello bruciato. In realtà volevo dirgli che mi licenziavo, che avevo trovato un altro impiego. Immaginavo che non l'avrebbe presa bene e da parte sua mi aspettavo qualunque tipo di reazione.

«Che, ti hanno dato un posto in banca?»

Babbìava, voleva fare cabaret ma fino a un certo punto.

«No zio, vado a fare il fotografo.»

«Ah sì?»

«Sì.»

«E cosa vai a fotografare?» mi chiese con una mezza risatina.

«Paesaggi, vedute», risposi io con un altra mezza risatina.

Sapeva che Matilde si occupava di mafia, di cronaca nera, e per questo non l'amava. Sfottendola la chiamava «la sbirra», perché sapeva anche che era sempre in mezzo a poliziotti e carabinieri, e quando non lavorava era la prima a scendere in piazza a fianco di braccianti e operai. Era certo che mi riempisse la testa di parole come «legalità», «società civile», parole di sinistra e per questo a lui incomprensibili. Io ogni tanto ne sfoderavo una per darmi un tono, senza neanche capirne tanto il senso, e lui si incazzava. Una volta, parlando di politica e ripetendo come un pappagallo quello che avevo sentito da Matilde, gli dissi che avvertivo «un calo di tensione» dello Stato nei confronti di certi problemi siciliani: la siccità, la disoccupazione, il degrado.

Mi guardò come se mi fossi bevuto venti litri di vino: «Non ho capito, che hai detto? Calo di tensione? Che, se ne è andata la luce? Ma come minchia parli?»

In un angolo della sua testa mio zio temeva che seguissi le orme di Matilde, che diventassi come lei, sbirro e comunista, ma non sapeva come dirmelo.

«Ma scusa, se vuoi fare le foto perché non te ne vieni qui? Ti metti in terrazza e ne fai quante ne vuoi. Hai visto che bel panorama? C'è bisogno che vai fuori a fare malavita? Ti pago. Io, se vuoi, ti pago.»

E certo temeva che mi andassi a cacciare in qualche brutto guaio.

«Dai zio, non voglio farlo per tutta la vita, è solo per un periodo. Se mi piace continuo, se no cambio, stai tranquillo.»

Non riusciva a inghiottire il rospo, ad accettare l'idea di avere un nipote ficcanaso che per vivere doveva per forza interessarsi dei fatti e delle tragedie «altrui». Voleva dirmi chiaramente che non approvava, ma più si sforzava di farlo e meno trovava le parole. Si infervorava, si agitava. E la testa gira e rigira l'aveva sempre lì, a certi suoi amici che vedendo me, suo nipote, con la Pentax a *tampasiare* fra le loro strade, fra i loro vicoli, chissà che potevano pensare. Magari qualcuno si poteva pure seccare e andargli a chiedere conto e ragione.

Solo che zio Angelo questa sua paura non la manifestava apertamente. Me la faceva intravedere tra le pieghe dei suoi ragionamenti a doppio senso, come si dice, *a mezzamafia*.

«Filippo, non è che poi a forza di fotografare paesaggi qualcuno si incazza perché hai ripreso un panorama che non ti appartiene?»

«No zio, stai tranquillo, adesso vado che è tardi.»
«Vabbè, se lo dici tu.»
Lo baciai e mi avviai verso la porta.
«Filippo!»
Mi voltai di nuovo verso di lui.
«Sì zio, che c'è?»
Si fece serissimo.
«Te la posso domandare una domanda?»
Ecco, pensai, adesso arriva la batosta.
«Certo.»
«Me la fotografi *'sta funcia di minchia*?» E giù risate a crepapelle. Ci abbracciammo di nuovo e lasciai lo «Scanto».

Alle nove del mattino dell'indomani, puntuale come uno scolaretto, mi presentai allo studio di Matilde. L'ufficio non era molto grande ed era in centro, zona Politeama, sotto i portici di piazzale Ungheria, a due passi dal glorioso quotidiano comunista del pomeriggio «L'Ora». Era un appartamentino di tre stanze. In una c'era la camera oscura, in un'altra l'ufficio di Matilde e del suo compagno, Ernesto, e all'ingresso un piccolo disimpegno dove trafficava una segretaria. La sera prima, in un negozio di via Lattarini avevo comprato il mio nuovo abito di scena, una di quelle giubbe da fotografi con tante tasche per metterci i rullini e le ottiche di ricambio: avrei fatto morire d'invidia tutti i miei amici.

Ero ansioso di fare il mio primo servizio, ma appena arrivato, Matilde mi gelò con una doccia fredda.

«Quello è il tuo posto», disse indicandomi un angolo con un'enorme cassettiera in metallo. «Lavorerai in archivio.»

«Ma come? Non mi avevi assunto come fotografo?»

«Una cosa alla volta, figlio mio. Sai come si dice? Il morto insegna a piangere.» Mi mise sulle mani una pesantissima pila di foto da schedare e aggiunse: «Non puoi fare le foto se prima non sai come custodirle. Su, coraggio, al lavoro!...»

Per tre mesi rimasi chiuso in ufficio. Catalogavo diligentemente ogni immagine che mi consegnavano Matilde ed Ernesto dopo i loro giri. Ogni foto era conservata per argomento: cronaca, politica, spettacoli... I morti ammazzati stavano dentro il cassetto contrassegnato con la lettera M che stava per Mafia, i volti dei politici stavano sotto la sigla ARS (Assemblea Regionale Siciliana), mentre alla P di Palermo si poteva trovare un po' di tutto, dai bambini che dormivano nei cassonetti a roba più leggera, tipo il festino di santa Rosalia.

Ogni sera, a fine giornata, assistevo a un miracolo. Il volto bellissimo e deturpato di Madre Città si componeva come un mosaico nel marasma di foto che mi passavano tra le mani. Io dovevo decidere solo se riporle nel cassetto di sopra, quello delle luci, o nel cassetto di sotto, quello delle ombre.

Finalmente una mattina Matilde si decise a portarmi con lei, a darmi come si dice in gergo *u' vattiu*, il battesimo.

«Dai, prendi la macchina, usciamo.»

Mi si aprì un mondo nuovo, totalmente sconosciuto. Le facce, le cose, i gesti, dai più semplici ai più scomposti che avevo visto per una vita nello stesso modo, improvvisamente non erano più gli stessi. Dietro la lente, sotto un'altra prospettiva, adesso mi sembrava tutto diverso, meno grigio, più vivo. I palermitani che banchettavano al Parco della Favorita la domenica, i bambini che giocavano alla guerra con le pistole finte dentro il rudere di un palazzo bombardato, il tizio con le banconote appuntate sulla giacca che chiamava la *riffa* – una modesta lotteria organizzata dentro le borgate – e tormentava il povero di turno per comprare il biglietto che gli avrebbe cambiato la vita. Eroismi e infamità, furore e silenzio, sfruttamento e liberazione rincorrevano senza fiato il mio occhio pur di farsi azzannare.

Girando per le strade tutto sapeva di poesia ma anche di dramma, di vino dolce che in gola diventava subito aceto. Passare da un angolo all'altro di Palermo era come scorrere le gradazioni di uno stesso colore; dal rosso opaco, scolorito, della borghesia cittadina, quella dei funzionari regionali e delle loro case tutte uguali, al rosso intenso, più acceso – sanguigno, verrebbe da dire – della «gentuzza» dei quartieri popolari, cuore pieno e pancia vacante.

«Il dettaglio», mi ripeteva allo sfinimento Matilde, «ricordati che la foto giusta è nascosta in un dettaglio.»

All'inizio Matilde mi risparmiò la cronaca violenta. Sparatorie, *ammazzatine*, lupare bianche le seguivano lei ed Ernesto. A me faceva fare il «colore», voleva che trovassi storie.

Una di queste la scovai per caso mangiando un panino con le panelle in una focacceria abusiva affacciata sul mare dello Sperone. Ogni pomeriggio, da una settimana, verso le cinque c'era un uomo con la tuta da operaio che ordinava una birra, si appoggiava sul bancone di marmo tutto unto di olio e si abbandonava a pianti strazianti. Ogni tanto si dava pugni in testa e ripeteva ad alta voce: «Cornuto, sono un cornuto».

Era lucido, non era né pazzo né ubriaco. E andava avanti all'infinito, quasi che volesse convincere se stesso prima che gli altri. Quando si stancava di piangere, di sentire solo la propria voce, si girava verso i clienti che aveva a lato e li tormentava: «Lei lo sa? Io sono un cornuto.»

«Ah, vero? Mi dispiace.»

Magari c'era quello che non gli dava soddisfazione, che lo lasciava sbattere, allora l'operaio non contento si alzava in piedi, si voltava verso la platea come se dovesse recitare un pezzo di teatro e in un silenzio carico di attesa ripeteva gridando a squarciagola: «Me lo dite o non me lo dite che IO-SONO-UN-CORNUTO?»

A quel punto si scatenava il «vivamaria»: «Ci stai scassando la minchia!»

A certi clienti della focacceria, gente allegra, non pareva vero di potersi abbandonare all'insulto libero, di *cornutiare uno a minchia piena*. Lo accontentavano volentieri, prima a timidi gruppetti poi tutti insieme, con i cori da stadio che si sentivano anche dalla strada: «Cornuto, sei un cornuto!» «Anzi no, cornuto e sbirro, crepi l'avarizia!»

Qualcuno dal fondo della sala esagerava, rincarava pure la dose, ma quell'uomo stranamente non soffriva. Al contrario sembrava rigenerarsi. Tornava al suo posto, allargava le braccia come Gesù Cristo davanti agli Apostoli e aspettava di essere sommerso da un *patapum* di ingiurie.

Più lo mazziavano e più lui sembrava rinfrancarsi. Aspettava pazientemente che l'ultima risata scemasse, che tutti pian piano tornassero ai loro discorsi, poi si alzava e se ne andava. Per tornare il giorno dopo e sottoporsi scientemente a un'altra processione di maleparole. Per la focacceria era diventato un'attrazione, un appuntamento fisso ricompensato dal proprietario con un giro di birra gratis per tutti.

Chiesi al gestore del locale chi fosse quell'uomo.

«Ma come, non la sa la storia della schedina? Culo e calcinculo, qui non si parla d'altro.»

Culo, cioè LA FORTUNA, aveva la faccia paffuta, arrossata di Nino, posteggiatore abusivo, un uomo che dopo trent'anni passati a contare spiccioli si era preso una rivincita. Calcinculo, cioè LA BEFFA, aveva il volto sconsolato e derelitto di Totuccio, l'operaio dei cantieri navali che essendo un milionario mancato ormai ripeteva a tutti di essere «cornuto». Sì, perché se Nino alla fortuna ci aveva creduto, l'aveva persino acquistata, il suo amico Totuccio l'aveva schifata, le aveva chiuso la porta in faccia e tanti saluti e grazie.

Era successo che una stratosferica vincita al Totocalcio era piovuta miracolosamente allo Sperone e Nino e Totuccio, «compari d'anello», per motivi diversi erano diventati due simboli, il bello e il brutto di questa storia. Totuccio, che aveva in tasca la schedina vincente, l'aveva rivenduta a Nino. E Nino, che era diventato bello e ricco, si era messo in viaggio per Las Vegas con la moglie di Totuccio, la quale si era portata via i due bambini e lo aveva piantato in tronco con una frase che suonava come un epitaffio: «Solo il cornuto tu puoi fare, a vita».

Quelle quattro parole della moglie gli erano sembrate scritte sulle pietra, una condanna senza appello. Totuccio per il dispiacere si era messo a letto, ma siccome per tre giorni non si era fatto vedere ai cantieri navali aveva pure perso il lavoro. La sfortuna si era accanita contro di lui, gli aveva dato un altro calcio nel sedere, appunto. Totuccio era ridotto uno straccio, senza famiglia, senza lavoro, e soprattutto senza milioni. Un uomo di rispetto, magari alla prima occasione, avrebbe preso Ninetto e lo avrebbe ucciso a mani nude per vendicarsi dell'affronto subito. Quel torto lo avrebbe lavato col sangue. Ma lui non era tipo da delitto d'onore. Acqua cheta, non conosceva vendetta. Però la colpa sì, con quella ci conviveva tutti i giorni e in qualche modo la voleva espiare. Perciò tutti i giorni andava in quella focacceria per sentire moltiplicata per cento la voce della sua coscienza che gli ripeteva quella parola: «cornuto».

Cornuto due volte, per avere venduto la schedina vincente e per essere stato «tradito» dalla sua consorte con Ninetto il posteggiatore. Era il suo modo per chiedere scusa alla fortuna, per trovare, un giorno, chissà quando, un po' di pace. Il giornale su quella storia ci andò a nozze. Una pagina intera di racconto con foto a corredo e richiamo in prima. Il giorno dopo allo Sperone 11.000 copie de «L'Ora» andarono esaurite.

Matilde mi comprò una radio vhf, una di quelle sintonizzate sulle frequenze della polizia, e mi ordinò di tenerla sempre accesa, anche di notte: «Così se succede qualcosa lo sappiamo subito».

Mi insegnò che se dalla Centrale dicevano «codice 25» era sicuramente un morto ammazzato, se era il «457» era un falso allarme, mentre il «3131» era un conflitto a fuoco con agente a terra. Tuttavia all'inizio non mi faceva mai uscire da solo, dopo averla avvisata decideva se portarmi con lei oppure lasciarmi a guardia del laboratorio.

Una scena di cronaca nera a Palermo era un tocco di carne fresca in mezzo a un branco di lupi affamati. C'erano mille fotografi e solo due quotidiani, «L'Ora» e il «Giornale di Sicilia». Per cui, il fotografo più bravo era solo quello più veloce, quello che arrivava per primo, fotteva tutti gli altri e vendeva il servizio al miglior offerente. Non c'erano regole o codici d'onore quando lavoravi sul campo. Tu eri un lupo proprio come gli altri, e come gli altri o ti procuravi il cibo oppure morivi di fame, sopraffatto dal branco. Non c'era spazio per la pietà né per la commiserazione.

«Ricordati, nel nostro lavoro vale una sola regola», mi ripeteva all'infinito Matilde, «vantaggio manco agli sciancati!»

Lei aveva un pelo sullo stomaco lungo quattro dita e mi voleva iniziare all'arte del cinismo. Imparai che per il fotografo così come per il giornalista non esistevano né sentimenti né emozioni né persone, ma solo notizie. E l'importante alla fine era tornare a casa con «l'osso». Dovevi avere la foto. Non contava come l'avevi fatta o chi te l'aveva data. L'importante era avercela prima delle otto di sera, prima che il giornale chiudesse le pagine e il direttore iniziasse a bestemmiare.

I primi tempi rimasi appiccicato a Matilde come una patella su uno scoglio. Le volevo rubare i segreti del mestiere. Se c'era un fatto di cronaca – il crollo di una palazzina all'Albergheria, un incidente stradale, una manifestazione di operai con cariche e arresti – studiavo attentamente come arrivava sul posto, come si apriva un varco nel muro che alzavano poliziotti e carabinieri contro i fotografi per evitare che uscissero immagini non autorizzate. La guardavo scegliere l'angolo e la luce giusta. Osservavo e memorizzavo tutto aspettando con ansia il giorno che mi avrebbe finalmente buttato nella mischia. Erano passati mesi dal mio arrivo allo studio. Mi sentivo pronto per l'azione, volevo fare il fotoreporter d'assalto, mi rompevo a fare solo «colore». E mordevo il freno: «Mettimi alla prova».

Ma Matilde continuava a ripetermi come un disco rotto una sola parola: pazienza.

«Prima devi perdere la verginità», diceva.

Ogni fotografo di cronaca, almeno in Sicilia, viene sverginato quando scatta la foto al suo primo morto. Il mio primo cadavere (contrariamente a come avevo sempre immaginato) non fu un adulto, uno dei tanti *picciottazzi* che a quei tempi cadevano sotto i colpi dei sicari di mafia come sagome, come pupazzi del tirassegno. Fu un bambino di sei anni, Gandolfo, un piccolo «castagnaro» che in viale Michelangelo, alla periferia di Palermo, durante un violento temporale era stato travolto e ucciso da un'auto in corsa mentre aiutava il padre a spingere il carretto di caldarroste. Matilde e io sentimmo la notizia alla radio mentre eravamo in studio e ci precipitammo sul posto. Arrivammo in un baleno con un vecchio motorino scassato che nei casi d'emergenza ci prestava sempre Paolo, il portiere del giornale «L'Ora». Era tutto rotto e pieno di ruggine, non valeva niente, ma a lui piaceva vederlo nuovo, come appena uscito dalla concessionaria.

«Guidatelo con l'ostia in bocca», ripeteva ogni volta invitandomi alla prudenza, «questo giocattolo costa un milione.»

Non era vero. Se valeva cinquantamila lire era tanto, ma mi seccava dirglielo.

«Stai tranquillo Paolo, ciao.»

Il traffico, come spesso succede a Palermo quando cadono due gocce d'acqua, era impazzito. C'era un viavai di Gazzelle e ambulanze, grida, clacson, sirene. Davanti al cadavere del bimbo si era formato un gruppetto di curiosi contro i quali due poliziotti sbraitavano perché spingevano per forzare le transenne.

«Tu fai le foto, io intanto vado dai carabinieri e prendo le notizie.»

Matilde con quella scusa mi lasciò lì da solo e si allontanò. Lo fece di proposito. Voleva mettermi alla prova per vedere come me la cavavo senza di lei.

Pioveva a dirotto, ero bagnato fradicio. Mostrai un tesserino «Stampa» a uno sbirro e oltrepassai il nastro con cui avevano recintato la zona dell'incidente. Anche se lei non era con me sapevo di avere i suoi occhi puntati addosso, si doveva essere nascosta da qualche parte. Ma con la Pentax in mano, davanti a quel corpicino martoriato accanto a un mucchietto di caldarroste ancora fumanti sull'asfalto, ebbi un attimo di esitazione.

Mi rimbombavano nelle orecchie le urla strazianti del padre che non si dava pace e si malediva, seduto sul lato sinistro della carreggiata. Mi sentivo paralizzato, impotente di fronte a quella vita soffocata ancora prima di sbocciare. Il bimbo era steso sopra una pozza verdognola di sangue e fango. Aveva ancora addosso il suo cappottino nero sdrucito e le scarpe vecchie di due misure più grandi regalate dalla parrocchia. A vederlo così, tutto bagnato, i capelli arruffati sul viso e gli occhi che dopo la morte erano rimasti aperti, immobili, sembrava una bambola di pezza gettata da un'auto in corsa. Non sentivo più rumori, mi ero totalmente estraniato da quella scena. Pensavo a cosa doveva essere stata in fondo la vita di Gandolfo, una vita breve, da povero, fatta di strade sempre uguali, di affetti negati, di giochi inventati.

Le urla di Matilde mi sradicarono dal pantano di quei pensieri neri: «Filippo! Ma che fai? Spostati, presto».

Era arrivata alle mie spalle come un ciclone. Aveva visto da lontano altri due fotografi della concorrenza correre affannati verso di noi. E aveva cercato di ovviare al mio errore. Mi aveva spinto via, si era buttata a terra e aveva scattato quattro foto al corpicino di Gandolfo un attimo prima che venisse coperto con un lenzuolo. Si era tuffata come i portieri durante una partita di calcio, quando si allungano per prendere una palla impossibile. Di colpo, come risvegliato da un sonno breve, tornai a sentire le urla della gente, la pioggia che ticchettava sul mio cappuccio, i clacson delle auto che strombazzavano all'impazzata.

Gli altri fotografi si dovettero accontentare di fare tutto il resto: il carro funebre che partiva, i segni dell'incidente sull'asfalto, i vigili urbani che interrogavano l'uomo che involontariamente aveva ucciso il piccolo «castagnaro» e lo tenevano lontano da una piccola folla di parenti che lo voleva linciare. Dettagli, insomma. Perché il colpaccio, le foto di Gandolfo morto, le avevamo solo noi. O meglio, le aveva Matilde. Io ero quello che aveva rischiato di mandare tutto a monte.

«Senti Filippo, io non posso permettermi di bucare un servizio perché tu ti commuovi, porca di quella troia!» Matilde era inviperita, non riusciva a capire perché di fronte a quel bambino mi fossi bloccato come un cavallo di pietra. «Dimmelo chiaramente Filippo, dimmelo così non perdiamo tempo. Vuoi fare il fotografo o ti cerco un posto alla Caritas?»

«Certo, ma...»

«Senza ma», disse lei senza darmi il tempo di completare la frase. «Allora si fa come dico io. Tu da oggi in poi fotograferai solo bambini. Morti, vivi, in tutte le salse, fino a che non ti escono dagli occhi. È chiaro il concetto?»

Era chiarissimo. Matilde voleva farmi capire che per riprendere certe scene ci voleva stomaco e mi voleva rotto a qualsiasi tragedia, qualsiasi orrore. Non perché lei fosse un mostro assetato di sangue e io la verginella dal cuore tenero. Dal suo punto di vista temeva che mi crollassero i nervi. Il giorno che per un motivo qualsiasi mi avrebbe spedito sul luogo di una strage di mafia, in una scena dieci volte più cruenta di quella del povero Gandolfo, dovevo essere pronto. Altrimenti i miei colleghi, gli altri «lupi», mi avrebbero mangiato vivo.

«Devo fidarmi di te, Filippo, io non sarò sempre qui a reggerti il moccolo.»

Il pomeriggio seguente, «L'Ora» uscì con la foto in prima pagina di Gandolfo sotto un titolo a nove colonne: POVERI PALERMITANI. Un'unica immagine gigante scattata dal basso ritraeva un pezzo di asfalto, la mano del bimbo sporca di sangue che stringeva una castagna bruciata, e sullo sfondo in lontananza delle automobili ferme con i fari accesi.

Matilde mantenne la promessa. Da quella volta mi fece uscire con lei solo quando di mezzo c'erano storie con protagonisti dei piccoli innocenti.

«Dai, adesso tocca a te», mi diceva arrivati sul luogo di un fatto spingendomi da dietro come si fa con le macchine ingolfate che stentano a partire.

Ricominciai da zero, come se fosse il primo giorno. Iniziai fotografando un bambino apprendista falegname che aveva perso la mano lavorando in una segheria elettrica. La settimana dopo un altro bimbo che era scivolato da un camion mentre aiutava il padre a scaricare cemento ed era rimasto paralizzato. Il mese successivo dedicai un intero servizio a un *caruso* che allo Zen si era chiuso per gioco in uno scatolone di cartone ed era morto, stritolato per sbaglio dalla pressa montata sul camion dei rifiuti.

Di bambini ne avevo fatti a decine, mi stavano veramente uscendo dagli occhi. Pensavo di avere chiuso con loro, di avere finito il mio tirocinio. Invece una sera che ero tornato a casa presto e chiacchieravo al telefono con Emma che mi aveva chiamato da Londra, arrivò una mala notizia. Verso le dieci entrò in casa sua madre.

Era trafelata, parlava col fiatone: «Filippo, presto, prendi la macchina fotografica. Dobbiamo andare dietro la stazione, ci sono due *picciriddi* morti dentro una cisterna, sbrigati, corri».

L'avevano avvisata con una telefonata dalla questura. Il pozzo della morte era dentro un garage dalle parti di via Oreto. I bambini invece di due erano tre, e uno alla volta erano scivolati all'inferno. Il mazzo di carte che aveva deciso il loro destino era posato a terra, accanto alla botola. Gabriella, dodici anni, suo fratello Piero, dieci, e un loro amichetto, Giuseppe, nove anni, avevano giocato una partita a scopa. E avevano fatto patti chiari: chi perdeva pagava penitenza. Penitenza significava scendere nella vasca del sansa, il combustibile usato per le caldaie, e stare chiusi lì, sul bordo della cisterna, per almeno un minuto. Era toccato a Giuseppe pagare pegno per primo. Gabriella, la più grande, gli aveva aperto la botola. Giuseppe era sceso lentamente ma a un tratto il piede gli era scivolato e lui era caduto giù, nel buio della melma che emanava fumi velenosi. Gabriella l'aveva visto, aveva cercato di raggiungerlo, ma nel tendergli la mano era precipitata anche lei, trascinandosi dietro pure Piero, il fratellino a cui si teneva dall'altra parte.

I *picciriddi* avevano gridato per qualche minuto, poi storditi dai fumi dal sansa erano svenuti ed erano caduti tutti e tre in fondo alla vasca. Uno zio di Gabriella per caso li aveva sentiti ed era corso in magazzino per soccorrerli. Si era legato una corda intorno alla vita e con l'aiuto di un amico si era fatto calare nella cisterna nella speranza di tirarli fuori ancora vivi. Ma quando era arrivato alla fine del pozzo, a un centimetro dalla mano di Gabriella il sansa aveva stordito e neutralizzato anche lui. I vigili del fuoco erano arrivati giusto in tempo per salvarlo e rianimarlo. I suoi polmoni erano talmente gonfi di gas che stavano esplodendo. Per i tre *picciriddi* di via Oreto purtroppo era tardi. Erano stati portati in superficie cadaveri.

Il pozzo della morte fu il mio primo servizio per «L'Ora», il primo che firmai da solo, senza Matilde. Da quel giorno non esitai mai più davanti a un morto, non mi capitò più di provare orrore o compassione davanti a un corpicino mutilato, ucciso da un pazzo maniaco o ridotto a brandelli da un camion di rifiuti. Avevo steso sul mio occhio una pellicola invisibile di indifferenza, di sangue freddo, una patina di disincanto così spessa da risultare impermeabile perfino alla morte. Arrivavo sul posto, scattavo la foto e tornavo indietro senza pensare al perché e al percome. Ero diventato una Reflex.

11. MAQEDA

Bartolo Licata era un ladruncolo da quattro soldi, quello che si chiama un topo d'appartamento. Da anni entrava e usciva di prigione. A Passo di Rigano dov'era nato, lo avevano soprannominato «Punto e Virgola». A causa di una malformazione aveva un piede normale e un altro, il destro, che virava, «svirgolava» appunto, verso sinistra.

Bartolo era bravo con gli attrezzi da scasso. Con il tronchese, il piede di porco e il trapano faceva miracoli. Se c'era qualcosa da aprire o da rubare lui la apriva e la rubava. Si portava pure dietro un quarto di litro di latte. Lo passava sulla punta del trapano per evitare che a contatto col ferro o col cemento si spezzasse e, bello tranquillo, procedeva col *pirtuso*, col buco. Ma Bartolo aveva un problema, un problema grosso. Se per un malaugurato caso – mentre s'addannava a scardinare una saracinesca o a forzare una porta blindata – sentiva in lontananza le sirene della polizia, era fottuto. Gli altri ladri riuscivano a dileguarsi in fretta, Bartolo no. Punto e Virgola non poteva correre, al massimo zoppicava velocemente e quindi, gira e rigira, alla fine lo arrestavano sempre.

Il suo cadavere fu trovato da una Volante a Monte Pellegrino, sotto la statua di santa Rosalia. La polizia fu avvisata da una telefonata anonima al 113.

«Andate fino in cima, dopo il santuario, troverete una sorpresa!» Clic.

Con una cesoia i suoi assassini gli avevano tranciato le mani di netto, gliele avevano messe vicino e poi lo avevano abbandonato ai piedi della «santuzza» lasciando che morisse lentamente, dissanguato. Un delitto atroce, di sapore quasi medievale. La mafia per la prima volta aveva deciso di ricorrere alla legge del taglione, aveva punito un ladro per educarne cento. E chissà quali case di intoccabili, senza saperlo, era andato a rovistare Bartolino Licata per meritare una fine come quella.

Sul posto c'ero io, ma essendo un omicidio di mafia il giornale aveva mandato un giovane cronista di «nera» che si sarebbe occupato dell'inchiesta.

«Ciao, tu sei il fotografo?»

«Sì. Tu chi sei, il giornalista?»

«Sì.»

«E quello chi è, il morto?»

«Sì.»

«Benissimo, allora ci siamo tutti. Possiamo cominciare!»

Si chiamava Carmelo Di Salvo. Era giovane, ambizioso e come me era un «saettone», una scheggia quando si trattava di acchiappare notizie e arrivare primi sul luogo di un delitto. Era alto, magro, una montagna di capelli ricci e un paio di occhiali neri con la montatura quadrata. Tra noi due fu amore a prima vista. Carmelo non era solo un bravo collega, era soprattutto un buon amico, l'uomo ideale per fare squadra. Lavoravamo in automatico, come gli ingranaggi di uno stesso meccanismo tarato alla perfezione. Partivo io partiva lui, lui la penna io la foto. Se c'era un informatore da torchiare, una pista da seguire, Carmelo era il primo a buttarsi a capofitto sulla storia, il primo a perderci il sonno fino a che non ne veniva a capo. Era un segugio, un cane da tartufo. E al suo fianco voleva sempre me. Perché sapeva che la foto io la facevo. E se non la facevo la trovavo.

Le indagini sul delitto di Bartolino Licata le coordinava la sezione omicidi della squadra mobile nella persona del commissario Santamarina, il funzionario di polizia che avevo conosciuto mesi prima davanti al Piccolo Teatro, quando gli uomini di don Tano avevano bruciato il furgone della Setteveli per farmi capire che era meglio se lasciavo Emma.

Santamarina, a tempo di record, aveva individuato e catturato i presunti assassini di Punto e Virgola. Che erano due. Un certo Salvatore Licari, professione macellaio, e un commerciante di cui non si conosceva ancora il nome. Gli indiziati, secondo quanto ricostruito dalla polizia, avevano rapito Punto e Virgola, lo avevano caricato nel portabagagli di un'auto per poi portarlo fino al santuario di Monte Pellegrino. Lì lo avevano stordito facendogli sbattere la testa più volte contro il guardrail e gli avevano tagliato le mani con una gigantesca forbice, una di quelle usate per sgangherare catene e catenacci. Solo che, mentre lo ammazzavano, uno degli assassini aveva perso una collanina e una medaglietta con un'incisione: «A Franco, tua per sempre, Jenny».

Franco, o meglio, Francolino, era insieme a Toni uno dei terribili fratelli Galati, figli di don Tano, il boss con cui mio zio si spartiva il sonno. Ufficialmente i due fratelli erano commercianti, avevano decine di negozi di abbigliamento all'ingrosso tra via Dante e via De Spuches. Ma di fatto insieme al padre erano i reggenti del mandamento di Vergine Maria, controllavano il racket delle estorsioni e attraverso i loro magazzini riciclavano miliardi provenienti dal traffico di droga e armi. Erano i Galati mafiosi *sui generis*, gente a cui piaceva non solo ostentare ma addirittura sbattere in faccia alla gente i loro soldi, che erano tanti e sporchi di sangue. Banconote di cui avevano perso il conto e che tenevano a mazzette sparse, arrotolate con l'elastico dentro le tasche dei pantaloni.

Dell'uomo d'onore all'antica, quello che parlava a monosillabi e si muoveva in punta di piedi, Francolino aveva molto poco. Lui parlava moltissimo e faceva lo splendido. Era il classico tipo a cui piacevano le femmine e la bella vita. Andava in giro vestito con abiti firmati e scarpe di lusso. Ogni sera lo trovavi nel locale più alla moda di Palermo con una corte di odalische al seguito. Era sempre quello che aveva l'ultima auto sportiva, l'impianto stereo da sedici milioni, la villa con piscina, la Jacuzzi in ufficio.

Chi lo conosceva giurava che fosse un killer, un *picciottazzo* che nella guerra di mafia che insanguinava Palermo aveva scelto subito da che parte stare. Era passato coi *viddani*, i Corleonesi, e per loro aveva subito firmato un omicidio. Voci di popolo raccontavano che con una mitraglietta Uzi aveva ammazzato un poliziotto della *catturandi*, uno che stava dando la caccia a Totò Riina. Gli aveva sparato in fronte mentre passeggiava con la moglie in via Ruggero Settimo, tanto per dimostrare che aveva fegato, che se c'era bisogno faceva uscire il carattere. Solo che, durante le indagini, giudici e investigatori non avevano trovato neanche una prova per incastrarlo, e questo aveva permesso al giovane Galati di restare fino a quel momento a piede libero.

Jenny era sua moglie e la collanina Francolino doveva averla persa nella concitazione dell'omicidio, mentre col macellaio si stavano *asciugando* Bartolino. Possibile che uno come lui, che studiava da boss, si sporcasse le mani con un «poverazzo», un *pisciteddu di cannuzza* da quattro soldi, per giunta zoppo?

Francolino lo conoscevo di vista. Anni prima lo avevo incrociato col padre allo «Scanto», in via Maqueda, quando tutti e due bazzicavano nell'ufficio di mio zio. Ma di questa conoscenza non ne avevo parlato con nessuno, né con Matilde né con Carmelo. Non mi sembrava importante.

La squadra mobile, come succedeva sempre quando c'era *scruscio* di manette, convocò i cronisti per la conferenza stampa alla quale sarebbe seguita «l'uscita» degli arrestati, che si potevano riprendere mentre lasciavano la questura per raggiungere l'Ucciardone.

Era sempre una specie di teatrino organizzato a uso e consumo di telecamere e fotografi. Tutto finto: accanto alle Volanti c'erano gli agenti con i giubbottini e la scritta gigante «POLIZIA», quelli in divisa schierati con i mitra erano davanti all'ingresso, poco più indietro quelli in borghese con i passamontagna. Incollato al portone della squadra mobile – immancabile – c'era Pucci Morales, che era riuscito a oltrepassare le transenne dov'erano confinati giornalisti e fotografi e si era messo accanto a un piantone per dimostrarci che lui era tutta una cosa con gli sbirri.

«Spostati Pucci, sei sempre in mezzo alla minchia!»

I fotografi lo odiavano. Portava giacche strette per evidenziare il rigonfiamento sulla giacca e si metteva a gambe larghe con le mani sui fianchi rispondendo: «*Picciotti*, state calmi che il ferro è caldo», riferendosi alla pistola giocattolo che si portava sempre dietro. E nessuno lo prendeva mai sul serio. Quelle di Pucci erano stravaganze tutto sommato divertenti, tollerate dai colleghi che sul momento lo maledivano ma in un certo senso lo compativano.

Nell'ambiente era risaputo che Morales aveva fatto il giornalista perché non aveva potuto fare il poliziotto. Anni prima era stato scartato al concorso per agente scelto. Gli mancavano troppe diottrie. Portava due occhiali giganti per il suo viso piccolo e tondo, con lenti che sembravano vetri antiproiettile. Di quella bocciatura non se n'era mai fatto una ragione: viveva nell'attesa di poter esibire un giorno un distintivo e una divisa da maresciallo, ma sarebbe andata bene anche una da vicebrigadiere. Intanto si doveva accontentare di fare la caricatura del poliziotto, l'imitazione appunto, proprio come la pistola che teneva appuntata alla cintola.

La cosa che stupì me e Carmelo arrivando alla squadra mobile, fu che di solito quando c'erano degli arresti «grossi» a Palermo i famigliari correvano in blocco a piazza della Vittoria per manifestare il loro disappunto contro gli «sbirri cornuti», ma stranamente quella volta non ce n'era uno. Né famigliari di Franco né congiunti prossimi del macellaio. Neanche un conoscente a cui rubare uno straccio di dichiarazione.

«Ma com'è possibile?» Carmelo si tormentava. «Ma dove cazzo sono?»

«Boh, non lo so», risposi io vago. «Tranquillo, qualcosa ci inventiamo.»

Per mia fortuna non c'era don Tano né altri *picciotti* della sua «parrocchia» che potevano in qualche modo collegarmi a zio Angelo e fare la soffiata. Mi sentii sollevato. Finalmente un poliziotto fece segno ai fotografi di prepararsi. E i due arrestati, nel breve tragitto dalla porta della caserma alle auto della polizia ferme coi motori e i lampeggianti accesi, vennero accecati dalle scariche dei flash.

Per primo, scortato da due agenti, uscì il macellaio. Era ammanettato e si copriva il volto col mandato di cattura. Uno dei due sbirri che aveva a lato gli mise una mano sulla testa, lo fece piegare e lo *allavancò* sul sedile posteriore della macchina. Poi toccò a Francolino Galati. Era vestito tutto di blu. Sembrava la goffa caricatura di un modello di Armani, capello con brillantina pettinato all'indietro, orologio d'oro tempestato di diamanti al polso, anello con brillante al mignolo sinistro. Spavaldo, borioso, non provava vergogna. Camminava adagio, con calma, godendosi la passerella. E invece di coprirsi dispensava sorrisi ai fotografi che lo chiamavano per nome: «Franco, Franco, girati, una foto!»

Si *uappariava*, si dava un tono come un divo del cinema.

Stranamente Francolino aveva i polsi fasciati, coperti da bende. Un ispettore amico di Carmelo gli aveva confidato che la notte prima alcuni poliziotti gli avevano «fatto la festa». Erano andati ad arrestarlo a casa e gli avevano messo le manette. Ma arrivati in questura, quando ormai non c'era pericolo e le manette non servivano più, gli avevano detto di aver perso le chiavi e per aprirle erano ricorsi ai vigili del fuoco che avevano dovuto sciogliere la serratura con la fiamma ossidrica. Una bugia, uno sfregetto che aveva fatto patire a Francolino le pene dell'inferno, organizzato ad arte da alcuni poliziotti per vendicarsi dell'omicidio di quel collega della *catturandi*.

Francolino sui polsi aveva ustioni di secondo grado ma non pareva provato. Voleva dimostrare che lui era abituato a sopportare il dolore, a subire ripicche dagli sbirri. Anche se non era un vero capomafia – e forse non lo sarebbe mai diventato proprio per la sua fama di smargiasso – faceva di tutto per sembrare un vero boss. I suoi occhi, neri come la pece, incrociarono i miei mentre, fra uno scatto e l'altro, cambiavo rullino. Fu un attimo. La sua espressione da strafottente che era di colpo cambiò, si fece truce, assassina. Guardai per un istante che volto poteva avere un killer, un sicario della mafia.

Passandomi vicino, con due agenti che lo marcavano stretto, si fermò a mezzo metro da me e prima di salire in macchina sputò a terra. «Puh!» Poi le guardie lo strattonarono, lo *ingattarono* dentro la Volante e le auto partirono a sirene spiegate verso l'Ucciardone.

Non c'erano dubbi. Francolino mi aveva riconosciuto. E il suo gesto non era passato inosservato.

«Ma perché ha sputato a terra?»

Carmelo, che era sempre sospettoso, doveva aver capito che c'era qualcosa sotto.

«E che ne so?» risposi io che sul momento non sapevo che pesci pigliare. «Magari è raffreddato.»

«Tu non me la conti giusta, compare.»

«Ma che dici, Carmè? Che vai pensando?»

Proprio accanto a noi c'era il commissario Santamarina che aveva assistito a tutta la scena e continuava a guardarmi fisso, senza schiodarmi gli occhi di dosso. Aspettava di cogliere sul mio volto un segno di nervosismo, una qualunque traccia di imbarazzo. Simulai una tranquillità che non avevo e la cosa per il momento finì lì.

Con Carmelo tornammo al giornale. Lui andò a scrivere il suo pezzo, io andai a sviluppare le mie foto. Ma rientrato in studio trovai la segretaria, Margherita, trafelata:

«Di là c'è tuo zio, è un'ora e mezza che ti aspetta!»

Matilde non c'era e non c'era neppure Ernesto. Zio Angelo se ne stava seduto al mio posto, accanto all'archivio, fumava nervosamente una sigaretta dietro l'altra. Il portacenere era colmo di cicche e lui in faccia era verde. Per la bile aveva preso lo stesso colore dell'armadio di metallo che aveva alle sue spalle.

«Me lo fai vedere il panorama che hai fotografato oggi?» Lo chiese col tono perentorio di un ordine. Aveva gli occhi fuori dalle orbite.

«Perché?»

«Perché mi interessa, me lo voglio incorniciare allo studio. Quanto costa? Te lo pago.»

Era sempre fissato coi soldi, era convinto che ogni cosa in fondo avesse un prezzo e alla fine bastasse rilanciare. Sapevo perché si trovava lì. Era stato mandato da don Tano con il compito preciso di sequestrarmi i negativi. Voleva le foto di Francolino che sputava. Su quell'immagine, il nostro giornale ci avrebbe ricamato per settimane.

«Zio, queste foto non te lo posso dare.»

«Perché?»

«Perché sono dello studio. E se le faccio sparire come minimo mi licenziano.»

«Ma che vai dicendo? Non ti preoccupare, ci parlo io con la sbirra e ti faccio riassumere.»

«La sbirra» era Matilde, che giusto in quel momento stava rientrando da Bagheria. Avevano trovato – murato vivo dentro una colonna di cemento armato – uno dei Marchese, un altro dei gangster della vecchia guardia decimati dai Corleonesi.

«Filippo, tutto a posto?»

Alla vista di mio zio a Matilde era venuta l'orticaria, era diventata rossa come un peperone e aveva iniziato a tremare, per i nervi. Non lo sopportava, lo considerava un mafioso e non lo voleva tra i piedi. Per giunta, aveva sentito che l'aveva chiamata «sbirra». Il che l'aveva fatta inselvaggire ancora di più.

«Lo accompagni tu questo *malacarne* fuori?»

Matilde sembrava un mortaretto con la miccia accesa e quasi del tutto consumata, un petardo sul punto di esplodere.

«Stiamo calmi, non è successo niente.»

Per quanto possibile cercavo di spegnere l'incendio, ma ormai si erano sfilati tutte e due testiera e imboccatura ed erano partiti, come due cavalli imbizzarriti.

«Aspetta Filippo, voglio capire bene.» Mio zio non se ne voleva andare e anzi cercava la mezza scusa per *sciarriarsi*, per litigare con Matilde. La voleva *cornutiare* una volta per tutte. «La signora ha qualche problema?» Lo chiese a me ma in realtà lo domandava a lei.

«Sì», rispose Matilde a brutto muso andandogli incontro e puntandogli un dito in faccia. «Qui l'unico problema è lei. Se ne vada, *malacarne*!»

Tirai mio zio per la giacca e lo accompagnai di sotto.

«Basta così», gli dissi, «*amuninni.*»

Il suo autista lo aspettava davanti al portone con la macchina posteggiata in doppia fila.

Gli feci una preghiera: «Devi chiedere scusa a Matilde, lo devi fare per me».

«Ma manco per la minchia. Tu piuttosto, distruggi quei negativi, Francolino è cosa mia.»

Siccome era stato violento e maleducato con Matilde e ora cercava di fare il prepotente pure con me, per la prima volta in vita mia gli dissi di no.

«Le foto le tengo io, anzi, sai che ti dico? Le faccio pubblicare.»

Alzò la voce: «Filippo, guarda che ti tolgo il saluto».

«Pazienza, ciao.»

Lo piantai lì, gli voltai le spalle e me ne andai. Quando rientrai nello studio, Matilde stava sbraitando contro Margherita. La voleva licenziare perché senza nessuna autorizzazione aveva permesso che mio zio entrasse in ufficio.

«Non te la prendere con lei», dissi, «è colpa mia. Ti chiedo scusa.»

Non voleva sentire ragioni: «Margherita, preparati le cose e vattene!»

Quella piangeva a dirotto, sembrava la fontana di piazza Pretoria. Chiedeva perdono e singhiozzava. E una volta finito con lei, Matilde se la voleva prendere pure con me.

«Stai attento, Filippo. Quel cafone di tuo zio qui non ci deve mettere più piede, hai capito?»

Era una chiara minaccia: al prossimo sbaglio avrebbe liquidato anche me.

«Va bene», risposi, «adesso ti calmi?»

Non si calmava. E mentre la rabbonivo continuava a esasperarmi con la storia che questa mia parentela con Angelo era ingombrante, che alla lunga mi avrebbe solo procurato grane.

«Non puoi fare questo lavoro se gli dai retta. Mandalo a fare in culo», insisteva, «mostragli che hai i coglioni, taglia i ponti!»

Mi sentii offeso.

«Matilde, io farò il mio lavoro e lo farò bene, Ma quello è mio zio, è sangue del mio sangue, gli voglio bene. Non ti permettere mai più di chiedermi una cosa del genere. Chiaro?»

Troncai la discussione e sbattendo la porta mi chiusi in camera oscura. Sviluppai tutte le foto e le mandai al giornale. L'immagine di Francolino che sputava a terra uscì in prima pagina sull'edizione straordinaria de «L'Ora». Nella didascalia tra parentesi c'era scritto il mio nome. Era un affronto per don Tano, uno sgarbo a mio zio che infatti non me lo perdonò.

«Tu con me hai chiuso», mi disse al telefono il giorno dopo, «da oggi in poi ti arrangi. Io di te non voglio più sapere nulla.»

A don Tano Galati che gli chiedeva la mia testa, per calmarlo aveva dovuto lasciar intendere che mi aveva ripudiato, che mi aveva *scancellato* dallo stato di famiglia: «Da oggi in poi quello non è più mio nipote».

Ma invece da lontano mi continuava a guardare le spalle, anche perché si aspettava che il vecchio boss prima o poi me la facesse pagare. E non aveva tutti i torti.

Francolino fu arrestato di venerdì. Il lunedì doveva sottoporsi al primo interrogatorio, rispondere alle domande del giudice Paternò, il sostituto procuratore che si occupava della morte di Bartolino Licata, e l'ingresso dell'Ucciardone era gremito di giornalisti. Ce n'erano una ventina, più una decina tra fotografi e operatori tv. Era chiaro che Francolino avrebbe negato l'omicidio di Punto e Virgola. Ma l'attesa era tutta riposta nelle carte che il giudice Paternò si era portato dietro per incastrare il rampollo di Casa Galati.

Fonti «molto attendibili» avevano sussurrato all'orecchio di Carmelo che il giudice aveva trovato la prova regina che collegava Francolino al delitto. Una prova che non era né la collanina con la medaglietta regalo della moglie trovata accanto al corpo di Punto e Virgola, né evidentemente l'arma del delitto che non era stata ancora trovata. C'era molto di più.

Il giudice Paternò in gran segreto aveva ottenuto la confessione del macellaio, che aveva aiutato Francolino a rapire il ladro, a ucciderlo e infine a mozzargli le mani. Licari, che era un uomo dei Galati ma prima era stato il tirapiedi di Stefano Bontade, un «perdente» nella guerra di mafia in corso a Palermo, aveva saputo in carcere che Francolino lo aveva venduto ai Corleonesi. In qualche modo, nella elementare ragioneria della sua mente questo aveva assunto il sapore di una condanna a morte sicura. Sul fatto che Galati lo volesse togliere di mezzo era già convinto, sarebbe stato disposto a scommettere la cosa più cara che aveva, una Fiat 500 Abarth «strapuntinata». A maggior ragione adesso, che era un testimone scomodo e che Francolino – uscito indenne dall'inchiesta sul poliziotto della *catturandi* assassinato – rischiava l'ergastolo per quella *malaminchiata* di Bartolino.

Il macellaio si era trovato davanti a un bivio: da una parte si vedeva all'ergastolo, dall'altra *vurricato*, seppellito sotto terra, visto che c'era una pallottola col suo nome pronta per lui. Perciò, senza pensarci due volte, aveva chiamato il giudice e aveva «cantato». Aveva raccontato che Punto e Virgola lo aveva ammazzato lui insieme a Francolino, il quale voleva punirlo per un paio di furti in due dei suoi sei negozi. In più, già che c'era, il macellaio aveva confessato un altro omicidio, quello di un fruttivendolo *sparato* al mercato ortofrutticolo perché si era rifiutato di pagare il pizzo ai rampolli di Casa Galati.

Licari col giudice aveva patteggiato. In cambio però aveva chiesto uno sconto di pena e la promessa di lasciare – con i figli e la famiglia – la Sicilia a spese dello Stato. Insomma, era diventato un pentito a tutti gli effetti. Piccolo, per carità, niente a che vedere con gente come Buscetta o Calderone. Ma sempre di collaboratore di giustizia si trattava.

Francolino apprese la notizia del pentimento del complice direttamente da Paternò.

«Che ha da dire a sua discolpa?» gli chiese il magistrato.

«Niente, che non ho colpa, figuriamoci discolpa», rispose Francolino, dopodiché si ammutolì. L'interrogatorio durò tre minuti tre, neanche il tempo di fornire le generalità.

Cronisti e fotografi fuori dal carcere aspettavano una parola del giudice, la conferma della notizia che l'assassino di Punto e Virgola era stato assicurato alla giustizia. Ma mentre tutti attendevano dietro il portone l'uscita della Croma blindata con dentro Paternò, si fermò di fronte all'ingresso del carcere una Mercedes blu con i vetri blindati. Dall'auto scese don Tano, subito investito da una selva di taccuini, microfoni e macchine fotografiche. Non disse niente, non pronunciò nemmeno una parola. Scortato da un guardaspalle che sembrava un armadio e che gli faceva largo tra la folla, venne verso di me, che ero in fondo, nascosto dagli altri. Mi abbracciò, mi diede un bacio sulla guancia, risalì in macchina e se ne andò.

Carmelo, che era accanto a me, esclamò: «Minchia, ma che si è innamorato?»

Era una specie di bacio della morte. Don Tano non mi aveva sputato come aveva fatto suo figlio né mi aveva fatto sparare. Nella sua ignoranza da contadino, da *pere incritato*, era stato molto più sottile, più astuto. Sapeva che per mettermi fuori combattimento, più che spezzarmi le gambe o bruciarmi una macchina, sarebbe bastato salutarmi in quel modo davanti ai miei colleghi. E lo aveva fatto.

Un mafioso che bacia Filippo, in un nanosecondo si sarebbe tradotto in Filippo uguale mafioso. E infatti furono parecchi i colleghi che da quel giorno mi tolsero il saluto, convinti che quella del fotografo fosse una copertura, che io in realtà fossi un uomo della mafia infiltrato tra loro per spiarli e fare rapporto.

Come se le cose non fossero già abbastanza complicate, arrivò un altro inghippo a ingarbugliarle ancora di più.

Un mese dopo l'arresto di Francolino Galati, il «Giornale di Sicilia» pubblicò il testo di un'intercettazione telefonica in cui don Tano, poco prima di arrivare al carcere, parlando con l'altro suo figlio, Toni, lo rassicurava dicendo: «Non ti preoccupare, ci passo io da Maqeda, gli do un bacio anche da parte tua e arrivo. Ti saluto».

Don Tano probabilmente parlava in codice, e con la parola «Maqeda», pronunciata e storpiata senza la U, voleva alludere allo «Scanto», a qualcosa che doveva succedere nell'ufficio di mio zio, che si trovava appunto in via Maqueda, quella con la U. Ma tutti, ricordandosi del bacio con cui il vecchio boss mi aveva marchiato davanti all'Ucciardone, ricollegarono immediatamente e fecero due più due.

Diventai uno «chiacchierato», come mio zio, peggio di mio zio.

Anche a Palazzo di Giustizia, dove ogni tanto bazzicavo a caccia di notizie nelle stanze dei giudici o dei cancellieri, gli altri entravano mentre io restavo fuori. Perché anche se ero bravo, anche se il mio lavoro lo facevo bene, io ero «Maqeda», quello che era stato baciato da don Tano.

Mi convocò per interrogarmi anche il giudice Paternò, al quale, mentendo, dissi che probabilmente Galati -- che era anziano e ci vedeva male – mi doveva aver scambiato per qualcun altro, magari somigliavo a un parente e in mezzo a quella confusione si era sicuramente sbagliato.

Paternò non mi voleva credere. Era nato vicino a Catania ma fin da bambino aveva vissuto al Nord, dalle parti di Cesena, e da due mesi era stato trasferito in Sicilia contro la sua volontà. Era un omino basso con dei baffetti sottili e i capelli con la riga in mezzo. Aveva una mania per i papillon. Ogni giorno ne sfoggiava uno diverso. Li aveva a pois, a righe, a quadretti, rossi, bianchi, di seta e di velluto. E sul bavero della giacca sfoggiava sempre una bilancia d'argento. Un vezzo, un modo per far capire che lui era un giudice e tutti gli altri possibili imputati. Odiava i palermitani e vedeva mafia ovunque, anche dove mafia non c'era. E siccome non mi poteva arrestare – elementi per sbattermi in galera non ne aveva – voleva solo *mascariarmi*, sporcarmi il nome e la faccia di carbone e di sospetti.

«Guardi che so tutto dei suoi trascorsi», mi disse durante l'interrogatorio sventolando un fascicolo, «qui ho un rapporto dettagliato del dottor Santamarina della squadra mobile che di lei mi ha raccontato vita, morte e miracoli.»

«E allora, signor giudice», risposi, «Santamarina le avrà sicuramente confermato anche che io con Galati non ho niente a che spartire.»

«Sì, questo lo racconti ai suoi amici giornalisti», sorrise ironico il magistrato col cipiglio di chi vuol far capire che sa più di quanto dice.

«Cosa vuol dire, prego?»

«Voglio dire che io lo so perché Galati è venuto a darle quel bacio, caro Maqeda, e prima o poi riuscirò a dimostrarlo. Per il momento può andare, arrivederci.»

«Guardi che si sta sbagliando», continuai, «comunque faccia quello che vuole.»

Non gli strinsi neanche la mano, afferrai la Pentax che avevo appoggiato sulla sua scrivania, mi alzai e me ne andai.

Matilde non aveva gradito tutta quella pubblicità. Temeva ricadute sullo studio, ma mi voleva bene e non aveva cuore di cacciarmi. Anche perché alla fine io le procuravo le foto giuste, e lei vendendole ci guadagnava parecchio.

«Te l'avevo detto che tuo zio ti avrebbe messo nei guai», mi disse dopo l'interrogatorio di Paternò. «Lo sai com'è Palermo, da un filo si fa una corda, la gente parla.»

«E tu falla parlare», gli dissi ostentando indifferenza.

Ufficialmente volavo alto, facevo finta di non curarmi dei pettegolezzi. Ma sotto sotto ci soffrivo. Mi pesava essere sulla bocca di tutti, mi pesava eccome. Avevo fatto tanta fatica per diventare un fotografo e ora rischiavo di mandare tutto a puttane per la vendetta di un vecchio mafioso. Sapevo che Paternò mi aveva messo alle calcagna il dottor Santamarina, quindi mi dovevo muovere con estrema cautela.

A Carmelo Di Salvo invece non fotteva niente della chiacchiere e non volle neanche sapere qual era l'origine dei miei rapporti coi Galati. Ero la sua spalla, non mi avrebbe mai giudicato o tradito. Anzi, quando vedeva che davanti a una porta sbattuta in faccia o un saluto non ricambiato ci soffrivo o ci rimanevo male, cercava il modo per sdrammatizzare.

«Maqeda» – lo diceva senza la U come don Tano – «perché non chiami i tuoi amici boss e ci fai dare qualche notizia? Oggi non c'è manco una *tacca* a una colonna!»

«Ma vaffanculo», gli rispondevo tra il divertito e l'imbarazzato.

«E dai, Maqeda!» insisteva lui rincarando la dose. «Dimmi chi uccideranno domani… Così arriviamo prima, facciamo le foto al morto e fottiamo a tutti.»

Lo avessi saputo sarei diventato ricco. Con Carmelo quell'anno avevamo perso il conto dei morti ammazzati. Oltre centoventi cadaveri, e di tutti i tipi: strangolati, sciolti nell'acido, incaprettati, carbonizzati. Palermo stava diventando una fiera dell'orrore. Finivamo un servizio sull'impiegato della Regione ammazzato a Cruillas? Trucidavano un altro imprenditore a Borgetto. Scrivevamo del famigliare di un pentito incaprettato dentro un portabagagli? Fulminavano un altro boss della mafia in un salone di barba. La mafia era in guerra. E se tutti i giorni alla stregua dei monatti di Manzoni correvamo da un angolo all'altro di Palermo come cani randagi, come le palline di un flipper, dove c'erano morti, di notte, fra una sparatoria e l'altra, ci godevano la vita, la nostra.

Carmelo mi introdusse nel mondo dell'alta società palermitana. Mi portò a feste e festini dove conobbi certe nobildonne che erano al contempo intimidite e attratte dal mio personaggio. Leggevano anche loro i giornali, sentivano le tante minchiate che giravano sul mio conto – la mafia, il bacio della morte, lo sputo di Francolino. E facevano a gara per volermi conoscere. Con quella macchina fotografica sempre a tracolla, i Ray-Ban a goccia, il capello all'indietro, il giubbotto di pelle nero, mi vedevano come una specie di James Dean nato in Trinacria, bello e dannato.

Carmelo mi reggeva il gioco e io facevo quello dal vissuto intenso, dal passato oscuro, e quando le domande si facevano troppo personali me la cavavo tagliando corto: «Di certe cose non posso dire niente».

E rispolveravo quella vecchia frase di mio zio: «Meglio una parola in meno che una parola in più».

Tutte quelle donne, proprio come il giudice Paternò, pensavano che nascondessi chissà quale segreto, chissà quale scheletro nell'armadio. Era difficile capire se interpretavo un personaggio misterioso o se il mistero che aveva preceduto il mio ingresso nell'alta società era reale. Anche perché i miei atteggiamenti, le mie mille personalità disorientavano chiunque. Avevo la faccia da *malacarne* ma all'occorrenza sapevo essere raffinato, parlavo in dialetto ma nello stesso tempo dissertavo su Nietzsche, facevo battutacce volgari ma poi citavo Tomasi di Lampedusa. I quattro libri che Matilde mi aveva obbligato a leggere mi stavano tornando utili, mi facevano passare pure per uno acculturato. Insomma, era impossibile stabilire se c'ero o ci facevo.

E la cosa strana era che, il soprannome «Maqeda» che la giustizia e le malelingue mi avevano ingiustamente affibbiato, se all'inizio mi aveva danneggiato ora – nel rapporto con l'altro sesso – mi tornava utile. Aveva accresciuto la mia fama, nel bene e nel male. E se in certi ambienti – in questura, in tribunale, persino in alcuni settori del giornale un po' estremisti, bacchettoni – aveva generato paura, ritrosia, diffidenza, in altri – in certi circoli esclusivi, in certi crocicchi di donne mature e disinvolte trascurate dai mariti – raccontava avventura, suggeriva pericolo, prometteva guai. Improvvisamente tornai a vivere, a godere, anche fisicamente. Riscattai tutto il tempo che avevo buttato da solo, senza amici né svaghi. Mi ripresi quei tre anni di «morte civile» in cui mi ero eclissato dal mondo per salvare Emma. Per un'estate intera non feci altro che scopare. Ogni sera una diversa e la premessa era sempre la stessa: *minchia cacata niente*. Quando mi capitava quella che dopo la prima volta si metteva *a camurria* e si voleva fidanzare, mi inventavo un impegno improvviso o un viaggio all'estero. Sparivo e non mi facevo più trovare.

Non cercavo l'amore, non me ne fregava niente. Avevo testa solo per il lavoro. E alla maggior parte delle gentildonne che intrattenevo, andava bene così. Erano sposate, single, fidanzate o separate in attesa di divorzio. Io non facevo distinzione, mi piacevano tutte, quelle maritate in chiesa e quelle maritate in comune, le madri e le figlie. Venivano a trovarmi in laboratorio, con i minuti contati. Alcune volevano essere amate direttamente in macchina o di notte, nella penombra della portinerie. Altre volevano essere prese in camera oscura. Adoravano la luce soffusa, i negativi stesi ad asciugare, le vasche con il liquido di contrasto. Venivano, si rivestivano e se ne andavano.

Una sera, a una festa, Carmelo mi presentò una certa Emy Talamanca. Era una baronessa originaria di Borgetto, erede di una famiglia di nobilastri decaduti, che due volte l'anno dava un ricevimento a Palazzo Asmundo. C'erano politici, imprenditori, notabili, professionisti, il fior fiore della Palermo bene. Emy era una bella donna sui quarantacinque anni, bionda, la pelle chiara e gli occhi cerulei. Sembrava una svedese. Il marito, Giorgio Jolanda, era uno dei più ricchi gioiellieri della città. Quando era piccolo, a otto anni, era stato sequestrato dalla mafia, il padre aveva pagato un riscatto e lui, provato e deperito, era riuscito a tornare a casa.

Giorgio era omosessuale ed era sempre fuori Palermo, impegnato in misteriosissimi viaggi all'estero dove in realtà si intratteneva con giovani sceneggiatori, musicisti, ballerini. Erano tutti ragazzi che conosceva nei brevi periodi che trascorreva in Sicilia. Li rimorchiava e se li portava a Praga, a Ginevra, a Parigi. Voleva evitare assolutamente di essere oggetto di chiacchiere, di dare scandalo in città. Emy sapeva del marito ma preferiva non fare domande. Aveva a disposizione una bella villa con piscina a strapiombo sul mare di Capo Zafferano e una corte di camerieri che ne alleviavano le fatiche. Tutto sommato l'idea di stare da sola non le dispiaceva. Anzi. La mancanza di vincoli, di obblighi, tranne quello – per esplicita richiesta del marito – di simulare un matrimonio di facciata, le permetteva di farsi la sua vita. Una vita che non era quello che sembrava. Emy si era rifatta la bocca, poi il seno, infine s'era fatta ritoccare gli zigomi. Ma si vedeva sempre brutta.

Come Dorian Gray aveva il terrore di invecchiare e quando poteva evitava gli specchi. In casa ne aveva solo uno, nel suo bagno. Ogni giorno sentiva il suo corpo sfiorire, come una pianta annaffiata male. E soffriva. Era circondata da uomini che non la capivano e forse non la interessavano. Se qualcuno le faceva un complimento lei credeva fosse per interesse o educazione. Mai che le venisse il dubbio che fosse sincero. Pensava che il mondo, il suo mondo, fosse in mano ai bugiardi, che tutti in fondo recitassimo una parte, compreso io.

«Oggi sei Maqeda», mi diceva sempre, «domani chissà, magari sarai don Tano.»

Emy era una delle mie amanti. Focosa, appassionata, disinibita. Con lei il sesso non aveva regole né confini. Qualunque cosa le venisse in mente la metteva in pratica. Facevamo l'amore dove capitava, in spiaggia, in ascensore, nella toilette di un bar. Era lei che mi cercava quando ne aveva voglia. E mi cercava sempre di giorno. O di mattina presto o nel primo pomeriggio. Mai dopo le otto di sera. Di notte, stranamente, non si faceva trovare, era come se non esistesse.

Emy aveva un grande segreto. Di giorno era la baronessa Talamanca, la moglie del gioielliere Jolanda. Di notte indossava una parrucca rossa, uno scialle di struzzo, degli stivali bianchi lucidi sopra il ginocchio e diventava «Alba». Usciva di casa, faceva un pezzo di strada a piedi, prendeva un taxi, si trasferiva sulla banchina del porticciolo della Kalsa e batteva fino alle sei di mattina.

La baronessa non faceva la puttana per divertimento o per bisogno. I soldi che guadagnava li regalava ai poveri. A lavoro finito, li metteva nella cassetta delle offerte della chiesa del Santissimo Purgatorio, dietro il Lebbrosario dello Spasimo.

Si prostituiva per un solo motivo: controllare il tempo. Dimostrare a se stessa che ci sapeva fare ed era ancora piacente, che i suoi anni, sotto quella parrucca, non si vedevano. Quando alla Kalsa un cliente la sceglieva in una fila di dieci tra ragazzine nigeriane o rumene che sembravano modelle, più belle di lei, più giovani di lei, era pienamente soddisfatta. Da quello, solo da quello a Emy arrivava l'unico vero orgasmo di cui davvero le importasse. Non c'è modo di bluffare per strada. Lavori solo se piaci. E quel molo, la sua doppia vita fatta di abbracci anonimi, amori brevi e solitudini incolmabili, era diventato un terreno di gioco, un banco di prova a cui né Emy né Alba potevano e volevano rinunciare.

Una mattina verso le cinque, due marinai del motopesca *Sacra Famiglia* che stavano rientrando in porto avvistarono di fronte al mare di Romagnolo il corpo di una donna spinto al largo dalla corrente. La polizia ripescò il cadavere gonfio come un pallone, con la gola tagliata e gli occhi mangiati dai pesci.

Lì per lì, vedendo quella donna bianca bianca e bionda bionda pensarono a un delitto «minore», a una puttana rumena – una delle tante, senza permesso di soggiorno – magari fatta fuori da un pappone. E il suo fascicolo per un po' rimase a prendere polvere nei cassetti della questura. Nessuno si curò di identificarla, tantomeno di capire chi e perché l'avesse uccisa.

Emy non rincasava da una settimana. La servitù, preoccupata, avvisò il marito. Giorgio Jolanda in quei giorni si trovava a Bangkok, in un resort dove se la stava spassando con un giovane coreografo russo, uno dei suoi amichetti. Rientrò a Palermo, si presentò al Commissariato Libertà e davanti al funzionario che lo prese a verbale esordì dicendo: «Mia moglie, la baronessa Talamanca, è scomparsa».

La notizia del corpo di una *buttana* ripescato a mare sui giornali era finita in fondo alle pagine di cronaca, una breve a una colonna. Ma la sparizione della baronessa Talamanca no, conquistò la prima pagina. La Palermo che contava era col fiato sospeso, trepidante chiedeva notizie. I giornalisti, più o meno come gli inquirenti, non sapendo dove sbattere la testa, si lanciarono nelle ipotesi più stravaganti.

«La baronessa deve aver avuto un incidente in macchina», scrisse qualcuno. «Magari è ancora viva sotto qualche cavalcavia, cercatela!» Ma dalla villa non mancava nessuna automobile, negli ospedali non era arrivata nessuna donna senza documenti e le strade, fuori e dentro Palermo, erano state setacciate a tappeto dalla polizia stradale.

«La baronessa è viva di sicuro», sparava da un secondo quotidiano qualche altro bene informato. «Ha perso la memoria e vaga come un'anima in pena per Palermo: controllate tra i vagabondi e i mendicanti della stazione.»

Ci fu anche chi ipotizzò non un delitto ma qualcosa a metà tra l'omicidio e la tragica fatalità. Forse con la Talamanca, la notte della scomparsa, c'era qualcuno nella villa: un uomo, magari un amante, che di proposito l'aveva trascinava sul balcone che dava sullo strapiombo. Magari con quel qualcuno Emy aveva litigato, quello l'aveva spinta e l'aveva fatta precipitare nel vuoto. I sommozzatori dei vigili del fuoco perlustrarono il mare sotto la tenuta di Capo Zafferano, ma non trovarono nulla.

Una sera verso le dieci, durante un normale servizio di

pattugliamento, due Falchi della questura – i poliziotti in borghese che girano con le moto enduro – fermarono una vecchia prostituta che sul marciapiede di pertinenza del mercato ortofrutticolo, un po' più avanti del molo della Kalsa, sbraitava contro delle colleghe più giovani minacciandole di morte se non si fossero spostate. La signora, una rispettabile puttana che aveva passato da un pezzo la sessantina, si chiamava Mariuccia Li Bassi e nell'ambiente era conosciuta col soprannome di «Gioiamia», il nomignolo affettuoso con cui chiamava tutti i suoi clienti: «Gioiamia, diecimila lire, che cosa sono diecimila lire per vedere le stelle?»

Mariuccia si vendeva a due lire in strada perché prendeva una pensione da fame, aveva il marito in galera e un figlio disoccupato che doveva mantenere. Ma erano anni che non lavorava più come una volta: era vecchia e grassa, la schifavano tutti, i ragazzini coi motorini le ronzavano intorno e la chiamavano «l'arancina coi piedi». I suoi pochi clienti erano in prevalenza o vecchi come lei o handicappati, quelli che le sue colleghe rifiutavano. Ma anche questi, dopo che andavano una volta con la signora Li Bassi, non si facevano più vedere.

Mariuccia dopo il fermo era stata portata in questura. Durante la perquisizione sulla sua auto, una vecchia 126 tutta scassata, gli sbirri avevano trovato nel portabagagli una busta di plastica con dentro una parrucca rossa, una collana di Bulgari e una borsa di Fendi con dentro la patente e le chiavi di casa della baronessa Talamanca.

Gli esami in laboratorio della polizia scientifica avevano evidenziato su una delle due ruote anteriori della macchina, l'anteriore sinistra, tracce recenti di sangue, e uno degli specchietti retrovisori della 126 era rotto, mancava un pezzo di vetro, un pezzo bello grosso.

Gioiamia in questura venne interrogata per tutta la notte. Quando le chiesero di Emy disse di non conoscerla. La sua ultima lite risaliva a settimane prima con un'altra prostituta, «una *buttana* nuova più *buttana* di tutte» che per tutta la sera si era messa accanto a lei e non le aveva fatto guadagnare manco cento lire.

«Vattene da qui», le aveva urlato Mariuccia sperando di beccare il cliente giusto.

Ma Alba le aveva riso in faccia. Aveva allargato le braccia, l'aveva guardata con mezza occhiata di disprezzo e con fare di sufficienza l'aveva gelata: «Zitta, brutta vecchia!»

«E lei che ha fatto?» le chiese il commissario durante l'interrogatorio, ansioso di conoscere il seguito.

«Niente, dottore, me ne sono andata», rispose lei.

Il poliziotto non era convinto che Gioiamia stesse dicendo tutta la verità e senza neanche crederci troppo butto lì una frase: «È sicura, signora Li Bassi? Guardi che lei rischia grosso. Pensi a suo figlio!»

Alla parola «figlio» Gioiamia scoppiò a piangere e a poco poco iniziò a confessare l'omicidio della baronessa. Dopo essere stata insultata da quella *pulla* non ci aveva visto più dalla rabbia. Aveva rotto con un pugno lo specchietto retrovisore della 126, aveva staccato un pezzo di vetro e, brandendone la punta, si era avventata su Alba tagliandole la gola, da parte a parte. Sarebbe morta dissanguata, ma Gioiamia era diventata un demonio, ormai aveva perso la brocca. Così aveva avviato la macchina e non contenta le era passata pure con le ruote sulla testa. L'aveva ripulita per bene, della borsetta e dei soldi, si era tenuta la parrucca e poi si era disfatta del corpo buttandolo a mare.

Solo allora i poliziotti, solo davanti alla minuzia di quel

racconto, si ricordarono del corpo ripescato a Romagnolo che da due settimane, senza un nome e senza un fiore, stava dentro un frigorifero dell'Istituto di medicina legale.

Emy e Mariuccia erano in fondo le due facce di una stessa medaglia. Cercavano di resistere al tempo. Solo che una aveva accettato di invecchiare. L'altra no. Emy aveva passato gli ultimi dieci anni della sua vita a cercare conferme e aveva scelto di battere per non fermarsi davanti a uno specchio e accettarsi così com'era. Mariuccia nello specchietto della sua 126 si guardava ogni sera, rassegnata ma convinta di andare avanti così com'era, anche se i clienti che aveva si contavano sulla dita di una mano.

Mariuccia aveva smesso di guardarsi nell'attimo stesso in cui aveva deciso di uccidere. Senza sapere che Emy, se avesse potuto scegliere come morire, avrebbe scelto un'arma qualunque. Qualunque tranne un pezzo di specchio.

12. LA FOTO SCOMPARSA

La morte della baronessa Talamanca aveva distratto tutti dal piatto forte di Palermo, la mafia. Per raccontare la sua storia erano arrivati gli inviati dei più grandi giornali italiani, ansiosi di frugare nella vita privata di altre «vedove allegre» della nobiltà palermitana. Scommettevano sul fatto che quello della baronessa non fosse un caso isolato. Doveva esserci per forza un'altra Alba che di notte, in gran segreto, giocava a nascondino con la morte.

La doppia vita di Emy aveva sconvolto tutti, dal primo cittadino di Palermo all'ultimo ladro del Borgo Vecchio. Certi nobilastri dalle vite eccentriche erano finiti nell'occhio del ciclone e per evitare domande si erano rintanati nei loro palazzi, chiusi a doppia mandata. Nascosti come tartarughe dentro i loro gusci. Per un po', in attesa che le acque si calmassero, avevano cancellato dal calendario feste e pranzi ufficiali. I cronisti cercavano comunque di curiosare nelle case e nei cestini dei rifiuti delle famiglie blasonate di Palermo, e pur di scovare segreti, vizi e debolezze, interrogavano i portieri, corrompevano le cameriere, torturavano i giardinieri. Ma nei loro taccuini finivano solo pettegolezzi, dicerie, chiacchiere da serve. Poca sostanza e molta spazzatura. Niente di vagamente somigliante alla storia di Emy Talamanca che anche da morta restava inarrivabile.

Così, a poco a poco, i giornalisti tornarono al loro pane quotidiano: Cosa Nostra. Da quattro o cinque giorni, da quando si era risolto il caso della baronessa, a Palermo non sparava più nessuno. Come se per una sorta di ritorsione contro i cronisti che la stavano snobbando, la mafia avesse smesso di dare notizie.

Allo studio c'era stata una novità. Erano arrivati due amici di Matilde, due fotografi, Josef Koudelka e Ferdinando Scianna che a Parigi lavoravano per una delle agenzie fotografiche più prestigiose al mondo, la Magnum.

C'era aria di svacco, voglia di vacanza. Matilde voleva portare i suoi ospiti in giro per Palermo e quel giorno mi concesse il pomeriggio libero: «Prenditi mezza giornata e vatti a divertire, te lo sei meritato».

Carmelo, il compagno di mille battaglie, era al giornale. Lo chiamai per invitarlo a cena ma quella sera era impegnato. Si doveva vedere con una misteriosa signora di cui non mi volle dire il nome: «Sai Maqeda, è una sposata, me la porto fuori Palermo, ci vediamo domani, ti saluto».

Potevo telefonare anch'io a qualche *pulla* e passare una serata in allegria. Ma non avevo voglia di perdere tempo o di fare quello tutto zucchero e miele. Una volta tanto volevo stare per i cazzi miei. Ero tentato di chiamare zio Angelo, di provare, per quanto possibile, a vedere se c'erano ancora margini per una riconciliazione. Mi pesava non vederlo e non sentirlo.

Alzai il telefono per fare il suo numero, poi pensai che era meglio lasciar perdere. Decisi di farlo calmare ancora un po' e poi magari provare a cercarlo.

Andai a mangiare da mia madre che quel giorno mi aveva preparato la pasta con le sarde e verso le sette e mezza tornai a casa. Allora dormivo ancora da Matilde. Era la sera del 3 settembre 1982.

Avevo acceso il televisore e mi ero messo, di malavoglia, a guardare un film western, una di quelle vecchie pellicole con John Wayne. Non mi ero neanche spogliato. Così com'ero, con le scarpe e i vestiti ancora addosso, avevo lasciato la borsa con la Pentax all'ingresso e mi ero buttato sul divano. Avevo stappato una birra e mi ero acceso una sigaretta. Il volume era basso, le luci della casa erano spente, faceva caldo e il balcone lo avevo lasciato aperto per fare circolare un po' d'aria. Cercavo di rilassarmi, avevo la testa pesante. Mi stavo appisolando, ma nell'esatto momento in cui chiusi gli occhi e abbracciai un cuscino, fuori, in strada, si scatenò l'inferno.

Sentii delle raffiche di mitra, poi esplosioni, grida e ancora spari di armi automatiche a ripetizione e il rumore metallico dei bossoli che rotolavano a terra espulsi dai caricatori: tre minuti di guerra che non finivano mai. Mi accertai che la tv funzionasse, che il volume fosse ancora al minimo. Mi affacciai al balcone per guardare di sotto. Davanti al Piccolo Teatro non vidi nessuno ma capii che a cinquanta metri da me, verso via Roma, stava succedendo qualcosa, stavano massacrando qualcuno.

Era buio. L'ultima costruzione che riuscivo a vedere sulla destra verso piazza Politeama era per metà coperta da un palazzo e sembrava lo schermo di un proiettore che funzionava a singhiozzo, che mandava solo ombre invece di immagini piene, definite. Sulla facciata baluginavano dei flash, erano i bagliori dei fucili che non smettevano di macinare colpi.

Di corsa afferrai la borsa con la macchina fotografica e mi precipitai di sotto. Col cuore che mi scoppiava dentro il petto, feci il giro dell'isolato. I pochi bar che erano ancora aperti, per la paura avevano abbassato tutti le saracinesche. C'era un silenzio irreale. Via Isidoro Carini, dietro il Borgo Vecchio, era deserta, sembrava la strada di una città fantasma.

Arrivai di fronte al luogo della strage. Per un po' mi nascosi dietro una macchina. Era successo tutto da una manciata di secondi, avevo paura che i killer fossero ancora nei dintorni. Si sentiva nell'aria un odore pungente, acre, di polvere da sparo, e poi un altro odore più dolciastro, di sangue. Mi trovai di fronte a una A112 bianca con i vetri in frantumi, i segni di mille pallottole che l'avevano ridotta a un colabrodo. Dal cofano usciva ancora fumo. Mi sembrò di vedere due corpi all'interno, una donna alla guida e un uomo accanto, e dietro quella macchina, poco distante, un'altra vettura, un'Alfetta blu tutta bucherellata con un terzo cadavere all'interno.

Almeno dieci sicari erano entrati in azione per uccidere il prefetto Carlo Alberto Dalla Chiesa, la moglie Emanuela Setti Carrara e l'agente di scorta Domenico Russo. Ma ancora non lo sapevo. Ignoravo chi fossero le vittime. Mi trovai davanti a quei tre cadaveri e come un automa presi in mano la macchina fotografica e mi misi a scattare, per immortalare la solitudine di quelle tre vite appena falciate in mezzo a una Palermo che pur di non vedere si era tappata le orecchie, aveva girato la testa dall'altra parte.

Ero convinto che il bersaglio grosso dei killer si trovasse dentro l'Alfetta blu. Era la stessa macchina che allora usavano i politici, gli onorevoli, gli assessori, i pezzi da novanta dell'Assemblea regionale siciliana. Cominciai da quella. Feci tre scatti. Il flash illuminò il volto dell'uomo alla guida, i tre fori di proiettili che aveva sotto la guancia, le mani ancora inchiodate sul volante, i rivoli di sangue che gocciolavano sulla camicia. Dopodiché tornai indietro, verso la A112.

Scattai altre due foto, prima una d'insieme alla macchina, poi il dettaglio di un braccio che penzolava dal finestrino. Era quello di Emanuela, la moglie del prefetto. Provai a fare un altro giro ma non ci riuscii, perché senza che avessi il tempo di scegliermi un'altra prospettiva, nel giro di trenta secondi mi trovai circondato da dieci macchine della polizia che come serpi impazzite erano sbucate da ogni vicolo, da ogni strada adiacente a via Isidoro Carini. Cinque agenti mi si buttarono al collo e mi trascinarono a terra. Ricordo ancora gli altoparlanti delle radio, un'unica voce che urlava da ogni volante: «Attenzione, uccisa nota personalità, uccisa nota personalità!»

E poi la confusione, le autobotti dei vigili del fuoco, le ambulanze che arrivavano a decine quando ormai non c'era più niente da fare, la gente scesa in strada in pigiama, i bambini che guardavano e non capivano. Non avevo mai sentito tante sirene tutte insieme in vita mia e non avevo mai visto tanti poliziotti, tanti carabinieri scendere dalle macchine con le pistole in pugno come se il nemico fosse rimasto lì, ad aspettare loro, disarmato. Erano tutti isterici gli uomini dello Stato davanti alle spoglie del loro generale. Io ne avevo addosso tre o quattro e non riuscivo a divincolarmi. Volevano i rullini. Mi davano calci, mi prendevano a pugni, ma, deciso a resistere, io mi ero raggomitolato sulla Pentax e la difendevo coi denti.

«Bastardo, molla la macchina fotografica!» Gridavano seguitando a pestarmi tutti insieme.

Con certi sbirri, ai miei tempi, era sempre così. Quando arrestavano i disgraziati, i poveracci o i presunti mafiosi e c'era da fare «teatrino», erano i primi a buttarti giù dal letto alle quattro di mattina, a telefonarti per raccomandarsi di andare in questura e fare le foto. Quando ferivano o uccidevano qualcuno di loro, un poliziotto, un giudice, un prefetto in mezzo a una strada, noi giornalisti e fotografi diventavamo nemici, né più né meno che infami, cani da bastonare.

Sarebbero stati capaci di uccidermi per levarmi quelle foto. Ma non ci riuscirono. Mentre mi picchiavano, non so come aprii lo sportellino sul retro della Pentax, tirai fuori la pellicola impressionata e me la misi in tasca. Infilai un altro rullino nella macchina fotografica e la mollai. Loro, convinti che mi fossi arreso, che alla fine avessi ceduto, smisero di calpestarmi. Aprirono la Pentax, sbobinarono il negativo alla luce credendo che fosse quello con le foto della strage e lo buttarono via. Per sicurezza si tennero anche la macchina fotografica: «Questa la conserviamo noi, cornuto fotografo. Vienitela a prendere in caserma se hai coraggio, così ti diamo il resto delle bastonate!»

Volevano essere certi che non continuassi a curiosare in giro, non mi volevano più in mezzo alle palle.

«Posso andare adesso?»

«Levati dalla minchia!»

Avevo la camicia strappata, il sangue che mi colava dal naso, le ginocchia e i fianchi che mi facevano male. Mi ero preso tante di quelle pedate in testa che mi sentivo rintronato, a malapena mi reggevo in piedi. Ma con me avevo la cosa più importante: il rullino con le prime sequenze della strage di via Isidoro Carini.

Mi precipitai allo studio. Trovai Matilde che sembrava una trottola, entrava e usciva da ogni stanza. Non sapeva quale obiettivo prendere. Ne aveva tirati fuori dieci e di tutte le misure. Senza accorgersene, si era messa la giacca al contrario e aveva acceso due sigarette.

«Filippo, è successo un casino, hanno ammazzato Dalla Chiesa.»

«Matilde, calmati, qui ci sono le foto.»

Non ci poteva credere, non riusciva a capire come mai, mentre i cronisti e i fotografi di tutta Italia si stavano muovendo in quel momento, io, uno sconosciuto fotograficchio di Palermo, avevo già il servizio in mano.

«Ma come hai fatto?»

«Fortuna», risposi, «abito a cento metri da lì, a casa tua, ricordi?»

Matilde mollò la borsa, si accese una terza sigaretta dimenticando le altre due fumanti dentro il portacenere e si chiuse con me in camera oscura. Sviluppammo le foto e trovammo delle immagini che fecero storia.

Quella notte, alle tre del mattino, con un aereo messo a disposizione dal ministero dell'Interno, arrivarono a Palermo i responsabili delle più importanti agenzie giornalistiche del mondo: Ap-Com, Reuters, Associated Press. Matilde decise di organizzare un'asta nello studio. L'esclusiva per l'Italia fu venduta al settimanale «L'Europeo», che alla foto del braccio della moglie di Dalla Chiesa che usciva dal finestrino dedicò la copertina. La pubblicarono non in bianco e nero così come l'avevo sviluppata, ma leggermente trattata, con un filtro giallo che dava un effetto appena invecchiato. «Stern», si aggiudicò l'esclusiva per l'Europa e «Time» quella per gli Stati Uniti.

Matilde guadagnò venti milioni di lire. A me diede la mia parte, otto milioni. Con la metà di quei soldi decisi di farmi un regalo. Mi comprai una moto. Una Honda 600 nera col serbatoio rosso. Era perfetta per il mio personaggio di fotografo d'assalto e in più mi avrebbe permesso di spostarmi agilmente da un angolo all'altro di Palermo.

Carmelo Di Salvo, il mio amico cronista, che l'omicidio Dalla Chiesa se l'era perso per colpa di una femmina – una che tra parentesi l'aveva pure mandato in bianco – non trovava pace: «Maqeda, ma è possibile che non ti posso lasciare solo un minuto?»

«Che vuoi dire, compare?»

«Che una notte mi sono allontanato, ed è successo di tutto. Non solo non ho scopato, ma non ho scritto nemmeno due righe sulla storia più forte degli ultimi dieci anni, ti pare normale?»

Era ammaccato. Il giornale lo aveva escluso dal servizio su Dalla Chiesa e lo aveva messo a raccogliere dati sul traffico e sulle previsioni del tempo nel weekend. Ma Carmelo senonaltro era contento per me. Dopo i bocconi amari che avevo dovuto inghiottire per colpa di don Tano, finalmente con quelle foto mi ero preso una rivincita.

Questa volta fui io a consolarlo: «Compare, non ti preoccupare, ci rifaremo. D'altra parte io e te siamo una società, siamo come Batman e Robin!»

Ormai mi sentivo il numero uno, ci avevo preso gusto a fare cose importanti e sul campo, quando uscivo per fare un servizio volevo sempre arrivare primo al traguardo. Se mi mandavano a seguire una storia e sapevo che c'era un fotografo nei paraggi, pensavo a come farlo «bucare», tentavo in tutti i modi di fotterlo.

Come quella volta che ci fu una rivolta all'Ucciardone. I detenuti protestavano da mesi per la bassa qualità del cibo.

E siccome i loro appelli erano rimasti inascoltati, avevano deciso di far sentire la propria voce facendo un po' di *vucciria*.

Era un pomeriggio di novembre. Una decina di loro si erano barricati nella sala del refettorio dopo aver disarmato e preso in ostaggio una guardia, e minacciavano di ucciderla se non fossero arrivati immediatamente i giornalisti. I rivoltosi non avevano nessuna intenzione di assassinare il secondino, facevano solo «la parte», ma la facevano bene. Tanto che il direttore dell'Ucciardone, un certo Santino Amoroso, uno che si spaventava pure della sua ombra, li aveva presi maledettamente sul serio. Perciò aveva chiamato il giudice istruttore e il giudice istruttore si era messo in contatto con i direttori dei due principali quotidiani di Palermo, «L'Ora» e il «Giornale di Sicilia», pregandoli di mandare qualcuno in modo da dare un contentino ai carcerati e potere negoziare una resa.

L'appuntamento era per le dieci davanti all'ingresso principale del carcere, in via Enrico Albanese. Io e Carmelo arrivammo alle otto, con due ore di anticipo, parlammo col direttore inventandoci un problema alle rotative che ci avrebbe costretti a chiudere prima le pagine e facemmo interviste e foto ai detenuti che sarebbero state pubblicate nell'edizione del pomeriggio. Al giudice istruttore giurammo pure che avremmo dato tutto il materiale anche al giornale concorrente: «Non si preoccupi, dottore, ci pensiamo noi».

I due colleghi del «Giornale di Sicilia» spuntarono con mezz'ora di ritardo, più o meno alle dieci e mezza, quando noi avevamo finito da un pezzo.

«Da dentro vi hanno chiamato?» chiesero a me e a Carmelo.

«Sì», risposi io, «vi abbiamo aspettato per dirvelo. Poco fa è uscito il direttore e ci ha detto che è tutto annullato, i detenuti si sono arresi.»

«Quindi niente servizio, ce ne possiamo andare?» mi chiese sollevato il collega fotografo.

«Certo», dissi, «che minchia facciamo qui? Ritiriamoci ai domicili.»

Baci e abbracci, tornammo al giornale. Noi a piazza Ungheria e loro in via Lincoln, al «Sicilia».

Nel pomeriggio il nostro giornale uscì con una pagina e un resoconto dettagliato della rivolta dei detenuti di Palermo. Eravamo gli unici ad avere le loro voci e le loro foto. Carmelo e io ricevemmo i complimenti della redazione per avere surclassato la concorrenza. A Di Salvo, il direttore diede una promozione, lo nominò vicecaposervizio. A me, Matilde consegnò un piccolo premio in denaro, centosettantaduemila lire. Quei due colleghi del «Sicilia» avevano preso un buco grande quanto il cratere dell'Etna.

Col fotografo un anno dopo riuscii a fare pace. In fondo era un bravo *picciotto* e non serbava rancore. Il giornalista del «Sicilia», Serafino Vullo, quella storia se la legò al dito. E da allora, ogni volta che mi vedeva sul luogo di un delitto, faceva di tutto per farmi rompere i coglioni dagli sbirri. Andava da un poliziotto, uno qualsiasi, e prendendolo sotto braccio lo istruiva: «Quello è Maqeda, l'amico dei mafiosi, state attenti che è una spia di Cosa Nostra».

Io alzavo l'indice e il mignolo della mano destra facendogli segno di essere un cornuto e poi con la stessa mano gli facevo il gesto di agitare la bottiglia, come a dire: «Tanto mi fai una sega, tu me la suchi!»

Dopo un mese, la storia di Dalla Chiesa teneva ancora banco sui giornali. La mafia aveva puntato in alto e in prima pagina si parlava solo di come fronteggiare e reagire a quello che a tutti – commentatori più lucidi e non – era sembrato un vero e proprio attacco al cuore dello Stato. Ma Palermo era anche altro. Nelle retrovie la cronaca pullulava di omicidi di bassa macelleria, decine di *picciottazzi* sterminati come mosche nella guerra che vedeva contrapposti Corleonesi e Palermitani. Notizie che erano importanti ma finivano evidentemente in fondo ai quotidiani, tra le pieghe delle pagine locali.

Ormai non mi separavo più dalla radiolina vhf sintonizzata sulle frequenze della polizia. Per caso, mentre con Carmelo sorseggiavamo un caffè al bar sotto i portici di piazzale Ungheria, sentii la radio gracchiare «Codice 25». C'era stato un morto e le Gazzelle dei carabinieri stavano «convergendo» di fronte alla stazione.

«*Amuninni*, Maqeda!»

Pagammo i caffè, salimmo sulla moto e ci precipitammo sul posto.

Era successo che qualcuno la notte prima aveva posteggiato una Ford Fiesta in zona rimozione, in un parcheggio riservato agli invalidi. Alle otto di mattina i vigili urbani all'incauto proprietario avevano fatto solo una contravvenzione. Lo volevano graziare, nella speranza che da un minuto all'altro tornasse e spostasse la vettura. Ma alle due del pomeriggio la stessa pattuglia era ripassata e la Ford era ancora lì, dove l'avevano lasciata. I vigili avevano chiamato il carro attrezzi per farla rimuovere, ma quando uno di loro si era avvicinato alla macchina per dare un'occhiata, aveva visto, poggiata sul sedile del guidatore, la testa mozzata di un uomo avvolta in un foglio di giornale.

Il corpo, incaprettato, era dietro nel portabagagli. Sulla camicia i segni della bruciatura di un colpo di pistola all'altezza del cuore, esploso da distanza ravvicinata. Non si sapeva ancora chi fosse la vittima. E in fondo non aveva importanza. Chiunque fosse, doveva aver fatto qualcosa di terribile per meritare una fine come quella.

Carmelo e io arrivammo subito alla stazione ma intorno alla macchina c'era già un milione di persone, sbirri, magistrati, curiosi e naturalmente cronisti. Di Salvo aveva solo il problema di fare un pezzo, di cercare notizie che in qualche modo certamente avrebbe trovato. Io no, io dovevo fare la foto, e in mezzo a quella baraonda era impossibile. Il magistrato era arrivato, il medico legale aveva ispezionato il corpo e il carro attrezzi si stava portando via l'auto. Mi venne un'idea.

Stando lì non avrei concluso nulla. Sapevo che in casi del genere i corpi dei morti ammazzati, prima di essere riconsegnati ai loro cari, facevano tappa all'Istituto di medicina legale per l'autopsia. Così, mentre i miei colleghi erano impegnati a studiare il sistema per fare una foto, io con la mia Honda mi catapultai al Policlinico.

Aspettai quaranta minuti. Al quarantunesimo vidi spuntare il carro attrezzi con la Ford Fiesta scortata dalla Gazzella dei carabinieri. Davanti all'ingresso ero da solo, non c'era nessuno. Chiesi al capopattuglia, un brigadiere che conoscevo, il permesso di fare qualche scatto e lui acconsentì: «Fai presto Maqeda… che non possiamo *fare schiumazza*». Mi voleva dire che non c'era tempo da perdere, per fare quelle foto avevo i minuti contati.

Mi aprì la portiera della Ford, tolse il foglio di giornale e io, tutto felice, iniziai a fotografare. Quella faccia non mi diceva niente, non l'avevo mai vista. Clic, clic, clic. Feci tre scatti, uno pure col flash.

«Grazie colonnello», dissi regalandogli quattro gradi. Lo salutai e me ne andai.

Passai dalla stazione, ripresi Carmelo che era a piedi e tornammo al giornale. Lui a scrivere, io a sviluppare le foto.

«Ma chi era il morto?» chiesi al mio socio.

«Nessuno», rispose, «un povero disgraziato.»

Allo studio, con Matilde c'era il suo amico fotografo, Koudelka. La vacanza era finita, stava per partire. Vide poggiata sul tavolo la foto della testa mozzata che era pronta per andare in stampa, la prese in mano e disse:

«Questa è l'immagine del secolo, me la posso prendere?»

«Certo», risposi tutto orgoglioso.

Di Salvo non si fece sentire per tutta la sera, pensai che era troppo impegnato per chiamarmi. Forse c'era stato un contrattempo, aveva chiuso tardi il «pezzo». Il pomeriggio successivo, all'edicola sotto casa comprai il giornale. C'era tutto, la mia foto scoop, l'articolo di Carmelo. Ma leggendo il nome di quell'uomo decapitato mi prese un coccolone: Toni Galati.

«Minchia», esclamai d'istinto cercando una sedia per mettermi comodo e riprendermi dallo schock.

Era il fratello di Francolino, l'altro figlio di don Tano che era rimasto a piede libero. La polizia era convinta che fosse caduto in un'imboscata, che la sua eliminazione fosse stata decisa dai Palermitani. Un messaggio a suo fratello e a suo padre che erano saltati troppo presto sul carro dei vincitori, quello dei Corleonesi.

Chiamai subito Carmelo: «Oh, ma che sei scemo? Quello non è un poveraccio. Che fai, mi nascondi le cose?»

«Maqeda, scusami, non ti volevo far preoccupare.»

Aveva ragione il mio socio. Non c'era da stare tranquilli. Il potere di don Tano scricchiolava, non era più quello di un tempo. Ora a Palermo poteva succedere di tutto, anche lui era diventato un potenziale bersaglio. E la stessa cosa si poteva dire di mio zio, che con i Galati era tutta una cosa, *pane e tumazzo*. Se traditori erano loro, traditore era per forza pure lui. Carmelo volle andare, per conto del giornale, ai funerali di Toni Galati. Voleva fare un altro scoop per l'edizione successiva: «Lì di sicuro il collega del "Giornale di Sicilia" non ci va, si caga sotto».

Sapeva che era rischioso ma voleva tentare lo stesso. Io andai pure, ma per una volta in forma privata, senza macchina fotografica. Non volevo passare per quello che osava sfidare i Galati. Già don Tano mi odiava perché su «L'Ora» avevamo pubblicato la foto dello sputo di Francolino. Come minimo vedendomi davanti al cadavere dell'altro figlio con la Pentax mi avrebbe fatto sparare sul serio. Volevo evitare *camurrie*, ma soprattutto speravo di incontrare mio zio Angelo. Erano passati due mesi dall'ultima volta che lo avevo visto, e ormai ricevevo sue notizie solo tramite mia madre.

Era una bella giornata di sole. Mi mescolai alla folla che riempiva la piazza della grande chiesa di San Domenico in via Roma, dietro il mercato della Vucciria. C'era una ventina di Mercedes in doppia fila coi vetri scuri. Per assistere alle esequie di Toni Galati erano arrivati i capi di tutte le «vecchie» famiglie di Palermo, gli amici storici di don Tano. Tra loro dovevano esserci anche i mandanti dell'omicidio del figlio. Magari erano i primi che si presentavano a fare le condoglianze alla famiglia. Il vecchio boss, che non era stupido e lo sapeva, nel dubbio non aveva baciato nessuno. Salutava tutti, e se non ne poteva fare a meno al massimo ringraziava con una stretta di mano.

Era arrivata anche gente da New York, da Chicago, da Philadelphia. Parenti del morto emigrati negli *States* che avevano aperto supermercati, pizzerie, *barber shops*. Mafiosi anche loro o sospettati di esserlo, perseguitati da anni dall'FBI.

Francolino dal carcere aveva mandato una corona di fiori bianchi che si riconosceva perché era più grande delle altre. Ci aveva fatto scrivere sopra: «Tuo fratello, che non dimentica». Una frase riferita alla vittima ma anche a coloro che lo avevano ucciso, cinque parole apparentemente innocue ma che lette in controluce gridavano vendetta. Sulla piazza, fuori dalla chiesa, c'erano anche decine di sbirri che a distanza scattavano foto, selezionavano facce, e quando quelli se ne accorgevano alzavano il dito medio e con la manina facevano ciao ciao: «*Fuck you, son of bitch!*»

La cerimonia fu rapidissima. Il prete era stato invitato a evitare di dilungarsi inutilmente. Stazionava più polizia fuori che in tutta la questura di Palermo. Nel banco di prima fila c'era don Tano con la moglie, una signora anziana tutta vestita di nero con un velo di pizzo sulla testa. Subito dietro, i parenti più stretti del defunto, cognati, zii e nipoti. E dietro ancora i capimafia, e poi tutti gli altri, i consigliori, i *picciotti*, i gregari, e infine i guardaspalle e i tirapiedi. C'erano tutti, dentro la chiesa di San Domenico. Per non dare nell'occhio, con un paio di occhiali scuri mi ero messo in disparte accanto a una colonna, vicino all'uscita. Ma osservando l'ultima fila, quella riservata ai guardaspalle, avevo incrociato lo sguardo famelico dell'autista di don Tano, Totuccio. I capelli a spazzola e la faccia tonda come un pallone, era maldestro e grasso: pesava più o meno centocinquanta chili. Una specie di ciclope in giacca e cravatta che avevo incontrato faccia a faccia al carcere, il giorno che il vecchio mi era venuto a baciare davanti a tutti. Rimase a fissarmi sino alla fine della messa, come se col suo sguardo mi potesse incatenare. Poi, quando la cerimonia terminò e la bara venne portata a spalla verso l'uscita, lo vidi avvicinarsi a don Tano. Il boss chinò la testa per ascoltarlo, quello gli sussurrò qualcosa all'orecchio e tornò di nuovo al suo posto, dietro di lui.

Gli aveva detto di sicuro che ero lì, «disarmato», senza macchina fotografica. Don Tano si voltò come a cercarmi tra le navate della chiesa. Mi vide e mi venne incontro. Prima però lasciò che tutti uscissero dalla basilica. Congedò anche la guardia del corpo: «Vai, Totuccio, aspettami fuori».

E quello, che era più fedele di un cane, ubbidì e se ne andò.

Voleva parlami *a solo* il vecchio boss, ed era inutile scappare. Qualunque cosa avesse intenzione di farmi o dirmi, dovevo restare, dovevo affrontarlo.

«*Sabbenedica* don Tano.» Lo salutai col rispetto di sempre.

«Come ti sei permesso a venire? Non sei degno di stare qui dentro.»

«Volevo solo farle le condoglianze per suo figlio, mi dispiace», risposi sforzandomi di mantenere un tono garbato.

Accennò una risatina di scherno, poi mi trafisse con i suoi occhi da squalo.

«Me le hai già fatte le condoglianze, sulla prima pagina de "L'Ora". Era bellissima.»

Gli dovevano aver riferito che la foto della testa mozzata pubblicata era mia. Ma era inutile spiegargli che suo figlio non lo conoscevo, che lo avevo fotografato senza sapere chi fosse. Tanto non mi avrebbe creduto. Stavo zitto, aspettando che si sfogasse con una reazione qualunque. Sarebbe stato capace di qualsiasi cosa, anche di darmi un altro bacio per farmi capire quanto mi odiava.

«Sai che ti dico?» Adesso guardava la statua di santa Rita proprio di fronte a noi. «...Che Francolino, l'altra volta in questura, ha fatto bene a non sputarti addosso. Perché il nostro sputo, caro mio, su di te diventerebbe profumo.»

Mi lasciò con questa frase chiarissima; voleva dire che lui e i suoi figli erano oro e io invece un *fango*, uno che non valeva niente, quello che si dice una *cartata di resche*.

La bara col corpo di Toni era stata già caricata sul carro funebre. E tutti, fuori, aspettavano solo l'arrivo di don Tano per incamminarsi verso il Cimitero dei Rotoli. Il vecchio Galati scese le scale della chiesa. Aveva un fiore in mano: lo baciò, si avvicinò al carro e chiese di poterlo appoggiare sulla bara. Fu accontentato e il corteo finalmente si avviò verso il camposanto.

Tra i mille volti di quella piazza intravidi e riconobbi quello di mio zio. Aveva preso il suo posto accanto agli altri boss. Era tutto vestito di nero e aveva degli occhiali scuri. Guardava verso di me, verso la porta della chiesa. Non faceva un movimento, sembrava una statua. Ma per un attimo ebbi la certezza che nella sua immobilità mi stesse parlando, che mi volesse dire qualcosa. Qualcosa del tipo: «Stai attento, ora davvero non ti posso più proteggere».

Carmelo, che era venuto ai funerali per fare lo scoop, non aveva combinato niente. In chiesa non l'avevano neanche fatto avvicinare e l'altro fotografo che si era portato dietro, al mio posto, aveva fatto dieci scatti, uno peggio dell'altro. Cinque foto erano venute mosse perché aveva paura e gli tremava la mano. Le altre erano venute bene ma si era messo così lontano che la chiesa si riconosceva a stento. Aveva fotografato il campanile e i tetti dei palazzi circostanti: non una faccia, un fiore, un vestito.

Di Salvo era disperato e mi era venuto a cercare: «'Sto cornuto di fotografo, a zappare lo mando! Maqeda, ti prego, dimmele tu quattro cose per scrivere un pezzo».

Così a Carmelo raccontai quattro minchiate, cosa aveva detto il *parrino* nell'omelia, com'era vestito don Tano, chi c'era, chi mancava.

«Io lo so come finirà un giorno, caro mio, che io farò il fotografo e tu il giornalista», disse ringraziandomi.

Tre giorni dopo andammo tutti al Palazzo di Giustizia. C'era la prima udienza del processo per l'omicidio di Bartolino Licata. L'unico imputato era Francolino Galati. Unico perché il complice, pentito, era nascosto in chissà quale località segreta. Francolino arrivò in aula scortato da due secondini. Aveva i ferri ai polsi e indossava una tuta da ginnastica e scarpe da tennis. Non sfoggiava più la boria e la spavalderia del giorno dell'arresto. Era taciturno, non voleva parlare neanche con il suo avvocato, si vedeva che era *scantato*, impaurito. L'omicidio del fratello lo doveva aver provato parecchio, gli aveva fatto drizzare le antenne. Nemmeno in carcere si sentiva più al sicuro. Correva voce che stava sveglio anche di notte, per paura di essere ammazzato da qualche compagno di cella. Mangiava poco e solo cose di provenienza certa. Temeva che, non potendo spararagli, la mafia dei Corleonesi incaricasse qualcuno di avvelenarlo.

L'aula era affollata. Sulla destra, nel banco dell'accusa, c'era il giudice Paternò con una camicia a righe sotto la toga e un papillon nuovo di zecca. Stava con le mani appese ai risvolti della giacca e si dava un tono, assumendo un espressione severa a favore di telecamere e fotografi. A destra c'era la difesa.

Don Tano non aveva badato a spese per trovare l'avvocato migliore, quello che potesse tirare il figlio fuori dai guai. Si era rivolto a Giacomino Saponara, uno dei maggiori penalisti della città, difensore storico di killer e mafiosi, con amicizie e influenze ai più alti livelli, nella politica romana e dentro la Procura di Palermo.

Seduta alle spalle dell'avvocato Saponara, notai una ragazza. Doveva essere una giovane assistente. Era di una bellezza rara, aveva un viso con una pelle che sembrava di cera, i capelli castani, le labbra carnose, gli occhi neri e profondi, il nasino alla francese. Avvolta in un tailleur nero, aveva un filo di trucco e un accenno di tacchi. Semplice ma elegante, non era pretenziosa ma sfoggiava una classe innata. E poi era di una sensualità unica. Ne rimasi colpito. Anzi, ancora di più, abbagliato. Per tutto il tempo precedente l'udienza guardai lei invece di cogliere le espressioni di Francolino. Non feci manco una foto e Carmelo si incazzò: «Maqeda, ma con tutto il lavoro che abbiamo, proprio oggi ti dovevi innamorare?»

Ma quella ragazza era stupenda, e a quel punto volevo solo conoscere quante più cose di lei. Chiesi a Carmelo di informarsi, così venni a sapere che si chiamava Susanna Mazzara e aveva venticinque anni. Era la figlia di un socio in affari di don Tano, un imprenditore potente e molto chiacchierato. Aveva studiato legge a Milano e voleva fare la penalista, quindi si era fatta raccomandare dal padre per fare pratica nello studio dell'avvocato Saponara.

Suonò la campanella, i giudici entrarono e il processo finalmente cominciò. Ma gran parte della mattinata si perse nelle schermaglie procedurali, la costituzione delle parti, un'integrazione alle indagini avanzata dall'accusa, una nuova lista di testimoni presentata dall'avvocato Saponara. Francolino sul banco degli imputati non vedeva l'ora che quel teatrino finisse, si stava facendo due palle così e noi pure.

Susanna la osservavo attentamente. Era di poche parole, per ore e ore aveva preso appunti su un blocco senza mai alzare la testa dai fogli. Presa dal suo lavoro, raramente si guardava intorno e di conseguenza per me era difficile farmi notare. In una pausa dell'udienza la vidi uscire dall'aula per andare al piano di sotto, a prendere qualcosa in Cancelleria.

Non sapevo come abbordarla, ma la raggiunsi di corsa e dissi la prima minchiata che mi passava per la testa: «La posso disturbare?»

Le avevo praticamente sbarrato la strada.

«Mi dica», rispose sorridendo un po' intimorita.

«Scusi, non volevo spaventarla. Faccio il fotografo per il giornale "L'Ora" e sa, vorrei fare qualche foto alla difesa.»

«Se vuole fotografare l'avvocato Saponara lo può chiedere a lui direttamente», disse lei cortese. «Io sono un semplice procuratore legale, non credo che il suo giornale sia interessato a me.»

Mi sentivo un coglione per essermi inventato una scusa così sciocca e cercai di recuperare.

«Può darsi. Ma mi permetta di essere sincero. Da stamattina, da quando sono arrivato in aula, non è successo nulla di particolarmente sconvolgente, niente che valesse non dico una foto ma neanche un'occhiata distratta...» Feci una pausa e aggiunsi: «...Niente a parte lei, ovviamente».

«Lei è troppo buono», rispose. Accennò un altro sorrisino d'imbarazzo, diventò tutta rossa e fece per scappare.

«Adesso la devo proprio salutare, ci vediamo, com'è che si chiama?»

«Filippo.»

«Piacere, io sono Susanna. Arrivederci.»

Mentre perdevo tempo ad agganciare Susanna Mazzara, in aula era successo qualcosa. Carmelo sulla soglia mi cercava come un pazzo, aveva un diavolo per capello, i riccioli tesi tesi.

«Maqeda, ma dove minchia eri? È un'ora che ti cerco.»

«Esagerato», dissi, «mi sono allontanato cinque minuti. Che è successo, compà?»

«Don Tano è arrivato in aula e ha baciato Francolino. Abbiamo bucato la foto.»

«Mi dispiace», risposi, «adesso vedo se la posso recuperare.»

L'avevo fatta grossa. Dovevo trovare un modo per rimediare. Con la coda tra le gambe, avvicinai un fotografo di un'altra agenzia, uno che conoscevo di vista. Gli proposi uno scambio, l'immagine che avevo «bucato» in cambio di qualche altra da me fatta prima dell'inizio dell'udienza, quando lui ancora non c'era. Mi disse di no, e me lo disse con una chiara espressione di goduria: «Maqeda, lo sai come funziona? Mors tua vita mea. Non me lo chiedere, tu non ha mai aiutato nessuno».

Aveva ragione, avevo sempre cercato di fotterli i miei colleghi, li avevo sempre visti come rivali, cavalli zoppi. Era giusto che pagassi per una volta, mi meritavo una bella lezione. Andai da Carmelo, gli spiegai la situazione e lui giustamente obiettò: «Ora che gli diciamo al giornale, che eri con una femmina?»

Era la prima volta che lo vedevo seccato. Lo avevo deluso e lo avevo messo nei guai con i suoi capi. Di Salvo aveva tentato di coprirmi al giornale, ma non c'era riuscito. Matilde era stata ripresa dal caporedattore della cronaca perché tutti i quotidiani avevano l'immagine di don Tano che baciava il figlio. Tutti tranne noi. E quando tornai in studio mi affrontò scaricandomi addosso una «carrettata» di maleparole. Voleva sapere perché non avevo scattato quella foto.

«Non lo so», risposi irritato dal suo atteggiamento, «forse mi sono distratto.»

«Io non ti pago per distrarti», si mise a gridare lei, «ti pago per lavorare!»

Volevo farla sbollire ma, visto che continuava a ranculiarsi e a protestare, la lasciai lì e me ne andai. La testa l'avevo a Susanna.

L'indomani tornai a Palazzo di Giustizia nella speranza di poterla incontrare di nuovo. Non c'erano udienze particolari ma pensai che magari accompagnava, in uno dei suoi giri, l'avvocato Saponara che dentro il tribunale praticamente ci viveva. Andai su in Procura, poi scesi al primo piano alla Corte d'Appello, feci un salto alla Camera Penale, ma niente. Susanna non c'era, e se c'era non la trovavo.

Prima di tornare sconsolato in studio, passai dal bar-edicola che si trovava al piano terra, vicino all'ingresso, per comprare il «Giornale di Sicilia» e leggere il resoconto dell'incontro fra don Tano e Francolino. Il pezzo era firmato da Serafino Vullo, il cronista che mi aveva dichiarato guerra per avergli fatto bucare la rivolta dei detenuti all'Ucciardone. A un certo punto dell'articolo riportava un virgolettato di don Tano, rubato – scriveva lui – «dal vostro cronista mentre il patriarca stava lasciando il tribunale». Vullo lo aveva incalzato per sapere l'identità di «Maqeda», il misterioso personaggio di cui il boss parlava nella telefonata intercettata, finché non gli aveva chiesto a bruciapelo: «Signor Galati, perché ha baciato quel fotografo di fronte all'Ucciardone?»

Il disegno era chiaro. Quel figlio di puttana voleva in qualche modo incastrarmi, e dare, se possibile, anche una mano a Paternò per rovinarmi definitivamente. Don Tano lo aveva capito. E davanti a quella domanda trabocchetto aveva risposto al solito suo, dicendo e non dicendo: «Chi, il fotografo? E che le devo dire? Forse quel ragazzo mi ricordava qualcuno, mi faceva simpatia e mi è venuto naturale dargli un bacio. Che, è proibito?»

Camminavo col giornale aperto, senza guardare avanti. E mentre continuavo a leggere avevo solo un pensiero in testa: cercare Vullo per rompergli le corna. A un tratto andai a cozzare contro qualcuno facendogli rovesciare a terra la pila di fascicoli che teneva fra le braccia.

Era lei, Susanna.

«Scusami», dissi.

«Filippo!» Sembrava divertita dalla casualità dell'incidente. «Giusto tu mi dovevi sbarrare le strada stamattina?»

Mi calai sul pavimento per raccogliere i faldoni. Eravamo vicini abbastanza per guardarci bene negli occhi e mi sembrava ancora più bella di come me la ricordavo.

«E che ti devo dire, Susanna? Si vede che era destino. Fortuna che non ti ho fatto cadere.»

«Sei pericoloso, allora», disse con un sorriso birichino.

«Dipende», risposi facendo spallucce.

La invitai a prendere un caffè e parlammo del più e del meno. Susanna mi raccontò dei suoi studi a Milano io le parlai del mio lavoro a Palermo, soprattutto degli ultimi mesi, dallo sputo di Francolino Galati al brutale omicidio del fratello Toni.

Lei conosceva bene il loro padre e si ricordava tutto, compresa la storia di Maqeda.

«Sì, ho letto qualcosa», mi confessò, «so che hai avuto i tuoi problemi. A proposito, stai attento a Paternò, è un osso duro.»

«Lo conosci?»

«Sì, eravamo nella stessa università a Milano, solo che quando lui si è laureato io ero solo una matricola.»

«E che c'è da stare attento?» chiesi con una punta di curiosità.

«Se si fissa con una persona può diventare pericoloso.»

Per un intero pomeriggio non mi feci vedere al giornale né mi feci sentire allo studio. Sparii dalla circolazione. Non mi capitava da una vita, forse dai primi tempi con Emma, di sentirmi così bene con una persona da volerci passare un'intera giornata. Dal tribunale finimmo in un'osteria del centro. Mangiammo un boccone e facemmo un giro a piedi in via Ruggero Settimo. Lei di pomeriggio non aveva impegni e così, verso le sette, le proposi di fare una capatina a San Martino delle Scale, dove c'era un ristorantino a conduzione famigliare, un posto conosciuto da pochissime persone dove si mangiava una pizza buonissima fatta in casa e cotta nel forno a legna. Susanna era entusiasta. Io però avevo solo la moto e aveva iniziato a fare freschetto, perciò andammo con la sua macchina. Mi sentivo un pezzente.

Restammo lì fino alle due di notte a parlare, senza altro desiderio che quello di fermare il tempo, di perderci l'uno nei racconti e negli occhi dell'altra. Mentre mi raccontava di un suo sogno, poter fare un giorno un lungo viaggio in Africa, per caso le sfiorai una mano, lei strinse le mie dita con le sue, mi diede una carezza e smise di parlare. Ci baciammo.

Tornammo a Palermo e andammo a casa mia. Ma quello con Susanna non fu solo sesso. Sapevo che era scattato qualcosa di forte, di profondo.

Ero l'uomo più felice del mondo. Mi sentivo rinato, cambiato, diverso. Non avevo più bisogno di niente. Il lavoro, la carriera, la gloria, che andasse tutto al diavolo! Volevo vivere la mia storia d'amore.

Susanna nello studio di Saponara lavorava fino alle cinque del pomeriggio. Per stare con lei, per poterla vedere, dissi a Matilde che non avrei più lavorato giorno e notte senza fermarmi.

«Se vuoi», le proposi, «faccio le mie otto ore ma poi vado a casa.»

«Filippo», obiettò lei, «guarda che qui non siamo al ministero, qui si lavora senza orologio.»

«Non mi interessa, sono stanco di fare lo schiavo. O così o niente.»

Presi a uscire sempre più con Susanna e sempre meno con Carmelo. Le nottate passate a *tampasiare* in giro per Palermo ormai erano solo un ricordo. Quando c'era un servizio da fare andavo e lo facevo, ma col giusto distacco, senza la foga e la grinta di una volta. Non vivevo più per lavorare, lavoravo per vivere, e peraltro senza particolare voglia. Ero scontroso con i miei colleghi, saccente e arrogante con i miei capi. Uno e due acchiappavo il telefono e chiamavo Susanna per dirle quanto mi mancava. Ma, anche se non volevo ammetterlo, quando ci incontravamo mi sentivo a disagio accanto a lei. Quella ragazza non era tipo da stare con uno squattrinato, era sempre elegante, le piaceva andare a cena nei migliori ristoranti e col mio stipendio non riuscivo a starle dietro. Al cinema, a cena fuori pagavo sempre io, ma poi in studio facevo le collette per comprarmi le sigarette.

In più, al giornale combinai un casino. A Palermo era tempo di elezioni. I siciliani erano stati chiamati alle urne per eleggere i nuovi membri dell'Assemblea regionale siciliana.

Il caporedattore del politico, Beppe Carbone, un signore sulla cinquantina sempre sulle sue, burbero e introverso, mi aveva chiesto di andare in giro per la città a fotografare una serie di parlamentari palermitani mentre votavano. Ne avevo fatti una decina, democristiani e comunisti, ma ne avevo saltato uno, un deputato del Pci che a lui e all'editore, per questioni loro, interessava particolarmente mettere in risalto. Proprio quello me lo ero dimenticato, e successe il «vivamaria». Carbone si indispettì moltissimo e decise di punirmi umiliandomi davanti a tutta la redazione. Mi diede del «coglione» e mi tirò pure le foto in faccia.

«Non vali un cazzo, sei un cretino!» urlò.

Diventai un pazzo. Avevo sprecato una giornata per fare quel servizio mentre lui era rimasto comodamente seduto dietro la sua scrivania. Appoggiai la macchina fotografica su una sedia, feci il giro del tavolo e gli diedi uno schiaffo. Glielo diedi così forte che a Carbone saltarono gli occhiali. Per un mese non mi fecero più mettere piede al giornale «L'Ora».

Matilde mi poteva licenziare, ma anche questa volta decise di farmi da madre, di chiudere un occhio. Per trenta giorni mi tenne bloccato nello studio a occuparmi dell'archivio, come quando avevo cominciato. E in più, senza dirmelo, mandò al direttore del giornale una lettera di scuse con la mia firma. Mi perdonarono e il mese dopo tornai a lavorare fuori. Ricominciai con le *ammazzatine*, gli incidenti sul lavoro, le partite del Palermo allo Stadio della Favorita.

Non facevo più il fotografo, facevo l'impiegato. Lavoravo dalle nove di mattina alle cinque del pomeriggio. Poi chiudevo baracca e burattini e mi facevo rivedere l'indomani. La mia storia con Susanna mi aveva assorbito completamente. Nonostante certi miei dubbi iniziali, più stavo insieme a lei e più mi mancava quando non c'era. Mi stavo innamorando.

Una notte che lei era rimasta a dormire da me, verso le quattro di mattina suonò il telefono. Era Carmelo Di Salvo: «Maqeda, devi venire subito. C'è stata una retata, c'è pure il padre della tua fidanzata».

Avevano arrestato una serie di personaggi in odore di mafia tra cui il papà di Susanna, Cesare Mazzara, «re dei calcestruzzi» e vecchio socio di don Tano. Si diceva che ci fosse un nuovo, fantomatico pentito che in gran segreto aveva riempito pagine e pagine di verbali. E i giudici avevano firmato mandati di cattura a pioggia. Solo quella notte a Palermo c'erano stati quarantadue arresti.

Mi vestii di corsa per andare a piazza Verdi, alla Caserma Carini. Susanna piangeva come una bambina, voleva venire con me, ma la convinsi a raggiungere sua madre che doveva essere scossa, morta di paura. Mi sentivo un verme a lasciarla sola nel momento in cui aveva più bisogno di me, ma l'avevo già fatto mille volte nella mia vita. Dovevo andare, il giornale aveva bisogno delle foto.

Passai prima a casa di Carmelo e arrivammo alla caserma che era ancora buio. C'erano già le Gazzelle in fila con gli sportelli aperti e i lampeggianti accesi. Da un momento all'altro sarebbero usciti gli arrestati. Di Salvo era eccitato: «Mi raccomando Maqeda, il giornale vuole un servizio coi fiocchi, confido in te».

C'erano venti fotografi, tutti in posizione, attenti a non

perdersi una scena, un movimento, un'espressione dei personaggi finiti in manette. Questi cominciarono a sfilare davanti ai nostri occhi. Erano facce anonime. Costruttori, medici, direttori di banca, secondo i giudici in qualche modo legati a Cosa Nostra. Temevo che tra loro ci potesse essere mio zio Angelo, ma Carmelo non mi aveva detto niente e di sicuro era ancora a piede libero. A un certo punto riconobbi il padre di Susanna, Cesare Mazzara. Non lo avevo mai visto ma non ci fu bisogno che me lo indicasse qualcuno. Non si poteva sbagliare. Aveva la sua stessa espressione, il suo stesso taglio di occhi. Scattai le foto e con Carmelo – verso le otto di mattina – ci salutammo.

«Maqeda, vado a scrivere, ci vediamo più tardi.»

Io andai in studio, dove ancora non c'era nessuno. Chiamai casa di Susanna per sapere come stava. Mi rispose sua madre, mi disse che era in bagno che stava vomitando.

«Le dica di chiamarmi quando può, buongiorno.»

Non entrai nemmeno in camera oscura. Presi in mano la macchina fotografica, la girai e azionai la manovella per riavvolgere il rullino. Tirai fuori il negativo e lo distrussi in mille pezzi. Chiamai Carmelo e gli dissi che le foto della retata non erano venute.

«Ma che cazzo dici?»

«Il rullino era difettoso», spiegai.

Il mio amico, a differenza delle altre volte, non si incazzò. Era come se quella «sceneggiata» l'avesse messa nel conto, fin dall'inizio.

«Va bene, lo dico al caporedattore, compreremo le foto da qualcun altro, ti saluto.»

Uscii dallo studio e andai da Susanna. Rimasi con lei tutto il pomeriggio. Era triste e non sapevo che fare per tirarla su. La consolai dicendole di non preoccuparsi, che magari il padre sarebbe uscito di lì a poco, che «gli avvocati oggi fanno miracoli». Lei ce l'aveva con i giudici, con gli sbirri.

«Hanno fatto un errore», continuava a ripetere, «mio padre è un galantuomo, altro che mafioso.»

«Vedrai che si risolverà tutto, te le prometto.»

Quella sera la lasciai a casa della madre, Susanna era provata e aveva bisogno di riposare. Ripassai dallo studio, avevo dimenticato in un cassetto le chiavi di casa. Davanti alla porta c'era Matilde che mi aspettava con una faccia terrea. Lo disse con un groppo in gola: «Filippo mi dispiace, sei licenziato».

Questa volta non c'era più niente da fare. Lo sapevano tutti che stavo con la figlia di Mazzara. Il direttore de «L'Ora» aveva chiamato Matilde. Ma questa volta non l'aveva cazziata solo perché avevo «bucato» un servizio. Le aveva chiesto espressamente di farmi fuori. La storia del negativo bruciato puzzava, sapeva di giochino sporco.

«Questo signore non è affidabile, non lo vogliamo più vedere. O lo licenzi», aveva aggiunto il direttore, «oppure chiudiamo ogni rapporto anche con voi.»

Matilde non aveva avuto scelta. Era finita un'epoca, si chiudeva un pezzo di storia, un capitolo di successi e di amarezze.

«Mi dispiace Filippo, ma te la sei cercata!»

Piangeva la madre di Emma mentre con uno scatolino di cartone in mano svuotavo i cassetti della scrivania, raccoglievo le mie cose: qualche oggetto personale, qualche foto ricordo. Le lasciai sul tavolo la Pentax che mi aveva dato all'inizio della nostra avventura, quella con cui avevo imparato il mestiere e prima ancora avevo fotografato Emma che si riaffacciava alla vita.

«Tieni, questa adesso non mi serve più.»

E non me la sentivo nemmeno di vivere a scrocco, di abitare ancora a casa sua. Prima c'era la scusa che dovevo stare vicino allo studio, adesso non aveva senso. Le annunciai che l'indomani avrei fatto i bagagli, che avrei trovato un'altra sistemazione.

«Grazie Matilde, grazie di tutto.»

Le diedi un bacio e me ne andai. Lei non diceva una parola, continuava a piangere e basta. Passai dal giornale, per salutare Carmelo. Lui era sopra, in redazione. Non volevo entrare. Lo feci chiamare dal portiere, Paolo, e lo feci scendere all'ingresso.

«Maqeda, per me resterai sempre il numero uno.»

«Quando ti serve il motorino è sempre qui!» gli fece eco Paolo che aveva saputo da un fattorino del mio licenziamento.

«Grazie, *picciotti*!»

Li abbracciai tutti e due. Carmelo mi accompagnò fino alla moto, non sapeva che dire. Dalla mia borsa tirai fuori una foto che ci avevano fatto insieme al santuario di Santa Rosalia, il giorno del delitto di Bartolino Licata, il giorno che erano cominciati tutti i miei problemi, e gliela regalai.

«Questa è per te, conservala!»

«Grazie, Maqeda.»

«Ti abbraccio, compare.»

Legai con uno spago lo scatolino di cartone con la mia roba sul portapacchi della moto e tornai a casa. Chiamai Susanna, avevo voglia di sentirla. Le raccontai tutto, ma quando le spiegai che mi avevano licenziato per colpa sua, perché volevo coprire suo padre, non ci poteva credere, era una furia.

«Che motivo c'era, perché hai distrutto quel rullino? La foto di mio padre sarebbe uscita lo stesso!»

«Non ha importanza Susanna, credimi, non mi interessa.»

«Bastardi!» Adesso ce l'aveva con Matilde e col giornale. «Anni passati a buttare il sangue e ti ripagano così, che mondo di merda.»

La salutai e mi misi a letto, avevo mal di testa, volevo dormire, dimenticarmi di quella brutta giornata. Ci misi una vita a prendere sonno, ma alle due di notte squillò di nuovo il telefono. Questa volta non poteva essere il giornale, né Matilde, né Di Salvo.

Era mio zio ed era disperato: «Filippo, corri, ti prego, è successo un casino».

Respirava a fatica. Nella sua voce c'era il terrore. Qualcuno con la benzina aveva appiccato il fuoco al deposito della Setteveli, un enorme magazzino all'interno dello «Scanto». Mio zio aveva ricevuto il primo avviso dai Corleonesi. Non potevo lasciarlo solo. Dovevo aiutarlo, la mia vita ora era lì, accanto a lui.

13. LA CATTURA

La via Maqueda era bloccata. Le autobotti dei vigili del fuoco si erano messe di traverso sbarrando la strada per i Quattro Canti. Un fumo nero e denso si alzava dal piazzale interno allo «Scanto», pompieri entravano e uscivano gridando, un'infinità di tubi al piano terra partivano dalle autocisterne e si diramavano in tutte le direzioni, come giganteschi tentacoli. Ovunque il pavimento era bagnato. Il cortile era un pantano. C'era così tanta acqua in quel magazzino che tracimava verso il cortile e la strada con la forza di un piccolo torrente. Un'intera ala sul retro, usata per il deposito di cioccolata in polvere, era andata distrutta. L'incendio era stato circoscritto prima che potesse aggredire gli uffici ai piani alti del palazzo.

Nel punto in cui erano partite le fiamme un pompiere aveva trovato due taniche di benzina. Chi aveva appiccato il fuoco le aveva lasciate lì di proposito. Voleva che mio zio Angelo capisse, che l'avvertimento fosse chiaro. Il magazzino bruciato era un regalo dei Corleonesi. Gli mandavano a dire che erano loro adesso i padroni di Palermo e anche lui, che doveva la sua fortuna ai Palermitani, a gente come don Tano, doveva adeguarsi.

In mezzo a quella baraonda intravidi zio Angelo accanto alla portineria. Se ne stava zitto in disparte, gli occhi persi nel vuoto, i capelli spettinati, il nodo della cravatta lento. Fumava con boccate ampie e sbuffava, immobile, pallido, freddo come una lapide. Guardava l'andirivieni di pompieri nel cortile rassegnato alla sua impotenza, alla drammaticità di quell'attentato che in fondo era previsto, era già scritto.

«Zio, sono qui.»

Lo abbracciai forte. Mi sentivo felice, ero ritornato in possesso di un pezzo della mia vita, un affetto, un legame che per un stupido puntiglio, mio e suo, ci eravamo negati.

«Non ti preoccupare zio, domani ricominciamo insieme.»

Non diceva niente, non reagiva, come se intravedendo il futuro intuisse che lo spettacolo davanti ai suoi occhi, quel pezzo della sua azienda andato in fumo, fosse in qualche modo l'inizio della fine.

«Andiamo a casa, adesso.»

Quella notte rimase a dormire da me, a casa di Matilde, e quelle poche ore di sonno lo rasserenarono e gli fecero ritrovare la forza di reagire. La mattina, verso le sette, zio Angelo era un grillo. Aveva voglia di tornare allo «Scanto», di mettersi subito al lavoro.

«Mi è venuta un'idea», mi disse in macchina tutto contento, ma senza specificare quale.

Gli raccontai che mi avevano licenziato, che avevo detto basta per sempre al mestiere di fotografo. Fu la notizia più bella che gli potessi dare.

«È meraviglioso, adesso devi stare qui, ho grandi progetti per te.»

Zio Angelo aveva due figli, ma vedeva me come l'erede naturale del suo patrimonio. Mi reputava un ragazzo sveglio, ambizioso, un pozzo di idee. Ma questa sua fede cieca nei miei confronti e l'avermi scelto come suo delfino scatenarono delle piccole tensioni in famiglia. Sua moglie, la sorella di mia madre, si risentì e per un po' rimandammo il mio ingresso in azienda. Collaboravo dall'esterno. Lo consigliavo, lo aiutavo a gestire il portafoglio-clienti, gli suggerivo le strategie di vendita che mi sembravano più efficaci per Palermo, dimostrando di avere grinta oltre che talento.

La mia storia con Susanna era in una fase di stallo. L'arresto di suo padre l'aveva provata, e io dopo l'incendio allo «Scanto» temevo solo per la vita di mio zio. Ci vedevamo ogni sera, ma con lei finivamo sempre per parlare di mafia, delle accuse ignobili con cui i pentiti avevano incastrato Cesare Mazzara e dell'atto vile dei *malacarne* che avevano bruciato il deposito dello zio Angelo.

Restava poco spazio per i sentimenti, per le emozioni, per noi due insomma. Non riuscivano più neanche a fare l'amore perché Susanna aveva in testa solo una cosa: trovare il modo di fare uscire di prigione il padre che era diabetico e bisognoso di cure.

Una sera mi confessò di avere in mente un piano. Voleva andare a parlare col giudice Paternò per convincerlo a intercedere coi suoi colleghi della Procura che tenevano per le palle Cesare Mazzara.

«E tu Paternò come lo conosci?» le chiesi.

«Te l'avevo detto, dai tempi dell'università di Milano, mi faceva la corte.»

«Cosa?»

Il giorno che ci eravamo messi insieme non avevo dato peso alle sue parole, non avevo approfondito. Mi sembrava una battuta.

Mi feci raccontare per filo e per segno cos'era successo a Milano. E lei mi spiegò che Paternò la tormentava di telefonate. E siccome Susanna non voleva uscire con lui, Paternò – che «se si fissava con qualcuno diventava pericoloso» – l'aveva messa in cattiva luce coi colleghi e i professori. Aveva giocato sull'ambiguità, i pregiudizi e i sottintesi legati alla sua famiglia e alla sua provenienza siciliana.

«Sbandierava ai quattro venti che ero la figlia di un siciliano pericoloso. Diceva che volevo laurearmi per fare l'avvocatessa dei mafiosi.»

Parlando si era seduta, aveva cominciato a piangere e per non guardarmi negli occhi si era messa a scarabocchiare su un foglio.

«E tu che hai fatto, ci sei stata?» le chiesi.

«No, ma per sfinimento gli ho dato un po' di corda, sono uscita con lui qualche volta. Poi per fortuna Paternò si è laureato, se ne è andato e mi ha lasciata in pace.»

Già avevo i nervi a fior di pelle, avevo voglia di uscire, andare da Paternò e rompergli le corna, come in una vendetta retroattiva.

«E ora cosa credi di fare?» dissi urlando come un pazzo. «Te lo vuoi portare a letto?»

«No, certo che no, ma magari ci esco una volta, lo invito a cena e gli parlo di papà.»

Diventai una bestia. Persi la testa e diedi a Susanna uno schiaffo così forte che le lasciai la mia impronta sulla guancia. Le dissi che mai avrei permesso una cosa del genere, che al primo posto per una persona c'è la dignità, un valore che non ha prezzo.

«Se vuoi andare da Paternò vai», le gridai, «ma sappi che nel momento stesso in cui esci a cena con lui noi due abbiamo chiuso.»

Susanna mi chiese scusa e la storia finì lì.

La mattina seguente andai allo «Scanto». Attraversai il cortile, salii all'ultimo piano e vidi uscire dall'ufficio di zio Angelo il dottor Santamarina, il capo della sezione omicidi. Da un paio di settimane bazzicava intorno al palazzo come se volesse studiarne i movimenti, chi entrava e chi usciva. Di sicuro lo aveva mandato Paternò, e se non era così il commissario doveva avere qualcosa in mente, voleva indagare sulla Setteveli avendo capito che mio zio non faceva il semplice imprenditore. Salutai il commissario che andava di fretta, entrai nella stanza di mio zio e chiusi la porta.

«Che è successo zio, qualcosa di brutto?» chiesi io che ero sempre preoccupato che non mi dicesse tutta la verità.

«Niente», fece lui, «c'è questo dottoricchio della questura che mi rompe la minchia, mi tartassa di domande inutili, vuole sapere che ho da spartire con certe persone indagate per mafia. Ma non ti preoccupare, ho già capito come risolvere il problema.»

Volle cambiare subito discorso e mi comunicò che il grande momento era arrivato. Dal giorno dopo avrei fatto ufficialmente parte della Setteveli.

«E un giorno sarai il vicepresidente di quest'azienda», aggiunse.

Mi fece fare il giro del palazzo e mi presentò ai suoi dipendenti: «Questo è mio nipote, trattatelo con rispetto!»

Indossavo una camicia verde militare, stivali e un paio di jeans scoloriti. Mio zio mi guardava perplesso.

«Guarda che non vanno bene quei vestiti per il tuo nuovo lavoro.»

Mi mise in mano venti pezzi da centomila lire, due milioni in contanti, e mi chiese di andarmi a rifare il guardaroba.

«Mi raccomando, Filippo, solo vestiti di marca!»

Buttai tutti i miei abiti da ragazzo, da *spardato*, e mi adeguai al mio nuovo personaggio. Adesso dovevo vestire i panni dell'imprenditore. Non potevo sfigurare. Per un pomeriggio intero mi barricai in un bel negozio del centro specializzato in abbigliamento da uomo. Gettai via gli stivali da moto e misi ai piedi un paio di Church's. Feci sparire i giubbottini di pelle, le giacche di renna e indossai solo abiti di Caraceni e cravatte di Marinella. Comprai dieci camicie col colletto alla francese, più altre sette «button down» e su tutte feci ricamare ricamare un'unica iniziale, una «M». Ero diventato un altro uomo. Della mia vita precedente avevo gettato via tutto. Tutto tranne quel soprannome: Maqeda.

Mio zio, vedendomi tutto ripulito, rimase impressionato dal mio cambiamento, e anche Susanna. Entrambi non riuscivano a capacitarsi di quel mutamento così radicale: «Minchia Filippo, non ti si riconosce, sei un'altra persona!» Addirittura sviluppai una sorta di orrore per l'abbigliamento informale. Anche se dovevo andare a fare la spesa, io ci andavo con l'abito blu e i gemelli d'oro, come se dovessi partecipare a un matrimonio.

Al secondo piano dello «Scanto» mio zio mi fece allestire uno studio per la progettazione di bar e ristoranti, con tanto di tavolo da lavoro, matite, compasso e squadrette. All'università ero arrivato solo al terzo anno di architettura. Non avevo nessuna laurea, nessun «pezzo di carta», ma ero bravo a disegnare, lo ero sempre stato e lui voleva, diciamo così, investire su questa mia dote naturale: «Oggi tutti vogliono aprire un bar. Disegna, disegna Filippo! Dobbiamo fare *piccioli*!»

I mesi passavano e io realizzavo loghi e scritte per le aziende. Buttavo giù progetti per conto di piccoli imprenditori che volevano aprire discoteche, pub o paninerie. E la cosa strana è che mi venivano bene. All'inizio lo feci per divertimento, ma poi quella mia dote diventò un lavoro vero. I clienti erano soddisfatti e quando poi uscivano dal mio studio mi facevano pubblicità. A Palermo a poco a poco si era sparsa la voce che c'era un architetto senza laurea che con la matita faceva scintille.

«Come si chiama?»

«Filippo Maqeda.»

Avevo una segretaria e una sala per le riunioni. Fu un periodo di grande benessere, anche economico. Da squattrinato che ero cominciai a collezionare moto e automobili. Ultimi modelli, bolidi fiammanti: Mercedes, Bmw, Porsche. Acquistai anche una jeep, una Range Rover, e nel mio delirio di onnipotenza mi fissai che dovevo avere il telefono in macchina.

Allora i cellulari non erano stati neanche inventati. Girai tutta Palermo e trovai un elettricista che venne a montare una gigantesca antenna sul tetto dello «Scanto», collegata alla linea telefonica del palazzo e a una trasmittente. Era una specie di piccolo ponte radio. Sulla mia macchina, il tecnico installò la centralina che riceveva il segnale e naturalmente il telefono, che era un normale telefono di casa, di quelli grigi col disco bucato, sistemato tra il freno a mano e il cambio. L'esperimento riuscì. L'accrocchio messo su dall'elettricista funzionava, aveva un solo problema: copriva un raggio di appena cento metri, al di là del quale la linea cadeva. Quindi, se volevo fare o ricevere una chiamata, non dovevo allontanarmi più di tanto. Quello scherzetto mi costò cinque milioni di lire. Bruciai tutti quei soldi solo per il gusto di farmi vedere dalla gente mentre parlavo al telefono in macchina girando come un cretino ottanta volte attorno allo stesso isolato. Nella jeep avevo pure lo champagne. Per servirlo freddo ai miei ospiti avevo trasformato il vano portaoggetti del cruscotto in un secchiello per il ghiaccio. Lo riempivo di cubetti e tenevo la bottiglia in fresco fino a che il ghiaccio non diventava acqua. Facevo lo sbruffone, avevo perso di vista il senso della misura e il valore del denaro. Guadagnavo quanto volevo guadagnare e mio zio, che era uno generoso, allargava ogni giorno di più i cordoni della borsa.

«Divertiti», mi diceva, «goditi la vita.»

L'estate era alle porte. La domenica con Susanna andavamo spesso fuori. Avevamo una bella comitiva, affiatata, e nel fine settimana organizzavamo scampagnate in giro per la Sicilia. In una di queste, a Erice, un paesino incantato aggrappato su un pizzo di montagna vicino a Trapani, conobbi quello che sarebbe diventato il mio migliore amico, Lorenzo. Biondo, denti bianchissimi, fisico atletico, era il figlio di un importante professore universitario, uno scienziato di fama mondiale. D'inverno Lorenzo studiava in Svizzera e poi tornava in Sicilia per le vacanze. Passavamo insieme qualcosa come sedici ore al giorno. Lui e Giovanni, un altro ragazzo buono come il pane, figlio di un noto avvocato palermitano, divennero i miei fratelli maggiori, i miei «compagni di merenda».

Per i tre mesi estivi prendevamo in affitto una villa a Mondello dove invitavamo tutti i nostri amici. Di notte organizzavamo feste e party sulla spiaggia. C'era gente che arrivava da ogni angolo di Palermo e faceva a gara per entrare. La casa il proprietario ce la dava vuota o con quattro mobili in croce, e io, che facevo lo splendido, volevo ogni volta chiamare un costosissimo architetto per arredarla all'ultima moda. Ma Lorenzo e Giovanni non avevano grandi pretese, si accontentavano anche di mobilia spartana e mi sfottevano per le mie manie di grandezza: «Siamo al mare, che te ne frega?» E mi prendevano per il culo per giorni: «Maqeda, devi fare sempre il fenomeno!»

Non capivano che il mio era un modo per coccolarli, per prendermi cura di loro. E comunque era vero. Avevo fatto per troppo tempo il pezzente con una macchina fotografica a tracolla. Erano finiti i tempi in cui non mi potevo permettere neanche un monolocale con angolo cottura. Ora volevo vivere alla grande.

Zio Angelo mi aveva comprato una bella casa in via Libertà. Un attico di cinque stanze con camino e vista sui tetti di Palermo. Lo chiamava «il bijoux», con la X. Ma siccome bisognava ristrutturarla – i muratori non avrebbero finito prima di tre o quattro mesi – per quel periodo mi aveva trovato una sistemazione alternativa. Mi aveva dato le chiavi di un appartamento vuoto al primo piano di un palazzo in via Croce Rossa, all'angolo con piazza Unità d'Italia.

«Per un po' vai lì, tanto quella casa non mi serve.»

Era un vecchio ufficio che aveva dismesso ma per il quale continuava a pagare l'affitto. Io spesso e volentieri dormivo da Susanna, non mi serviva un punto d'appoggio, ma lui aveva insistito: «Prendi le chiavi di via Croce Rossa, facci un altro studio, una garçonnière, facci quello che minchia vuoi».

Mi divertivo e lavoravo. Lavoravo sodo. Una sera che ero rimasto fino a tardi allo «Scanto», incontrai don Tano sulle scale che portavano all'ultimo piano. Sapevo che mio zio gli aveva parlato, gli aveva detto che ero cambiato, che avevo lasciato il mestiere di fotografo e mi ero unito a lui nell'avventura della Setteveli. Fossero stati altri tempi don Tano non glielo avrebbe mai perdonato. Ma ora il boss aveva altri problemi a cui pensare. Sapeva che i Corleonesi là fuori brigavano per fargli la pelle, per metterlo fuori gioco, quindi cercava alleati. Anche se non voleva, «doveva» ingoiare il rospo. Col mio nuovo look, elegante come la reincarnazione del principe D'Alcontres, il vecchio su quelle scale stentava a riconoscermi. Erano passati sei mesi dall'ultima volta che c'eravamo visti e lui, complice l'età, veniva sempre più spesso tradito dalla sua memoria.

«La posso salutare...» gli dissi.

«Chi è lei?»

«Don Tano, sono Filippo, il nipote di Angelo!»

«Ma chi, quel Filippo?»

«Sì, quel Filippo.»

Barcollò un attimo e si appoggiò al corrimano, come se stesse per cadere. Si aggiustò gli occhiali per guardarmi meglio e sbottò: «Santa Rosalia *bedda*! Maqeda! Quanto tempo!»

All'inizio aveva fatto una faccia stupita. Ma ora capivo che non bastava un vestito nuovo e una bella cravatta per fargli dimenticare chi ero e soprattutto cosa gli avevo fatto. Non mi aveva perdonato, uno come lui non perdonava. E adesso aveva la stessa faccia che avevo visto nella chiesa di San Domenico. Era come se guardando me rivedesse la testa mozzata di suo figlio:

«La fotografia non ti piace più?»

Si intuiva che il rancore se lo stava mangiando vivo. La salivazione gli era aumentata, le mani gli tremavano.

«No, don Tano, ho deciso di cambiare vita.»

«E l'hai deciso tardi, figlio mio. Il signore ti doveva illuminare prima.»

Tagliai corto per evitare discussioni.

«Ha ragione, don Tano. Adesso però vado, la saluto, ho un sacco di lavoro arretrato, buona serata.»

«Vai vai, figlio mio, e se puoi, vatti a confessare che hai tanti peccati da farti perdonare.»

Sembrava Giuda, ma parlava come se fosse Gesù sulla croce. Salì le scale e sparì dietro la porta della sala riunioni.

Ero stanco, volevo andare a casa. Passai dal mio ufficio per spegnere la luce. Avevo dimenticato il televisore acceso. Quand'ero uscito stavano trasmettendo un film, ma ora c'era un'edizione straordinaria del telegiornale. Mentre scorrevano le immagini della squadra mobile di Palermo, il giornalista annunciava che il capo della sezione omicidi, il dottor Claudio Santamarina, era morto, si era suicidato sparandosi con la sua pistola d'ordinanza in una stanzetta al terzo piano della questura.

Sentendo la notizia corsi da zio Angelo. Don Tano se n'era appena andato.

«Hai sentito che è successo? Si è ammazzato Santamarina.»

«Sì, lo sapevo», disse lui, «me lo ha detto suo padre.»

«Suo padre? E tu come lo conosci?»

Santamarina era un poliziotto che non si sarebbe mai fatto comprare, ma era palermitano, originario di una famiglia modesta che, a forza di sacrifici, lo aveva mandato fuori e lo aveva fatto studiare. Figlio unico, la madre faceva la casalinga, il padre aveva un bar-gelateria nei pressi della stazione centrale. Era un locale piccolo piccolo, mal frequentato, e i guadagni ricavati dai pochi avventori non bastavano neanche a coprire le spese. E da qualche tempo il papà di Claudio aveva accumulato debiti su debiti. La Setteveli era una delle aziende che vantava più crediti. Da anni lo riforniva di prodotti per la pasticceria e mio zio doveva incassare da lui una montagna di fatture arretrate. Così, quando il commissario aveva iniziato a ficcare il naso alla Setteveli, senza dire niente a nessuno zio Angelo era andato da suo padre e gli aveva, a suo modo, proposto uno scambio: «Io strappo le fatture, ti azzero i debiti. Come vedi, caro Pierino, io ti voglio bene. Ma la tua famiglia non mi vuole bene. Questo tuo figlio proprio a me deve perseguitare?»

Il vecchio barista, che era con l'acqua alla gola, aveva capito e parlato col figlio. Ma il commissario Santamarina si era limitato semplicemente ad ascoltare le parole del padre, quindi, dopo poche ore, si era chiuso nel suo ufficio all'interno della questura e, spiazzando tutti, ricattatori e ricattati, si era sparato un colpo di pistola alla tempia. Lo aveva fatto non tanto per la vergogna, ma per mandare un messaggio a mio zio, per dirgli che forse suo padre se lo poteva comprare ma lui no, lui non si sarebbe mai venduto. Non aveva lasciato né una lettera né un biglietto per cui nessuno, anche volendo, poteva sospettare quale dramma, quale scatto d'orgoglio ci fosse dietro la sua morte. La prima frettolosa ipotesi avanzata dopo il suicidio, e subito rimbalzata sui taccuini di tutti i cronisti, parlava di «tragedia umana».

«Il commissario», diceva il giornalista di una tv locale che riportava la versione di una fonte «autorevolissima» interna alla questura, «era un grande poliziotto ma era un uomo solo, e forse, all'insaputa di tutti, stava attraversando un periodo di forte depressione, una debolezza che gli è stata fatale.»

Mentre con il sottofondo del televisore acceso mio zio finiva di raccontare la vera storia del suicidio di Santamarina, per la prima volta mi venne voglia di scappare, di mandare tutto in malora, la mia nuova vita, la mia promettente carriera allo «Scanto». Ero stanco di vedere gente morire per colpa di qualcuno o per proteggere qualcun altro. La freddezza di mio zio riguardo alla tragedia dei Santamarina mi lasciò turbato, come se lui non l'avesse vissuta in prima persona. Anche lui aveva un figlio, anche lui aveva capito il gesto di quel poliziotto, il suo tentativo estremo di liberare se stesso e il padre dalla catena che proprio mio zio gli aveva messo al collo. Solo che quella storia preferiva vederla e raccontarla come una disgrazia, come il gesto istintivo e disperato di un uomo a cui erano crollati i nervi.

«Dirò una preghiera per lui», fu tutto quello che commentò prima di congedarmi. E aggiunse sbrigativo: «Vai a casa, domani dobbiamo lavorare».

Ero sconvolto, quel ragazzo aveva più o meno la mia età e non chiedeva altro che di fare il suo lavoro. Perché era stato necessario ricorrere al compromesso per fermarlo, al gioco dei ricatti incrociati? E perché il padre aveva accettato di sacrificare suo figlio? Era soltanto un'operazione molto conveniente per lui, soltanto il bisogno di togliersi qualche debito, o c'entrava anche la paura, il fatto di vivere in Sicilia e la speranza di potere continuare a farlo? Sì, forse alla fine io e Claudio Santamarina non eravamo poi così diversi: avevamo lo stesso punto debole, una famiglia con cui fare i conti. Solo che la mia comandava e dettava le regole, la sua subiva. E questo era tutto.

Quella sera voglia di andare a dormire non ne avevo. Iniziai a fare un giro di tutti i bar che conoscevo e mi presi una bella sbronza per non pensare. Tornai a casa all'alba, mi buttai sul letto e mi addormentai per qualche ora. Al mio risveglio – avevo la testa pesante, mi veniva da vomitare – trovai Susanna raggiante.

La notizia che aspettava era arrivata. Finalmente stavano scarcerando suo padre e voleva che l'accompagnassi all'Ucciardone. Il vecchio Mazzara sarebbe uscito a mezzogiorno. Mi buttai sotto la doccia e mi preparai per accompagnarla. Davanti all'ingresso del carcere c'era la solita folla di giornalisti e fotografi che aspettava come noi l'uscita del «re del calcestruzzo». Per un attimo tornai indietro con la memoria, a qualche anno prima, a tutte le volte che ero stato uno di loro, un fotografo assetato di storie. Ma ormai quel mondo, quelle voci, quelle facce non mi appartenevano più. Mi sembravano distanti anni luce.

Nel gruppetto c'era anche Carmelo Di Salvo. Mi vide dentro la macchina, una Mercedes ultimo modello, vestito da signore, con una pochette di raso rosso che faceva capolino dal taschino della giacca. Rimase di stucco.

«Maqeda! Ma sei tu?»

«Ciao compare, come stai?»

Era così scioccato dal mio nuovo aspetto che non trovava parole per farmelo capire. E alla fine buttò lì la prima frase che potesse rendere il concetto: «Minchia, sembri Pippo Baudo».

Scesi e parlammo del più e del meno, del giornale, delle vecchie scorribande, di Carbone, il caporedattore a cui avevo dato lo schiaffo, che si era rotto di lavorare ed era andato in pensione.

«È l'unica novità», mi disse Carmelo, «per il resto è rimasto tutto com'era, non è cambiato niente. Ci facciamo sempre un culo tanto.»

Susanna era rimasta in macchina. Di Salvo le aveva degnato solo un cenno di saluto. Non l'amava, anzi gli stava particolarmente sulle palle. La vedeva come quella che in qualche modo mi aveva fatto licenziare e allontanare da lui, ed era ansioso di assestare un bel colpo alla solidità di quell'amore che tutti, tranne Carmelo appunto, credevano a prova di bomba.

«Maqeda, ti devo dire una cosa sulla tua *zita*. Ti offendi?»

«Cosa? Male notizie?»

«Non lo so! Vedi tu. Però l'altro ieri ero a Palazzo di Giustizia, scambiavo due chiacchiere con la segretaria di Paternò, e mi ha detto che quella mattina Susanna ha bussato alla porta, il giudice è uscito e si è allontanato due ore.»

«E dov'è andato?»

«E che ne so? La segretaria non lo sapeva. Questo, se vuoi, scoprilo tu.»

«Ti ringrazio Carmelino, sei un amico.»

Li per lì feci finta di niente. Stava uscendo dal carcere il padre di Susanna e non volevo rovinarle la festa. Ma tornati a casa, le puntai una lampada in faccia e le feci un interrogatorio di terzo grado.

«Che sei andata a fare da Paternò?»

«Niente, a consegnare degli Atti per l'avvocato Saponara. Paternò è il pm del processo contro Franco Galati, te lo sei dimenticato?»

«E poi?»

«E poi cosa?»

«Come mai lui è mancato due ore? Siete andati a pranzo insieme?»

«Ma che dici Filippo?! Abbiamo parlato due minuti, anche lui lo sa che sono fidanzata con te.»

«Ah sì? E come lo sa?»

«Glielo avrà detto qualcuno. Pensa che, prima di salutarmi, scherzando mi ha detto: "So che adesso stai con Maqeda, ormai non ti posso più avvicinare. Però Susanna... mai dire mai, magari succede un miracolo”. Così mi ha detto e se ne è andato.»

Quel figlio di puttana di Paternò se la stava cucinando a puntino, e attraverso di lei mi mandava a dire: «Stai attento che prima o poi ti fotto». Solo che non capivo se mi voleva levare di torno per avere campo libero con Susanna o ancora per la storia di don Tano, quella della famosa intercettazione da cui erano nati tutti i miei guai e in seguito alla quale mi aveva messo alle calcagna la buonanima di Santamarina.

«Filippo, credimi, te lo giuro, non hai niente da temere.»

Susanna continuava a rassicurarmi, ma certo era strano che Cesare Mazzara fosse uscito di prigione qualche giorno dopo che lei era andata da Paternò. Ci doveva essere sotto qualcosa. O Susanna aveva parlato col giudice di suo padre e non me l’aveva detto per non farmi incazzare, oppure Paternò era intervenuto di sua sponte con i suoi colleghi per attirarsi le simpatie della mia fidanzata, per tornare a essere un suo potenziale pretendente. Avevo un tarlo in testa, ma Susanna quella notte volle fare l’amore – non lo facevamo da una vita – e per un po’ smisi di fare domande.

Mi concentrai sul lavoro, sul mio nuovo incarico alla Setteveli. Mio zio mi aveva detto di avere avuto un’idea geniale per calmare gli appetiti di certi «amici» che lo tormentavano. Ma non mi aveva detto quale. Continuava a fare i suoi incontri segreti, a mediare nel suo ufficio tra le due anime che si contendevano Palermo, ma era sempre misterioso. Quando gli chiedevo notizie si limitava a tranquillizzarmi: «Lavora Filippo, è tutto a posto, ormai abbiamo risolto».

Mi faceva compilare continuamente pezzi di carta, moduli, procure, fideiussioni. Io gli volevo bene, mi fidavo di lui e firmavo. A occhi chiusi. Un giorno venne da me e mi chiese un favore: «Ho bisogno di te, dobbiamo aprire una società di leasing».

Ufficialmente era tutto pulito. E con un meccanismo semplice. Che mi spiego così: «Ammettiamo che tu piccolo imprenditore vuoi aprire un bar ma non hai i soldi. Vieni da noi e noi ti prestiamo il capitale iniziale che poi restituisci a poco a poco con gli interessi».

Si trattava di un grosso giro d'affari che vedeva coinvolti imprenditori, direttori di banca, politici e naturalmente mafiosi. In realtà, senza dirmelo, lo zio aveva messo in piedi una truffa colossale. Un sistema che si era inventato per spartire soldi a destra e a sinistra. I leasing ufficialmente li chiedevano persone che volevano avviare un'attività nel campo della ristorazione. Ma le pratiche in regola erano una decina, tutte le altre erano «fasulle». Tra quelli che facevano domanda per avere un prestito c'erano anche dei *malacarne* che non avevano bar o ristoranti né avevano intenzione di aprirne uno. Avevano solo bisogno di soldi *cash*, volevano far girare denaro liquido per ripulirlo, riciclarlo e investirlo in altre attività. E nessuno li controllava. Perché mio zio sapeva come e dove oliare gli ingranaggi.

Anche gli ispettori mandati dalla banca, quella che poi materialmente erogava il prestito, facevano parte del giro. O meglio, del «raggiro». Venivano corrotti per tenere la bocca chiusa. Bastava una pelliccia regalata alle mogli, una mazzetta da cinque milioni passata sottobanco e loro facevano finta di essere ciechi. In questo imbroglio miliardario che doveva vellicare gli appetiti dei Corleonesi mio zio aveva tirato dentro anche me. Figuravo come uno dei soci della società. E siccome mi riempiva le tasche di soldi non mi facevo domande. A volte mi mandava in banca a fare i versamenti. Camminavo con tre, quattrocento milioni nel cappotto come se niente fosse, senza neanche chiedermi da dove venissero.

«Versa, Filippo, versa. Ti fanno schifo i soldi?»

Ormai vivevo con Susanna, a casa sua. Nell'appartamento di via Croce Rossa non mettevo piede da mesi, tanto che a mio zio già da un pezzo avevo restituito le chiavi. A breve ci saremmo trasferiti nell'attico di via Libertà che era quasi finito, e una mattina che eravamo andati proprio lì per scegliere il colore delle tende, trovammo ad aspettarci zio Angelo.

«Tieni Filippo, questo è per te, un pensierino.» Aprì una valigetta e mi consegnò una fascetta con cinquanta milioni in contanti. «Consideralo un premio, anzi no, un augurio. Prendi la tua fidanzata e fatti un viaggio, alla mia salute.»

Capii che non mi voleva in mezzo ai piedi. Voleva che andassi via da Palermo. Chissà cosa stava architettando. Non ci volevo pensare. Avevo passato l'ultimo anno a sgobbare come un mulo. Non mi dispiaceva regalarmi una vacanza. Così chiamai Lorenzo e Giovanni e con le nostre rispettive fidanzate decidemmo di partire per la Costa del Sol. Andammo in moto, un viaggio fantastico. Alberghi a cinque stelle, spiagge di sabbia bianca finissima, un mare talmente bello da togliere il fiato. Ci fermammo a Ibiza. Io non ero mai stato in un posto così e al primo impatto rimasi disorientato. Arrivammo sull'isola alle dieci di mattina ed era deserta: la gente durante la notte ballava, beveva, si divertiva, e di giorno dormiva. Per una settimana ci godemmo una bella scorpacciata di locali notturni, sbronze e pennichelle sotto il sole. Eravamo talmente presi da noi stessi in quel paradiso che vivevamo scollegati dal resto del mondo.

Una mattina che con Lorenzo e Giovanni eravamo andati a fare colazione fuori dall'albergo, in un bar che vendeva anche giornali italiani, vidi esposto il «Corriere della Sera». Era il 6 agosto 1985.

Un titolo a nove colonne annunciava: NUOVO OMICIDIO DI MAFIA A PALERMO. ASSASSINATO IL COMMISSARIO NINNI CASSARÀ.

Cassarà era un poliziotto scomodo, un cane sciolto. Lo avevo conosciuto nell'ultimo periodo in cui facevo il fotografo. Sapevo che aveva in mano inchieste scottanti, che dava la caccia ai grandi latitanti di mafia. La sua era una morte annunciata e arrivava dopo una serie di delitti eccellenti: Dalla Chiesa, Chinnici, Montana, altri investigatori, altri magistrati dalla vita blindata, dal destino segnato. Palermo era precipitata ancora una volta nell'angoscia.

Cassarà era stato assassinato mentre rincasava, davanti al portone del palazzo in cui abitava, insieme all'agente di scorta Roberto Antiochia. I killer si erano nascosti all'interno dello stabile e li avevano sorpresi massacrandoli a colpi di kalashnikov appena scesi dall'auto. Si parlava di una talpa all'interno della questura che aveva dato la «soffiata» giusta al commando. Una «mela marcia» doveva avere avvisato i sicari dopo aver ascoltato il commissario dire al telefono alla moglie che stava rientrando a casa e averlo visto uscire con Antiochia dalla squadra mobile. La carneficina era avvenuta sotto gli occhi inermi della moglie di Cassarà, Laura, che sentendo il rumore degli spari si era precipitata alla finestra. Lo aveva visto strisciare lungo l'androne del palazzo, agonizzante, una maschera di sangue, in cerca di scampo. Non aveva potuto fare nulla per il marito, tranne versare tutte le sue lacrime.

Leggendo le cronache del «Corriere» mi accorsi che la strage aveva avuto luogo presso lo stesso palazzo di via Croce Rossa dove c'era quella casa che zio Angelo mi aveva messo a disposizione. E sulla coincidenza, strana per la verità, ci scherzai su coi miei amici.

«Maqeda», mi dicevano loro, «dove passi tu ci sono sempre morti.»

Camminando per le strade di Ibiza mi ero soffermato davanti a un manifesto. Pubblicizzava un grande torneo di karate sull'isola. Quella era una disciplina che conoscevo bene, l'avevo studiata per anni da ragazzo, e nonostante il fisico provato dalle sbronze e dalla mancanza di sonno, mi sentivo forte. Dovevo partecipare, e mi iscrissi. Ero sicuro, se non di non vincere, almeno di arrivare tra i primi. Volevo stupire i miei amici e che la mia fidanzata mi ammirasse e facesse il tifo per me.

Al torneo volarono botte da orbi. C'erano ragazzi più giovani di me, più forti. Arrivai secondo, prima di un americano e dopo un francese, comunque ero contento di avere fatto la mia bella figura. Tuttavia avevo commesso uno sbaglio, una minchiata grande quanto una casa: avevo combattuto senza fare prima un po' di riscaldamento, e il mio fisico, due ore dopo l'ultimo incontro, cedette. Sudavo e avevo dolori fortissimi alle gambe e alla testa. Gli occhi mi bruciavano, non riuscivo a tenere su le braccia. Quella notte mi venne la febbre, avevo continui attacchi di diarrea, di vomito, fitte lancinanti allo stomaco, non riuscivo ad alzarmi dal letto. Chiamai un medico perché mi facesse un'iniezione, mi consigliò il ricovero in ospedale. Ma la vacanza era finita, l'indomani saremmo dovuti partire. D'altra parte io non ero in grado di guidare la moto. Susanna andò con Giovanni che era solo sulla sua Ducati. Io tornai a Palermo sulla mia moto, una Suzuki, letteralmente legato a un ragazzo siciliano che aveva perso l'aereo e si era offerto di guidare al mio posto.

Impiegammo sedici ore per tornare a casa. Rimasi a letto una settimana. Con la febbre altissima. Susanna non mi poteva accudire, doveva tornare al lavoro. L'avvocato Saponara le aveva chiesto di rientrare in ufficio con qualche giorno di anticipo. Perciò, per riprendermi, mi trasferii a casa di mia madre. L'avevo vista poco ultimamente e ne volevo approfittare per trascorrere un po' di tempo con lei. Anche perché era molto abbattuta: da qualche giorno mio padre stava molto male. Lo avevano ricoverato per un problema al fegato e aveva bisogno di continue trasfusioni. Però non era facile trovare il sangue, aveva un gruppo sanguigno molto raro. Scoprimmo per caso che era identico a quello di Lorenzo, il quale mi diede una prova di amicizia rara. Venne in ospedale e mise a disposizione il suo sangue.

Purtroppo neanche questo bastò a evitare il peggio. Le condizioni di papà precipitarono da un giorno all'altro e lui morì lasciando mia madre sola, vedova giovanissima. Zio Angelo mi permise di assentarmi dal lavoro, voleva che le stessi vicino il tempo necessario a riprendersi. Ma era mia madre che consolava me e mio fratello, ci faceva coraggio, ci dava la forza di andare avanti. In quei giorni trascorsi a casa dei miei, con la foto di mio padre sul comodino, mi pentii di averli tanto trascurati. Sì, forse non ero stato un figlio particolarmente presente né il migliore dei ragazzi possibili. Ma li avevo amati i miei genitori, li avevo amati più di ogni altra cosa. E ora che mio padre se n'era andato, che mi aveva lasciato, ciò che desideravo di più era tornare indietro per recuperare il tempo che non ero stato con lui.

Pensavo a miei abiti di scena, a quelli che cambiavo continuamente per passare da un personaggio all'altro. Ora quei costumi me li trovavo da solo. Ma lui, mio padre, era stato il mio primo sarto, colui che aveva cucito a mano i primi vestiti che avevo indossato, quando da bambino non desideravo che farlo felice e gli continuavo a posare per lui. Adesso pensavo a tutte le cose che avrei potuto dire a quell'uomo e non gli avevo detto. Per paura, per stupidità, per timidezza. Lo avevo visto per anni come un vecchio burattino appoggiato a una poltrona, animato solo dai ricordi, uno che non disturbava né voleva essere disturbato. Lo avevo lasciato andare incontro al suo destino, alla solitudine di giorni sempre uguali. Senza dirgli una parola, senza fargli una carezza. Avrei avuto voglia di dirgli: «Scusa papà».

Era giovedì, arrivò domenica.

Il lunedì successivo avrei ricominciato a lavorare e mia madre, che era una cuoca fenomenale, volle preparare un grande pranzo per riunire attorno a un tavolo tutta la nostra famiglia. Pasta col nero di seppie, capretto al forno e «buccellato», lo strudel siciliano. C'era Susanna, c'era mio zio, c'era sua moglie, c'erano tutti i miei cugini. Mangiammo, accompagnai la mia fidanzata a casa e per l'ultima sera rimasi a dormire da mia madre. Non volevo fare tardi, l'indomani mattina mi sarei dovuto alzare presto. Per cui verso le otto di sera, ancora con la pancia piena dal pranzo, mi chiusi in camera, mi misi a letto e accesi la tv. Mi addormentai come un sasso. Verso le due di notte sentii un suono lontano, debole, fastidioso, a cui, stordito dal sonno, non diedi molta importanza. Sembrava il campanello, ma pensai di averlo immaginato, mi girai dall'altra parte e continuai a dormire.

Non passò neanche un altro paio di minuti. A un certo punto nella mia stanza ci fu un rumore sordo seguito da un violento spostamento d'aria. Si aprì la porta, entrarono una ventina di carabinieri con i cani antidroga. Avevano pistole e mitra in pugno e urlavano: «Si alzi! Si alzi, presto!»

Cercavano me, erano venuti ad arrestarmi. Mia madre piangeva, mio fratello era paralizzato dalla paura. Io ridevo di un riso isterico. Non capivo se stessi sognando, quell'incubo era così reale da sembrare vero.

«Forza, si sbrighi, dobbiamo andare!»

I carabinieri si erano divisi. Alcuni coi cani stavano perquisendo la casa alla ricerca di armi e droga. Altri erano rimasti con me, non mi perdevano di vista un secondo e mi facevano fretta: «Avanti, prenda le sue cose!»

Avevo gli occhi ancora gonfi di sonno, la faccia stravolta, mi misi un paio jeans e una maglietta e chiesi di potere andare in bagno. A scortarmi fino al cesso arrivarono due militari che sembravano Rambo, due colossi con i passamontagna in faccia, le tute mimetiche e i giubbotti antiproiettile. Dovevo fare pipì ma con quei due che mi guardavano non ci riuscivo, così tornai in camera per prendere almeno un paio di scarpe e una giacca.

«Avanti, si giri, faccia al muro e mani dietro la testa!»

Mi misero le manette e mi portarono via.

«Perché lo state arrestando, cos'ha fatto?»

Mia madre era disperata, chiedeva spiegazioni, cercava di attirare l'attenzione di qualcuno, ma quegli uomini le giravano le spalle, nessuno le dava retta. Mi fecero scendere dalle scale. C'erano i miei vicini di casa, quelli che abitava al piano di sotto. Tutti fuori, sui pianerottoli. Fui assalito da un senso di colpa e vergogna.

Il palazzo era circondato dalle auto dei carabinieri. La gente affacciata alle finestre e io che uscivo coi ferri ai polsi come un pericoloso assassino. Davanti all'ingresso riconobbi alcuni dei miei amici fotografi: Labruzzo, Scafidi, i compagni di una vita. Erano tutti lì, come quando c'era *scruscio* di manette e gli sbirri ci buttavano giù dal letto e ci portavano con loro a seguire le retate. Come ai vecchi tempi. Solo che questa volta il teatrino era stato allestito per me. L'arrestato, l'uomo da prima pagina ero io.

I carabinieri mi misero una mano in testa e mi ficcarono dentro una Gazzella, come avevano fatto con Francolino, col macellaio e i mille arrestati che in quegli anni avevo visto entrare e uscire dalla questura in manette. Come loro presi posto sul sedile di dietro, al centro, con due guardie a fianco. La macchina partì a sirene spiegate verso piazza Verdi, Caserma Carini, Nucleo Radiomobile. Erano le tre del mattino del 12 maggio 1986.

In caserma c'era un intenso viavai. I carabinieri mi fecero entrare in una specie di sala d'aspetto. Per due ore mi lasciarono lì dentro da solo, senza darmi notizie. Ne approfittai per cercare di capire il motivo per cui ero stato arrestato. Pensavo e ripensavo. E l'unica cosa che mi veniva in mente era la società di leasing che aveva aperto mio zio. Alle cinque e trenta del mattino si fece vivo un carabiniere per consegnarmi il mandato di cattura. La porta era aperta e per un attimo vidi passare zio Angelo. Era ammanettato. Avevano arrestato anche lui. Ci guardammo per un secondo. Dietro, sempre con le manette ai polsi, c'era Giacomino, il portiere del palazzo di via Croce Rossa. Fermi tutti, pensai. Ma che c'entrava Giacomino con la società di leasing? Non poteva essere.

L'ordinanza di custodia cautelare era firmata da due magistrati tra cui Paternò. Più leggevo i capi d'imputazione più tutta quella storia sembrava un'assurdità. I reati per i quali avevano chiesto il mio arresto erano due: associazione mafiosa e concorso in strage. Mi accusavano di avere dato supporto ai killer che avevano massacrato il commissario Ninni Cassarà e di avere rubato, in concorso con altri, il furgone rosso usato dai sicari per la fuga. Al centro dell'inchiesta c'era l'appartamento di via Croce Rossa che mio zio mi voleva per forza accollare e che avevo lasciato molti mesi prima, quando ero andato a vivere con Susanna. Gli assassini, infatti, avevano sparato a Cassarà dal primo piano, dal terrazzo di quell'appartamento. Carabinieri e magistrati si erano convinti che le chiavi di quella casa ai killer le avessi date io. E Giacomino, il portiere del palazzo, era stato arrestato perché, secondo loro, mi stava coprendo.

Appena finii di leggere il mandato di cattura, paradossalmente cominciai a rilassarmi. Quelle accuse erano così assurde che dissi ad alta voce: «Si sono sbagliati, si sono sbagliati per forza. Di pomeriggio mi scarcerano».

Alle sei di mattina vennero a prendermi due carabinieri. Mi caricarono ancora una volta dentro una macchina, ma questa volta per portarmi in carcere. Fuori albeggiava, il cielo era limpido, le strade erano deserte. Vidi scorrere piazza Politeama, via Emerico Amari, il porto. Palermo era bellissima.

Arrivammo davanti all'Ucciardone. Da fotografo ero stato mille volte anche lì, avevo fotografato decine di detenuti nel momento in cui riabbracciavano o dicevano addio alla libertà. Ora quella libertà la stavo perdendo io. Non avevo mai riflettuto su cosa potesse esserci al di là di quelle mura. Del mondo che c'era oltre a quel cancello non mi ero mai interessato. Si aprì un portone, se ne aprì un altro e un altro ancora. L'auto scivolò dentro, lentamente, come se camminasse sui binari. Poi fummo inghiottiti dal buio.

14. L'UCCIARDONE

I secondini mi portarono all'ufficio matricola. Mi presero le impronte digitali e mi scattarono le foto segnaletiche. Prima di fronte, poi di profilo. Mi fecero spogliare e rivestire. Mi perquisirono dappertutto. Mi infilarono pure un dito nel culo per accertarsi che non fossi un «postino», che non avessi nascosto qualcosa (un biglietto, un pizzino) da portare a un altro detenuto, magari un mafioso, dentro il carcere. Mi fecero sfilare la cinta e i lacci delle scarpe. E mi accompagnarono al «canile», una zona di celle dove parcheggiavano i detenuti finché non veniva deciso a quale sezione assegnarli che dava su un giardino, un punto di passaggio dove sciamavano funzionari e impiegati del penitenziario. Dentro quelle gabbie all'aperto, con le braccia che uscivano dalle sbarre, i volti rabbiosi e cattivi, sembravamo leoni allo zoo. La maggior parte dei passanti evitava di guardare. Ma ogni tanto qualcuno, magari un impiegato assunto da poco, buttava un'occhiata e accelerava il passo. Era come se da un momento all'altro si aspettasse di sentire un ruggito.

Al «canile» rimasi un intero pomeriggio. Poi, per ordine del magistrato, mi portarono in una cella d'isolamento. Mi chiusero lì dentro per venticinque giorni filati. Era tre metri per tre, con un cesso puzzolente alla turca, una branda, e in alto, vicino al tetto, una feritoia a bocca di lupo da cui riuscivo a vedere un quadratino di cielo. L'unica cosa che mi avevano permesso di tenere era il mandato di cattura. Ormai lo avevo letto cento volte, lo conoscevo a memoria. Lo posai a terra e smisi di guardarlo.

La prima notte la passai pensando a mia madre, alla mia fidanzata, ai miei amici. Li immaginavo dentro un album fotografico al quale aggiungevo mentalmente le didascalie. Foto ricordo di quando ero piccolo, istantanee degli ultimi anni da fotoreporter, spezzoni dei pochi mesi da imprenditore. Ero incerto se dare più ascolto alla rabbia o alla tristezza che mi pervadevano. Nella mia mente scorrevano frasi, episodi, circostanze scollegate tra loro. E in quel mosaico confuso cercavo di riordinare le tessere, di mettere a posto i pezzi. Ma pur sforzandomi, non riuscivo a venirne a capo. Tra mille fili non riuscivo a trovare quello giusto, quello che mi portasse al *puparo*, il responsabile del mio arresto.

Mi avevano incastrato e le cose a questo punto erano due. O era stato Paternò a fregarmi, a inquinare le prove perché io apparissi quello che non ero, il complice di un gruppo di sicari mafiosi; o era stato don Tano a fottermi e quella che stavo subendo era la sua grande vendetta, una vendetta servita a freddo, a bocce ferme, per farmi pagare lo scotto di averlo tradito e insolentito più volte. Ero assillato da interrogativi che sembravano vicoli ciechi, congetture e ricostruzioni che battevano dentro la mia testa con la forza di mille tamburi. In galera non è come stare a casa. Basta un attimo per crollare, ma io volevo reagire, volevo resistere.

Il secondo giorno, per non diventare pazzo, iniziai a contare le righe della camicia. In totale erano cinquantasei. Le contavo mentalmente: «Blu-bianche-verdi». Finivo e ricominciavo daccapo: «Verdi-bianche-blu».

Cercavo di darmi un ritmo, di tenere la mente occupata. Finite le righe passai alle cuciture delle scarpe, e quando mi stufai anche di quelle iniziai a contare i mattoncini della cella. Li contavo in orizzontale, in verticale, in diagonale. Non sapevo più cosa inventarmi per fare passare il tempo. Ma il tempo non passava mai. I secondini mi facevano uscire dalla cella venti minuti, alle sei di mattina. Solo venti minuti per poi rientrare in cella e aspettare altre ventiquattr'ore per poter tornare di nuovo all'aria aperta. Dentro quella fogna mi sentivo mortificato. Non riuscivo ad andare in bagno, non avevo voglia neanche di guardarmi allo specchio.

Stanco di contare le cose che avevo attorno, il terzo e il quarto giorno decisi di fare un po' di esercizio fisico. Cominciai con le flessioni, poi proseguii coi piegamenti e infine con gli addominali. Il giorno successivo mi buttai sui «katà». Erano delle dimostrazioni di karate. Per non impazzire immaginavo di combattere contro avversari immaginari. Mi sfiancavo per un paio d'ore e poi cercavo di dormire. Lo facevo per non pensare. Andai avanti così per settimane intere. Il mangiare faceva schifo. Al mattino mi davano del latte e delle gallette, a pranzo del pollo lesso che sembrava la suola di una scarpa, a cena uno spezzatino rancido. Me lo servivano dentro piatti di alluminio e all'inizio mangiavo come i cani, senza posate, col muso attaccato al bordo della scodella.

Finalmente dopo venticinque giorni di isolamento arrivò il giorno dell'interrogatorio. Mi dovevo presentare davanti al magistrato. Le guardie mi prelevarono di mattina presto, mi misero le manette e mi fecero fare non più di venti metri. In una saletta attigua alla cella, ad aspettarmi con un assistente c'era il giudice Paternò. Indossava una giacca scura sopra una camicia bianca corredata di papillon azzurro. Sul bavero teneva appuntata la solita bilancia d'argento che ora con quel buio luccicava, emanava un bagliore che mi suggeriva sventura. Paternò teneva gli occhi bassi ed era molto formale. Anche se ci conoscevamo benissimo – mi aveva pure interrogato a Palazzo di Giustizia – faceva finta di non ricordarsi dei nostri precedenti incontri.

Nella saletta c'era anche il mio amico Giovanni, che aveva da poco iniziato a fare il procuratore legale, e suo padre, Fofò, uno dei più famosi avvocati palermitani, i quali si erano offerti di farmi da difensori. Erano lì ma non potevano parlare: la procedura prevedeva che potessero assistere all'interrogatorio senza intervenire. Dovevano restare spettatori muti. Io, seduto accanto a loro, stavo zitto, non dicevo una parola.

Speravo che il giudice avesse il coraggio di guardarmi negli occhi invece di perdersi nei suoi movimenti impacciati e tormentare quelle carte sul tavolo, dove cercava, senza trovarla, la prova del fatto che mi odiava. Sapeva in cuor suo di avere forzato la mano col mio arresto, ma non lo avrebbe confessato neanche davanti a Gesù Cristo.

Paternò c'era riuscito, mi aveva sbattuto in galera ed era convinto di arrivare all'Ucciardone ed estorcermi chissà quale confessione. Aveva un fare sprezzante, superiore: «Avanti, parli, cos'ha da dire?»

Continuava a guardare i suoi fogli. Io ero una bomba sul punto di esplodere. Ero stato quasi un mese in isolamento e avevo gli occhi iniettati di sangue. All'inizio decisi di non raccogliere le sue provocazioni. Se avessi perduto il controllo lo avrei sommerso di insulti e maleparole. Ma Paternò era tutt'altro che conciliante. Mi stuzzicava di proposito, voleva vedere fino a che punto potevo resistere: «Senta, non mi faccia perdere tempo. Tanto lo sappiamo che lei era in quell'appartamento con i killer di Cassarà!»

I miei avvocati, Giovanni e suo padre, con le mani mi facevano segno di stare calmo, ma avevo troppo rancore dentro e alla fine non riuscii a trattenermi.

«Dottore Paternò, gliela posso dire una cosa?»

«Prego.»

«Lei è pazzo.»

Questa volta il giudice mi guardò dritto negli occhi.

«Come si permette?»

«Sì, lei è peggio dei criminali che sta accusando in quelle carte. O lei è pazzo o è un esaltato.»

Il giudice si alzò in piedi e si mise a gridare: «Come osa? Io la sbatto in isolamento!»

I nervi, ora, stavano crollando a lui.

«Senta, io ci sono già stato in isolamento», risposi, «e se lei vuole ne faccio dell'altro. Però sappia una cosa. Che il giorno che io uscirò da qui – perché io un giorno da qui uscirò – la sbugiarderò davanti a tutti. Lei è una vergogna per la giustizia italiana.»

Le mie parole avevano preso la piega di una sfida, di una dichiarazione di guerra. Paternò si mise a battere i pugni sul tavolo, urlò ancora più forte.

«Vada via, portate via questo criminale!»

Il magistrato chiamò i secondini e mi fece accompagnare di nuovo in isolamento. Mi chiusero dentro quella gabbia per altri diciotto giorni. Ricominciai a fare i miei esercizi mentali, a contare i mattoncini della cella, a cercare di distrarmi. L'ultima settimana fu la più dura di tutte, e proprio quando la forza e la mente mi stavano per lasciare, un secondino – verso le sette di mattina – aprì la mia cella e lasciò a terra due oggetti, un telegramma e una borsa. Quel messaggio era il mio primo contatto con l'esterno. Lo aprii con calma, senza strappare la busta, avevo tutto il tempo del mondo. C'erano stampate cinque parole: «Tieni duro, ti vogliamo bene». Firmato Matilde e Emma.

Mi strinsi forte al petto quel pezzo di carta e mi misi a piangere. Alzai gli occhi verso la feritoia a bocca di lupo. Immaginavo le loro mani insinuarsi attraverso quelle sbarre, le immaginai mentre mi carezzavano il volto e mi davano coraggio. Poi presi la borsa sulle ginocchia e aprii la cerniera. Dentro c'erano delle lenzuola e della biancheria intima. Profumavano di bucato appena fatto, di pulito, avevano l'odore di casa mia. Chiusi gli occhi e respirai forte. Vidi mia madre. La vidi disperata. Avrei voluto abbracciarla, spiegarle che tutto ciò non aveva senso.

L'Ucciardone lo avevo soprannominato «il Satellite». Perché è una città dentro la città. C'è un sistema, un'amministrazione, delle leggi e delle regole. Quando uscii dall'isolamento – dopo altre tre settimane – avevo una barba lunghissima, sembravo un malato terminale. Ero dimagrito dieci chili e mi reggevo con le mani i pantaloni perché a ogni passo rischiavo di perderli. Mi dava pure fastidio la luce del sole. Mi presero in consegna i cosiddetti «lavoranti», dei detenuti che scontavano la loro pena svolgendo mansioni per conto dell'amministrazione carceraria. Erano loro che ti registravano e ti dicevano in quale sezione e in quale cella saresti dovuto andare. Di me i «lavoranti» stranamente sapevano tutto. Uno di questi, un certo Pino Morreale che era dentro per rapine, cercò di tirarmi su: «Maqeda, non ti preoccupare, qui ci sono un sacco di amici, rilassati! Adesso ti facciamo fare la barba».

Pino non lo avevo mai visto in vita mia eppure sapeva che mi chiamavo Filippo, che il mio soprannome era Maqeda. Scoprii che quando entravi all'Ucciardone ti facevano subito la radiografia, sapevano se eri una persona perbene, un confidente, un *fango* oppure un pedofilo. L'accusa nei miei confronti – concorso in strage – era talmente enorme che già mi rispettavano. Non perché fossi un killer, uno di quelli che avevano tolto di mezzo Cassarà. Ma perché tutti sapevano che mi stavo facendo il carcere da innocente. Si era sparsa la voce che ero stato un duro con Paternò, che avevo fatto la parte del *masculiddu*, appellativo che in galera si usa per distinguere un codardo da uno con le palle, uno che sa anche accettare un'ingiustizia in silenzio, senza piangere o disperarsi.

Dopo avermi fatto sbarbare, i «lavoranti» mi portarono al secondo piano del carcere, all'ottava sezione, in una cella con una decina di persone.

Erano stanze di trenta metri quadrati con soffitti altissimi e dieci piani di brande. Il detenuto che dormiva all'ultimo piano, al decimo, si legava al letto, perché se malauguratamente si girava nel sonno e cadeva da lassù, poteva anche morire. La mia branda era circa a metà della torre, al quarto piano. Ogni detenuto aveva a disposizione un armadietto di formica per conservare gli oggetti personali. Accanto alla zona notte c'era un bagnetto senza porta, diviso dal resto della cella da una tenda. E come nella cella d'isolamento, sul soffitto c'era una finestra, però era diversa, si vedeva una fetta di cielo più grande. Al centro c'era un tavolo di legno. Era la sala da pranzo. La cucina non esisteva. Sotto la finestra c'erano dei fornellini da campeggio e delle borse frigo di plastica per tenere le bevande in fresco. Il ghiaccio in cella arrivava in blocchi. Veniva avvolto in un panno e sbattuto a terra in modo che si triturasse e potesse entrare nelle borse frigo, ognuna delle quali veniva utilizzata rispettivamente per la frutta, per il pesce, ma anche per conservare gli odori che servivano poi a profumare le varie pietanze: il basilico, la menta, il prezzemolo, l'alloro.

Iniziai a studiare i miei compagni di cella. Erano disponibili, cortesi. Mi prepararono un buon caffè, mi aiutarono a sistemare la mia roba nell'armadietto e, per quanto possibile, mi consolarono: «Tirati su, reagisci. Ci siamo passati tutti. Domani andrà meglio, vedrai».

Avevo difficoltà a parlare, nelle ultime tre settimane ero stato zitto, avevo solamente pensato, di conseguenza mi infastidiva qualsiasi rumore, non sopportavo neanche il suono della mia voce. In più, attorno avevo tutta gente sconosciuta e non volevo dare troppa confidenza a nessuno.

Appoggiato a un tavolo mi accorsi che c'era un giornale. Non ne sfogliavo uno da settimane. Era una copia del «Sicilia», vecchia di qualche giorno. In prima pagina campeggiava ancora il delitto Cassarà. All'interno si faceva il punto sulle indagini. Iniziai a leggere e mi accorsi che più in basso c'era un articolo a cinque colonne con la mia foto e un titolo che riassumeva: ASCESA E CADUTA DI MAQEDA, IL FOTOGRAFO DEI BOSS. Il pezzo era firmato dal solito Serafino Vullo che mi dedicava un ritratto, mi descriveva come una specie di quinta colonna della mafia. E la mia storia la raccontava tutta, dalla famosa intercettazione di don Tano al coinvolgimento nella strage in cui era morto il commissario Cassarà. Era come se quello stronzo senza scriverlo si complimentasse con se stesso per il fatto che aveva avuto ragione, che aveva visto giusto. Fin dall'inizio.

«Non c'era da fidarsi», concludeva l'articolo, «e poi non era neanche questo grande genio con la Reflex in mano.»

Presi quel giornale e lo ridussi in mille pezzi. Avevo fame.

Il cibo ci veniva consegnato una volta alla settimana e coincideva di solito con il colloquio. I famigliari si preparavano fin dall'alba per entrare dentro l'Ucciardone. Già alle cinque di mattina c'era gente fuori dal carcere. Alcuni detenuti anziani mi spiegarono che era molto importante tenere un atteggiamento rilassato, raccogliere le forze e sfoggiare una finta tranquillità per non fare impensierire i propri cari. Per cui, anche se ero distrutto, anche se l'isolamento mi aveva provato, cercai fin dalla prima volta di apparire sorridente e sereno.

L'incontro con mia madre e mio fratello fu indimenticabile. Non ci vedevamo da quasi due mesi, e nonostante il lungo tavolo con il vetro in mezzo che ci divideva, cercammo di abbracciarci senza dire niente, neanche una parola. Avevo la sensazione di essere dentro di loro, sentivo i loro respiri, il loro odore, era come se tutto intorno a noi non esistesse più. Mia madre piangeva e mi accarezzava una mano, la baciava e se la stringeva al volto. Era come se quel gesto l'avesse pensato e ripassato chissà quante volte.

Trascorremmo più o meno un'ora insieme, un'ora che durò un secondo. Una guardia si avvicinò e disse che il tempo era scaduto. Guardai mia madre e mio fratello mentre si allontanavano e sparivano dietro una porta grigia.

«Ciao, ci vediamo presto.»

Mi riportarono all'ottava sezione. La maggior parte dei miei compagni di cella aveva in media cinquant'anni, altri erano miei coetanei. Si trovavano lì per i motivi più disparati. C'era il funzionario dell'assessorato all'Agricoltura che aveva ucciso il capufficio. Il dipendente dell'Enel che aveva perpetrato una truffa coi contatori. Ma c'erano anche casi umani.

La mia branda era sopra quella di un certo Matteuccio e sotto quella di Nino Amaranto. Il primo era un ragazzo molto malato, dislessico e con problemi di epilessia; ventidue anni, occhi neri, capelli a spazzola, magro come un chiodo. Era fissato con le rapine. Era un detenuto recidivo, un topo d'appartamento che per svaligiare le case si arrampicava sulle facciate dei palazzi. Non era un professionista. Era un acrobata del furto. Si aggrappava a tubi, finestre e balconi, ma spesso scivolava, cadeva e batteva la testa. La polizia lo beccava quasi sempre. Matteuccio mi aveva soprannominato «Maqeda Cocacola», perché a pranzo e a cena bevevo solo quella bibita. Gli altri detenuti lo snobbavano, lo chiamavano *u' scimunito*, lo prendevano in giro e lo lasciavano in disparte. E allora lui cercava di farsi degli amici tra i nuovi arrivati, sperando di trovare il novellino che non ancora condizionato magari lo potesse accettare. Matteuccio saliva fino alla mia branda, al quarto piano. Si sedeva sul mio letto e ascoltava incuriosito la musica che usciva dalle cuffiette del walkman. Stavamo parecchio tempo insieme, ma parlare con lui non era facile. La sua malattia gli rendeva complicato articolare frasi di senso compiuto, e quando voleva esprimere qualcosa, un pensiero felice, un risentimento, un moto di stupore, lo faceva con gli occhi. Occhi profondi, vibranti, che ogni tanto diventavano lucidi.

Nino Amaranto, invece, era un uomo sulla trentina, alto, brizzolato e paffutello, finito dentro per scippo. Aveva un brutto modo di guardare le persone. Aveva sempre una specie di ghigno stampato sulla faccia come i dèmoni sui balconi dello «Scanto». Ma non lo faceva apposta, era un'espressione del suo viso che saltava fuori senza che lui la potesse controllare. Molti non ci facevano caso. Ad altri, che non sapevano come passare il tempo, la maschera di Amaranto appariva insopportabile. Una mattina, dopo qualche giorno che stavo in quella cella, Nino Amaranto fu attirato in un'imboscata fuori dal refettorio e massacrato a legnate dentro un cesso. Aveva osato guardare con quel suo ghigno quelli che erano «i capi» dell'ottava sezione, Gaspare Torrisi e Celestino Trantino Pretoria. Erano due killer della mafia. Radio Carcere diceva che fossero due dei sicari che avevano ucciso anche un paio di magistrati e poliziotti a Palermo, forse persino lo stesso Cassarà. Ma i giudici che li avevano mandati all'Ucciardone ancora non lo ipotizzavano. Li avevano arrestati da qualche mese per associazione mafiosa.

Il povero Nino non era morto per miracolo. Aveva tutte le costole rotte, il setto nasale spezzato. In infermeria era arrivato col volto sfigurato, un Cristo di pietà. Ma anche tutto rotto, conservava il suo ghigno che ora sembrava un inconsapevole, ennesimo oltraggio alla furia dei suoi aggressori. Una vendetta del suo corpo.

La prima esperienza che ti resta impressa quando vai «a vita comune» è «l'aria», il momento in cui esci dalla cella e ti incontri in un cortile con gli altri detenuti. All'Ucciardone esistevano due tipi di «aria». Una dove andavano i topi d'auto, gli spacciatori, i tossicodipendenti, quella che chiamavano «la feccia». E un'altra «aria» dove andavano le persone «perbene», quelle più in vista.

Zio Angelo doveva aver messo una buona parola con qualcuno all'interno del carcere perché ero benvoluto e rispettato da tutti i detenuti. All'inizio forse ero circondato da diffidenza. Molti sapevano dei miei trascorsi da fotografo, il fatto che fossi sempre in mezzo a sbirri e morti ammazzati, e stentavano a sciogliersi, restavano abbottonati fino a quando qualcuno non diceva loro che ero nipote di don Angelo, quello dello «Scanto», e allora di colpo diventavano loquacissimi. Non li biasimavo. Era normale che si comportassero così. Il rispetto in carcere non te lo dà nessuno gratis. È una merce che ti devi guadagnare. Perché puoi essere anche il figlio di Totò Riina, ma se sei un minchia hai finito di campare.

Il cortile era grande quanto due campi da calcetto. L'abbigliamento preferito dai carcerati era la tuta da ginnastica. Si passeggiava a piccoli gruppi, si chiacchierava, si socializzava. Gaspare Torrisi e Celestino Trantino Pretoria appartenevano ai Corleonesi, il nuovo corso di Cosa Nostra che stava andando alla conquista di Palermo decimando la vecchia guardia. Erano sempre insieme, inseparabili. Dove c'era uno c'era anche l'altro. Gaspare era un gigante, fisico asciutto e muscoloso, barba incolta e faccia cattiva. Celestino era bassino ma robusto, ben piazzato. Aveva uno sfregio sotto l'occhio sinistro e due braccia che sembravano le pale di un'escavatrice. Dicevano che raramente usava pistole e fucili. Raccontavano che le sue vittime, durante la guerra di mafia, Celestino preferisse strangolarle con una mano sola. Niente spari, nessun inutile spargimento di sangue. Da un paio di giorni entrambi mi giravano intorno. Facevano finta di parlare e mi studiavano a distanza. Una mattina, mentre stavo chiacchierando con un compagno di cella, Celestino decise di rompere il ghiaccio.

«Scusa, tu sei Maqeda?»

«Sì», risposi.

«Ma tu lo sai come mi chiamo io?»

Stava davanti a me, con le mani in tasca. Muoveva nervosamente una gamba, come se fosse impaziente della risposta.

«No, non lo so.»

«Tu mi devi chiamare Celestino.»

«Va bene.»

«Ti hanno interrogato?»

Trantino Pretoria come tutti gli altri detenuti sapeva tutto. Non solo che non avevo risposto alle domande di Paternò, ma che lo avevo pure maltrattato. Però prima di darmi confidenza voleva sondare il terreno, vedere che «pesce» ero.

«Sì, tutto a posto Celestino.»

Usavo frasi corte che rendessero il concetto. A mafiosi come Torrisi o Trantino Pretoria non piacevano i chiacchieroni e io non volevo dare certo l'idea di uno che parlava assai.

«Se ti serve qualcosa, Filippo, non c'è problema. Tanto tu qui hai capito come funziona, chi è che comanda, giusto?»

Celestino mi aveva lanciato un'altra esca e voleva vedere se abboccavo all'amo. Mi stava dicendo che i padroni dell'ottava sezione erano loro, lui e Torrisi. Se avessi risposto sì mi sarei totalmente sottomesso, se rispondevo no passavo per quello che non voleva sottostare alle regole.

Tra due fuochi scelsi l'unica strada possibile, quella della cautela: «Celestino, guarda, sono qui da poco tempo. Ma magari, col passare dei giorni, capirò come funziona».

Non dissi «Io tanto uscirò domani» o cose tipo «Io con voi non c'entro nulla». A un mafioso frasi come queste non si potevano dire. L'avrei fatto sentire snobbato e sarei diventato lo zimbello della sezione.

Celestino sembrava soddisfatto: «Va bene Maqeda, ti saluto, ci vediamo».

Tornò alla sua passeggiata. Il primo test era andato bene,

avevo passato l'esame. Ora toccava all'altro compare, a Torrisi tastarmi il polso. Il giorno dopo, «all'aria», fu lui ad avvicinarsi. Stesso posto, stessa ora.

«*Vo' iucare o' palluni*?» Voleva giocare a calcio.

«Certo», dissi.

Non era uno sport che mi piaceva particolarmente, ma per non fare la parte di quello prezioso accettai. Ero robusto e avevo fiato. Torrisi organizzò due squadre, sette contro sette. Io, manco a dirlo, giocavo contro di lui.

La partita fu durissima, piena di fallacci, calci sulle gambe e spintoni. Invece di colpire il pallone, Torrisi puntava agli stinchi degli avversari per mandarli tutti quanti in infermeria. Con un po' di abilità la sfangai. Non scendevo fino alla porta, invece di tentare un tiro preferivo passare la palla ai compagni, e quando Gaspare entrava in scivolata saltavo e alzavo le gambe per evitare di farmi azzoppare. A un tratto il gioco si fermò. Vidi che dal piano di sopra un uomo fece un segno a Torrisi. Stava scendendo qualcuno, un secondino. Lui prese in mano il pallone, disse a tutti di stare fermi e aspettò che si aprisse il cancelletto di ferro sul lato destro del cortile, quello da dove uscivano le guardie. Appena il secondino comparve mirò alla faccia e fece partire una pallonata così violenta da rompergli il setto nasale. Doveva sembrare un incidente ma non lo era. Quella guardia per qualche motivo doveva essere punita, e il messaggio era arrivato a destinazione chiaro e forte.

Dopo quella partitella di calcio Torrisi e Trantino Pretoria mi presero sotto la loro ala. Diventai un loro protetto.

Era estate piena. Nel cortile c'era una doccia con sopra una tettoia. Per i detenuti era il posto più ambito dove prendere il sole, ma lassù potevamo salirci solo noi: io, Gaspare e

Celestino. Era il nostro «solarium» e nessuno poteva toccarlo. Mentre stavamo per tornare in cella vidi da lontano Francolino Galati, il figlio di don Tano, che era all'Ucciardone dai tempi dell'omicidio di Punto e Virgola. Doveva avermi puntato da un po', perché era appoggiato al muro con le braccia incrociate e non smetteva di guardarmi. Stava alla quinta sezione, al piano di sotto, e di solito usciva «all'aria» quando io rientravo. Era un caso che quel giorno ci fossimo incrociati. Forse, se non mi avesse visto con Torrisi e Trantino Pretoria, si sarebbe avvicinato di più. Ma la loro presenza doveva averlo intimidito. Francolino temeva per la sua vita. Sapeva di essere sul libro nero dei Palermitani, quelli che gli avevano ucciso il fratello, ma sapeva di non essere amato neanche dai Corleonesi, che non gli avevano perdonato la storia di Licari, il suo amico che si era pentito e aveva mandato *al gabbio* un sacco di gente.

Francolino sicuramente non avrebbe rischiato di farsi ammazzare per togliersi la soddisfazione di farmi pagare la foto dello sputo o l'altra che avevo scattato alla testa mozzata di suo fratello. Era evidente che le parti ormai si erano rovesciate. Lui era l'uomo in difficoltà e io il nuovo «pupillo» di Torrisi e Trantino Pretoria. Per cui quella volta preferì evitare. Ma era questione di tempo. Nel suo volto leggevo una voglia insaziabile di vendetta e prima o poi – ne ero certo – se ne avesse avuto l'occasione, con me avrebbe regolato i conti.

La mattina dopo un secondino mi venne a cercare. «Tu», disse rivolgendosi a me, «preparati le cose, cambi appartamento». Iniziai a sudare freddo. Temevo che mi trasferissero nella cella di Francolino. Già mi vedevo a terra, col petto squarciato dalle coltellate, e immaginavo il mio funerale, con mia madre, mio fratello, i miei parenti, tutti vestiti di nero, e il prete che diceva: «In fondo era tanto un bravo ragazzo!»

Invece, con mio grande stupore, mi portarono nella cella di Trantino Pretoria e Torrisi. Sapevo che all'ottava sezione quei due tenevano tutti in pugno, dal direttore del carcere all'ultimo secondino, e nella loro psicologia da capibranco mi avevano fatto un regalo. Avevano fatto in modo che io potessi stare giorno e notte con loro, nella «stanza dei bottoni» dell'Ucciardone.

Per quanto mi riguardava avevo la coscienza tranquilla, le accuse con cui ero stato arrestato non avevano senso. Ma mi dovevo difendere dal mio passato, da gente come Francolino. E ora perdipiù dovevo stare a stretto contatto con Torrisi e Trantino Pretoria, dei killer, dei mafiosi riconosciuti. Mi convinsi che stavo girando un film, che era meglio se recitavo la parte del mafioso. D'altro canto, pensai, se ero in carcere la colpa era di un cinico. Che fosse Paternò, che fosse don Tano, non faceva differenza. Era scontato che diventassi un cinico anch'io.

Prima di andare in galera la mafia era qualcosa che avevo evitato. L'avevo respirata fin da bambino ma avevo camminato sempre in punta di piedi per non passare il guado, avevo combattuto tutta la vita per non vendere l'anima. Ero andato anche contro mio zio, mi ero messo contro gente come don Tano pur di affermare il principio del libero arbitrio. Ma ora era quella la mia vita, erano loro i miei interlocutori, i miei protettori, i vari Gaspare e Celestino. Con loro non me la sentivo di fare lo sgallettato. Non potevo mettermi in disparte e ignorarli, come se non esistessero. Dovevo stare al gioco. Dovevo interpretare il mio ruolo. Per conoscere il regista del film dovevo per forza arrivare all'ultima scena. E tanto mi calai nel personaggio, che iniziai a parlare e a vestire come un mafioso. Scrissi a mia madre e la obbligai ad andare a rifarmi il guardaroba da Alberto Spampinato, un negozio di Palermo dove i familiari dei detenuti di prima classe, i mafiosi più in vista, compravano i vestiti di lusso per i loro parenti reclusi.

Torrisi e Trantino Pretoria erano molto attenti all'immagine. C'era una tenuta da indossare a seconda dei momenti della giornata. Dentro poteva andar bene anche la tuta da ginnastica, ma quando andavi «all'aria» no, la musica cambiava. Il mafioso doveva sembrare un signore, di fatto era un generale e in quanto tale doveva marcare la differenza tra lui e un comune soldato. La sua divisa prevedeva una camicia di seta a righe con i gemelli Dupont, il pantalone di Christian Dior con le iniziali sulla coscia, le scarpe Barrett, una catena d'oro al collo, il Rolex e se c'era freddo un giubbotto di daino. C'erano i fratelli Ciulla, due mafiosi di San Lorenzo, che cambiavano tre camicie di seta al giorno. Spendevano decine di milioni in abbigliamento e quando qualcuno, incontrandoli «all'aria», si complimentava per la loro *mise*, loro facevano spallucce: «Dobbiamo soffrire, almeno ci consoliamo con i migliori vestiti».

Gaspare e Celestino comandavano l'ottava sezione come se fossero i padroni dell'intero carcere. C'erano alcune guardie che erano diventate i loro fattorini. Se Torrisi, per esempio, ordinava a uno di loro: «Vai in quella pasticceria all'angolo con corso dei Mille, compra sette torte e me le porti», quello andava e le torte arrivavano. Se Celestino chiedeva il profumo di tale marca era pacifico che quel profumo nel giro di due ore era bello che consegnato. Se c'era da consegnare un messaggio o un oggetto in un'altra cella, i secondini non dicevano mai di no.

Ora, col 41 bis, il carcere duro per i mafiosi, le cose sono cambiate. Ma a quei tempi l'Ucciardone per certi superkiller, per certi boss capricciosi e spietati, non era molto diverso da un albergo. E per i secondini era la paura, il terrore una volta fuori di trovarsi con una pallottola piantata in fronte, l'olio che muoveva gli ingranaggi di quel meccanismo infernale. Un meccanismo che svelava una realtà deformata, un gioco di specchi che come per incanto rovesciava le parti. I secondini diventavano i veri reclusi, i carcerati diventavano i carcerieri.

Io giravo il mio film. Facevo il mafioso esattamente come gli altri. Quello che ordinavo ricevevo. Ma a differenza degli altri, usavo il mio *status* di privilegiato, di uomo all'interno del ponte di comando, anche per aiutare altra gente a vivere meglio tra quelle mura.

Incontrai «all'aria» un ragazzo di vent'anni, un liceale. Si chiamava Massimo. Gli chiesi perché l'avevano arrestato e mi raccontò che la polizia gli aveva trovato addosso una canna. Lo avevano messo con la «feccia», gli spacciatori e i criminali marocchini. Gente lurida, che apparecchiava la tavola col sacco dell'immondizia. Volevo aiutarlo. Ne parlai a cena con Gaspare e Celestino. Loro lo dissero a chi lo dovevano dire e riuscimmo a fare trasferire Massimo in un'altra cella, abitata da gente più pulita, che se occorreva era anche in grado di dargli una mano. La cosa più importante, quando stai in carcere, è la pulizia. Intanto quella dell'ambiente in cui vivi, poi quella del tuo corpo.

Tutte le mattine, a turno, noi ci occupavamo di pulire il pavimento della cella. Mettevano da una parte sedie, tavoli, borse e oggetti vari e gettavamo a terra secchiate di acqua e detersivo, lavorando di scopettone e paletta come se abitassimo in una vera casa. Dopodiché andavamo tutti a fare la doccia e ci preparavamo a uscire «all'aria» con le nostre divise d'ordinanza, i nostri bei vestiti da boss.

Poi incontrai un mio amico di infanzia, un certo Pietro Madonia che giocava con me a pallone sotto casa quand'eravamo bambini. Era finito dentro perché rubava la benzina dalle macchine. Ma quando parlai del suo caso a Gaspare e Celestino, mi proibirono di avvicinarlo: «Maqeda, quello è un infame, lascialo perdere».

Sapevano che aveva «cantato», aveva confessato che nei suoi furtarelli lo aveva aiutato un complice e di quel complice aveva fatto il nome. A Pietro non rivolsi mai più la parola.

Un giorno all'Ucciardone arrivò un uomo sulla quarantina. Era uno dell'Albergheria, grasso, con la barba lunga e vestito di nero. Era stato arrestato per avere tentato di violentare una ragazzina di undici anni. Lo mandarono di proposito all'ottava sezione in modo che diventasse cibo per il «branco»: Celestino e Gaspare organizzarono un pestaggio e mi chiesero di essere della partita.

«Certo, ci sto.»

Ormai ero talmente calato nel mio personaggio che mi sentivo uno di loro, rifiutarmi di picchiare quel tipo significava fare la parte del codardo, dello *scantulino*. E poi a me i pedofili fanno schifo, sono loro i veri vigliacchi.

Torrisi e Trantino Pretoria si erano messi d'accordo con i secondini. A tutte le guardie avevano impartito disposizioni precise: «Voi fatelo uscire "all'aria" poi andatevene. A lui ci pensiamo noi».

Così come ordinato da Gaspare e Celestino, il pomeriggio seguente l'uomo vestito di nero venne preso dalla sua cella e portato in cortile. I secondini in un attimo sparirono e lui rimase da solo. Due detenuti lo presero e lo portarono in un corridoio cieco con una tettoia di plastica che impediva la vista dall'alto. Alla fine del corridoio c'eravamo io, Gaspare e Celestino. Lui capì. Capì che difficilmente sarebbe uscito da lì tutto intero e cercò di divincolarsi. Si dimenava come un maiale un attimo prima di venire sgozzato. Lo picchiammo in tre, con una violenza e un odio feroci. Sembravamo vampiri affamati. Più vedevamo il suo sangue, più sentivamo lo scricchiolio delle sue ossa che si spezzavano, e più ci sentivamo eccitati, convinti di fare la cosa giusta. Non ci interessava quanta galera avrebbe fatto quel tipo. Quello era il nostro territorio, vigeva la nostra legge e la nostra sentenza non prevedeva appello.

Lo lasciammo a terra senza denti, mezzo morto. Gli avevamo cambiato i connotati. Gaspare chiamò i secondini. L'uomo vestito di nero venne caricato su una barella e portato in infermeria. Mi sentivo bene. Non avevo rimpianti, in carcere non se ne possono avere. Anzi, pochi giorni dopo, massacrammo di botte un altro uomo. Era un tipo che era stato arrestato per furto ma doveva essere castigato perché aveva sedotto la moglie di un carcerato. Fece la stessa fine del pedofilo. Imparai un altro comandamento: non si importuna la moglie di uno che sta in galera.

La cella di Torrisi e Trantino Pretoria, però, non era solo un covo di giustizieri, di mafiosi dalla faccia truce e dal pestaggio facile. Vi si trovavano anche personaggi «felliniani», attori nati che recitavano inconsapevolmente nel teatro della vita.

Feci amicizia con un personaggio chiamato «il Barone». Era un signore sulla quarantina, smilzo, belloccio, curato e di aspetto distinto. Sfoggiava dei baffi che col suo inglese incerto definiva alla «Clarche Ghibol». La notte dormiva con un bel pigiama di flanella azzurro e indossava, incurante dei nostri commenti, la retina per i capelli. Aveva un armadietto che pareva lo scaffale di una profumeria, pieno di creme per il corpo, unguenti, profumi vari. Andava pazzo per la brillantina Linetti e si metteva lo smalto trasparente sulle unghie. Ma non era frocio. Lui si definiva «solo un uomo raffinato». Faceva lo scassinatore professionista ed era finito in gattabuia per «uno spiacevole infortunio sul lavoro».

Aveva puntato un bel camion bianco, nuovo di zecca, posteggiato ad Acqua dei Corsari, in quello che considerava il «suo quartiere». Lo aveva guardato e riguardato per giorni, incuriosito da quel che si nascondeva al suo interno. La ragione e il buon senso avrebbero dovuto consigliargli prudenza, ma l'istinto di ladro aveva preso il sopravvento. E il Barone aveva buttato il cuore oltre l'ostacolo. Aveva preso gli attrezzi e di notte si era messo all'opera per scassinare il camion, convinto di mettere le mani su chissà quale preziosa refurtiva. Era facile immaginarlo mentre si dava da fare col trapano e il piede di porco con la sua flemma, con la sua eleganza da «ladro gentiluomo». Ma quando finalmente aveva aperto il portellone posteriore, al Barone – con tutto che aveva la brillantina – gli si erano drizzati i capelli in testa. Tanto che, a dispetto delle buone maniere, si era fatto scappare un'esclamazione di stupore molto poco *british*: «Alla faccia della minchia!»

Il Barone si ero visto puntare addosso le canne di dieci pistole. Era finito direttamente nelle mani del nemico. Il camion bianco non era altro che un mezzo di copertura con cui i poliziotti stavano seguendo le tracce di un gruppo di trafficanti intenti a piazzare una partita ad Acqua dei Corsari.

Quindi non solo aveva mandato a monte l'operazione scoprendo gli agenti che lavoravano da settimane in incognito, ma aveva fatto pure la parte del coglione, della mezza tacca, del ladruncolo da quattro soldi, lui che si vantava di essere un professionista dello scasso, un raffinato manipolatore di serrature. Stringendogli le manette ai polsi, gli sbirri per primi lo avevano preso per il culo: «Ma che minchia di ladro sei?»

La mascotte della nostra cella era «Giùbox». Non viveva da noi ma la gran parte della giornata la trascorreva in nostra compagnia. Era un ragazzo di trent'anni, alto circa un metro e cinquanta con una generosa pancetta, cranio rasato a zero e sguardo furbo. A differenza nostra lui si vestiva sempre nello stesso modo, con una divisa tutta sua: canottiera bianca, pantaloncino blu scolorito, calzino corto e scarpe da tennis. Faceva anche lui il ladro ed entrava e usciva continuamente dal carcere. Era arrivato, credo, al suo ventesimo arresto. Ormai le mura borboniche dell'Ucciardone erano diventate la sua casa: fuori, ad aspettarlo, non aveva più nessuno. Lui era uno dei «lavoranti». Andava avanti e indietro per l'ottava sezione e si prendeva cura dei detenuti.

Veniva chiamato «Giùbox», perché a richiesta, incollato alle sbarre della cella, intonava con voce acuta e nasale canzoni napoletane che parlavano di amori struggenti. Il gettone per farlo cantare durante il giorno era un bicchiere di vino, mentre la mattina si accontentava di una buona tazza di caffè caldo. Solo che non lo beveva così come usciva dalla caffettiera. Gli piaceva corretto. Tirava fuori dai pantaloncini un pezzo di cotone idrofilo intriso di alcol puro rubato dall'infermiera e lo strizzava dentro la tazzina. Noi lo guardavamo inorriditi.

«Giùbox! Ma così ti bruci le budella!»

Lui sorrideva, strizzava l'occhio destro e spiegava: «Mi serve per cantare, *picciotti*. Un giorno, mentre voi sarete ancora qua, io vincerò Sanremo».

Faceva finta di sognare una vita fuori ma la sua unica vita eravamo noi, quel carcere, quelle sbarre.

Una mattina verso le sei – ancora dormivano tutti – Giùbox mi venne a trovare. Parlava sottovoce: «Maqeda, sveglia, ho una cosa per te, te la manda tuo zio».

Da quando ero stato arrestato, zio Angelo non lo avevo ancora incontrato. L'avevano messo in un'altra sezione. Ma Giùbox, che lo aveva visto, mi aveva detto che tutto sommato era in buona salute. Mio zio gli aveva lasciato un bigliettino per me, raccomandandosi di nasconderlo nelle mutande perché le guardie non lo trovassero. Tornai nella mia branda e lo aprii. Nel «pizzino» mio zio – che evidentemente aveva paura di essere o spiato o tradito – aveva scritto solo una parola a stampatello con accanto una croce: «MAQEDA +» (ok croce così e nera?). Mi aveva sempre chiamato «Filippo», mai col mio soprannome. Mi spremevo il cervello per capire cosa volesse dirmi. Forse si riferiva a don Tano o a suo figlio Francolino. Forse aveva saputo che mi volevano fare fuori e con quella croce mi avvertiva di stare attento, di *quartiarmi*. Ci pensai tutta la giornata ma non riuscii a trovare la chiave del rebus. Ero preoccupato ma cercai di distrarmi pensando al giorno dopo.

Era fine settimana e l'indomani sarei andato al «colloquio». Mia madre ultimamente l'avevo vista più allegra, stava reagendo, mi sembrava più forte. Mi aveva detto che gli avvocati, Matilde, il giornalista Carmelo Di Salvo, i miei amici, erano tutti mobilitati sul mio caso. Si stavano dando un gran da fare per trovare il modo di tirarmi fuori da lì. «Devi avere pazienza», continuava a ripetermi.

Da noi detenuti il colloquio settimanale coi parenti era visto come un evento non solo perché incontravamo finalmente i nostri cari, ma anche perché sapevamo che insieme al visitatore arrivava sempre un pacco pieno di ogni ben di Dio: salumi, formaggi, dolci fatti in casa. Il cibo che veniva da fuori te lo mandava la tua famiglia, quindi per noi era sacro. In cella arrivava il filetto migliore, il pesce più grosso.

Mangiare non era solo un'occasione di convivialità, era quasi un momento magico, di riflessione, di pace. Sedersi tutti attorno a un tavolo significava dimenticarsi i propri guai: l'attenzione si spostava su qualcosa di caldo, di sugoso. Qualcosa che dava un senso di goduria, di piacere irrinunciabile. E in ogni boccone si ricercava il sapore di casa, un ricordo d'infanzia, un pensiero felice.

Il carcere per me è stato una grande scuola di cucina. Ho imparato la passione per le materie prime, a essere ordinato, a vedere il cibo come un momento di ricerca, un modo per riscoprire e accarezzare l'intimità famigliare.

Torrisi e Trantino Pretoria erano di bocca buona. A loro piaceva molto mangiare e mangiare molto. Però non usavano né acqua né vino dozzinale. A pranzo e a cena erano abituati a bere solo champagne, Moët & Chandon.

Di solito in cella cucinava «Topazio», un vecchio cuoco condannato a trent'anni per l'omicidio del figlio, Tonino, un tossicodipendente che vent'anni prima, mentre Topazio era al lavoro – allora cucinava in un vecchio ristorante sulla marina di Romagnolo – aveva segregato la madre in casa e l'aveva torturata con un coltello per farsi dire dove teneva nascosti i soldi. La poveretta non aveva contanti in casa. Era rimasta in balìa di Tonino per dodici ore e alla fine era morta di infarto, per la paura. Topazio aveva seppellito la moglie, era andato a cercare suo figlio, lo aveva chiuso in un garage e lo aveva fatto a pezzi con una sega elettrica. Prima le braccia, poi le gambe. Dopodiché si era consegnato ai carabinieri. Era stato processato e condannato per direttissima. Si era fatto già vent'anni e ne doveva scontare ancora dieci, un'eternità.

Io mi offrii di fargli da aiutante in cucina. Pensavo a mia madre, a come realizzava certi piatti della tradizione palermitana, tipo lo spezzatino con le patate, e mi industriavo per replicarli lì, sui fornellini da campeggio. Col tempo diventai piuttosto bravino. Quando arrivava l'ora di pranzo sembrava che il mondo, dentro e fuori la nostra cella, si fermasse. Tutti smettevano di parlare e si mettevano a lavorare in silenzio per preparare la tavola. Nessuno stava con le mani in mano. Uno si occupava di apparecchiare, un altro sistemava i bicchieri e le posate, un altro ancora tagliava il pane. Era l'unico momento in cui qualsiasi gerarchia veniva azzerata. Il mafioso non stava in disparte aspettando che qualcuno gli servisse il pasto: si dava da fare anche lui.

Ricordo come Topazio preparava la salsa di pomodoro. Puliva in maniera certosina ogni singolo pezzo con un panno togliendone anche il picciolo, poi lo metteva ad asciugare sulla carta assorbente. Contemporaneamente, preparava il soffritto. Tritava finemente le carote, il sedano e il basilico. Nel frattempo preparava la pentola, accendeva il fuoco e ci versava due cucchiai d'olio d'oliva. Poi tagliava i pomodori a spicchi e li aggiungeva al soffritto mescolandoli di tanto in tanto col basilico e l'origano fresco. Ogni movimento, ogni girata di cucchiaio era lenta, dolce e precisa. Di una precisione quasi femminile. La preparazione della salsa era un rito che durava ore. In carcere non c'è premura, nessuno ti insegue. Ogni secondo per un detenuto è un giorno, e il tempo viene diluito di proposito.

Molti dei miei compagni di cella non avevano studiato. Uno o due erano arrivati alla terza media, ma perlopiù si erano fermati alla seconda elementare e chiedevano consigli quando dovevano scrivere le lettere da spedire ai parenti. Uno di questi era «Gino u' Mitra». Era un energumeno di due metri, un killer della mafia, una montagna di carne col cervello di un bambino. Lo chiamavano «il Mitra» perché come Celestino uccideva a mani nude. Lui però tramortiva le sue vittime con scariche velocissime di pugni che erano come pallettoni di lupara, arrivavano con la forza e la velocità di vere e proprie raffiche. Gino non sapeva né leggere né scrivere e mi chiedeva di aiutarlo ogni fine mese, quando arrivava il momento di mandare una lettera alla moglie rumena. Era una donna che non aveva mai incontrato. L'aveva solo vista in fotografia e l'aveva sposata per corrispondenza, con la promessa di portarla un giorno in Italia. Per non dirle che era in galera le aveva raccontato che si era imbarcato su un mercantile italiano che girava intorno al mondo. Le aveva detto anche che la sede della compagnia era a Palermo, in via Enrico Albanese, e che l'armatore si chiamava «Ucciardone», per cui le lettere arrivavano e partivano sempre da lì, dallo stesso indirizzo.

«Guarda che *bedda*», mi diceva indicando la foto, «scrivile che la amo tanto.»

Io fingevo di incazzarmi.

«Gino, ma se manco la conosci?»

«Tu scrivilo lo stesso.»

Io lo sfruculiavo, gli dicevo no, che la parola «ti amo» non la potevo scrivere, che era un'esagerazione.

«L'amore è una cosa seria, Gino!»

E allora lui mi inseguiva per la cella facendo la scena di volermi picchiare.

«Guarda che t'ammazzo, Maqeda! Ti ho detto di scriverlo!»

Mi prendeva per le gambe e mi sollevava a tre metri da terra. Io gli saltavo al collo e gli davo dei cazzotti. Ma a quella montagna facevo solo il solletico. Scherzavamo per ore e alla fine cedevo.

«Va bene Gino, lo scrivo.»

Chi invece aveva studiato e non aveva bisogno certo del mio aiuto per vergare una lettera era Paolino Turanasca, ventidue anni, taciturno, la faccia del classico bravo ragazzo: occhiali tondi da secchione, capelli ricci, carnagione chiara. Era arrivato all'ultimo anno di liceo quando lo avevano arrestato. Aveva partecipato a una rapina in cui avevano ammazzato due poliziotti. Lui aveva fatto da palo, senza prendere un'arma in mano. Tutti i suoi complici erano riusciti a scappare. Ma Paolino no, lo avevano preso subito e ora rischiava l'ergastolo anche se il suo ruolo era stato del tutto marginale. Era di un'intelligenza rara. Faceva moltiplicazioni complicatissime a mente senza bisogno della calcolatrice. Tu gli chiedevi quando faceva 128 per 1281 e lui in un secondo ti rispondeva: «163.968».

Il carcere purtroppo l'ha rovinato. Molti anni dopo, quando ormai lo avevo perso di vista, leggendo il giornale scoprii che dentro la mafia aveva fatto carriera. Era diventato un superkiller al servizio di Leoluca Bagarella. Peccato. Se non lo avessero arrestato, se avesse continuato a studiare, chissà dove sarebbe adesso Paolino Turanasca. Magari sarebbe uno di quei geni da guinness dei primati, quelli che si vedono ogni tanto fotografati sui giornali.

Non era uno molto loquace, parlava solo quando era strettamente necessario. Ma con Paolino legammo subito fin dal mio ingresso nella cella di Torrisi e Trantino Pretoria. Facevamo footing insieme tutte le mattine alle sette, quando le guardie ci accompagnavano in cortile. E una volta rientrati in cella, per ammazzare il tempo facevamo le gare di velocità con gli scarafaggi. Avevamo imparato ad amarli quei mostriciattoli, ci facevano compagnia. Giocavamo con loro cercando di trovare un senso alle loro marce sghembe, ai loro percorsi sconnessi. Con Paolino provavamo a metterli in fila, li tenevano delicatamente per la collottola e poi – mentre loro agitavano le zampette – li lasciavamo partire in linea retta su dei binari costruiti coi sassi. Lo scarafaggio più veloce vinceva una mollichina di pane.

Era un modo come un altro per distrarci. Quando non sai che fare dietro le sbarre ti aggrappi a tutto. E la salvezza, a volte, può risultare essere la fantasia. Puoi andare ovunque con la mente, se vuoi puoi essere e diventare qualsiasi cosa.

Camminando su e giù per il cortile, a volte immaginavo di camminare su un muro, come l'uomo ragno. Pensavo alla possibilità di materializzarmi all'improvviso a casa mia, alla faccia che avrebbe fatto mia madre. Ma poi guardavo le mura color ocra del carcere, così alte, così spesse... E allora avvicinavo il naso al maglione che indossavo, cercavo il profumo di bucato e ripartivo per un altro piccolo viaggio, un volo leggero, magico, nel cuore dei miei affetti.

Mi aggrappai anche alle canzoni per sentirmi meno solo. La musica in carcere ha una sua primaria importanza. Sollecita i ricordi e leva ogni barriera: non ci sono muri, chiudi gli occhi e vai dove vuoi. In genere la più ascoltata è quella napoletana. Perché più di tutte le altre racconta storie semplici e dà speranza al cuore di uomini costretti in cella e lontani da amori possibili o impossibili che siano. Si sentiva dappertutto quella musica all'Ucciardone, ma nella mia cella riuscii a far apprezzare ai miei compagni anche altro: gli U2, Bruce Springsteen, Brian Ferry.

Una volta Susanna mi mandò una cassetta di Vasco Rossi. Tutto emozionato la infilai subito nel registratore che usavamo in comune nella cella, ma appena schiacciato il tasto «play» invece di Vasco tutti sentirono la sua voce: «Ciao amore mio, sono io...»

Aveva comprato la cassetta, l'aveva aperta, ci aveva registrato sopra un messaggio e l'aveva richiusa di nuovo perfettamente, col cellophane e tutto il resto. Nessuno si poteva accorgere della manomissione.

Susanna mi mancava da morire, avevo voglia di rivederla. Mi chiedevo quanto la mia condizione di detenuto per una come lei, che era fissata con la carriera, che sognava di diventare un avvocato di successo, l'avesse penalizzata. Lo sapevano tutti che era la mia donna. E il fatto di stare con Maqeda – fino a prova contraria uno degli uomini della strage di via Croce Rossa – per lei non era certo un bel biglietto da visita. Già aveva pagato lo scotto di avere un padre chiacchierato, bollato come «colluso» e travolto nel tritacarne dell'antimafia. Di certo quest'altra macchia, la sua relazione con me, rischiava di farle bruciare molte occasioni professionali, le tagliava le gambe anzitempo. Ma lei, almeno a parole, non sembrava preoccupata.

Tutti i giorni mi scriveva una lettera appassionata, colorata, profumata. La imbucava ogni mattina alle sette dall'ufficio postale di via Montepellegrino, quello più vicino al carcere, in modo che mi potesse arrivare più in fretta. Diceva che soffriva per me, che mi aspettava e che non vedeva l'ora di potermi riabbracciare. Paternò le aveva rigettato tutte le richieste di colloquio. Usava questo mezzuccio come leva per spingerla ad allontanarsi da me e guardarsi intorno. Se la incontrava per caso le diceva frasi del tipo: «Hai visto che i miracoli qualche volta accadono?»

Sperava che mi dimenticasse. Ma lei amava me e odiava lui. Lo odiava dai tempi dell'università, lo odiava per averla sputtanata a Milano, per essere uno di quelli che avevano mandato in galera suo padre e poi avere arrestato anche me, per averci negato il diritto sacrosanto di farci una vita insieme. Se prima di tanto in tanto un caffè con lui lo prendeva, ora non gli rivolgeva neanche più la parola.

«Giuro, se lo incontro neanche lo saluto», mi scriveva, «quel pezzo di merda con me ha chiuso.»

Con me Paternò dopo il primo interrogatorio non si era fatto più vivo. Mi aveva lasciato «a bagnomaria», a macerare dentro il carcere nella speranza che mi decidessi a vuotare il sacco, a confessare una serie di reati che non avevo commesso. Due mesi dopo il mio arresto gli avevo anche fatto sapere, tramite l'avvocato, che ero in grado di dimostrare, carte e bollette alla mano, che nella casa di via Croce Rossa, quella da cui i killer avevano sparato a Cassarà, non ci andavo più da mesi. Mio zio Angelo fino a un certo punto aveva pagato l'affitto, ma poi, vedendo che a me non serviva, aveva riconsegnato le chiavi al proprietario.

Se i sicari si erano introdotti in quell'appartamento, se si erano appostati su quel balcone per sparare al commissario, avevano potuto farlo perché sapevano che era disabitato. Paternò però da quest'orecchio non ci voleva sentire e all'avvocato continuava a ripetere: «Abbiamo trovato le impronte del suo cliente dappertutto, anche sulla ringhiera dove i killer hanno appoggiato i fucili per sparare. È pacifico che il suo cliente fosse con loro al momento dell'agguato. La porta dell'appartamento non è stata forzata. Chi, se non lui, gli ha aperto e li ha fatti entrare?»

Detta così, dura e cruda, la tesi del giudice non faceva una piega. Era chiaro che attorno a me aveva costruito un quadro probatorio difficile da smontare. Lui era quello che aveva raccolto gli elementi per incastrarmi. Elementi oggettivi che provavano un mio passaggio nell'appartamento, ma che non mi collegavano direttamente alla strage. Tantopiù che i carabinieri, prima di portarmi all'Ucciardone, mi avevano sequestrato tutti i vestiti nell'armadio per cercare tracce di polvere da sparo e mi avevano pure sottoposto al guanto di paraffina, al tampon-kit, per controllare se, a prescindere dal delitto Cassarà, avessi preso di recente in mano un'arma da fuoco. Non avevano trovato niente. E anche tutti i testimoni – gli inquilini e gli impiegati degli uffici del palazzo di via Croce Rossa – confermavano la mia versione. Giuravano che quell'appartamento era disabitato da mesi. E non lo facevano per paura di subire ritorsioni, era la pura e semplice verità.

Se solo un giudice, un magistrato serio, avesse smontato il quadro indiziario e avesse riesaminato tutti i pezzi prima di rimontarlo, magari si sarebbe accorto che non c'entravo nulla. Ma quel giudice non era Paternò. Lui voleva che stessi in galera. E la ragione mi sfuggiva. Non era solo antipatia, negligenza o pigrizia a spingere quell'uomo ad accanirsi su di me. Ci doveva essere qualche altro motivo. Forse era la sua passione per Susanna. O forse più semplicemente io ero il mezzo che aveva scelto per salire alla ribalta e riscattare una carriera grigia e anonima.

Io ero il boccone avariato di speranza e di giustizia dato in pasto a un'opinione pubblica disorientata nel momento in cui lo Stato seppelliva un altro dei suoi eroi.

Mi trovavo «all'aria», in cortile. Gaspare e Celestino come al solito era andati sulla tettoia sopra la doccia a prendere un po' di sole. E io mi ero messo a passeggiare. Pensavo a quello che mi aveva detto mia madre, a tutti quei miei amici che stavano dando man forte agli avvocati per dimostrare la mia innocenza. Carmelo, Matilde. Loro non li vedevo da mesi. E non vedevo da mesi neanche Lorenzo e i ragazzi della comitiva con cui nell'ultimo periodo avevo legato, con cui il sabato con Susanna andavamo fuori Palermo a fare baldoria.

Ogni pomeriggio alle quattro alcuni di loro si presentavano puntuali sopra un fazzoletto di marciapiede davanti al carcere che sapevano che riuscivo a vedere dalla cella. Però erano minuscoli, dalla finestra riconoscevo a stento i loro volti.

Facevo uscire le braccia dalle sbarre, agitavo le mani e li salutavo gridando: «Ciao, ciao ragazzi!!!» Loro capivano che ero io e rispondevano al saluto rombando con le moto.

Mentre ero immerso in questi pensieri, entrai nello stesso corridoio cieco dove mesi prima avevamo pestato il pedofilo e quell'altro tizio che aveva importunato la moglie di un detenuto. Era uno di quei momenti in cui con la mente mi estraniavo, mi mettevo a camminare e tutto quello che c'era intorno a me improvvisamente spariva. Di colpo, senza accorgermene, mi ritrovai isolato dagli altri. Era buio. Intravidi la sagoma di un uomo. Mi voltai un attimo indietro: il cortile era distante una trentina di passi. Quell'uomo era sempre più vicino. Mi veniva incontro. Il volto non lo distinguevo, ma tendeva con le mani le estremità di una corda di nylon che nell'oscurità brillava come fosse d'argento. Mi prese un senso di angoscia. Iniziai a pensare a come scappare. Ebbi appena il tempo di riconoscere Francolino, quando all'improvviso alle mie spalle comparve Gaspare.

«Maqeda, tutto a posto?»

Francolino, vedendo Torrisi, in un attimo aveva nascosto la corda di nylon, si era messo in un angolo con la scusa di pisciare ed era sgusciato via come un ratto alla velocità della luce.

«Sì, sì, tutto a posto Gaspare.»

Tornai con lui in cortile. Francolino era sparito. Torrisi e Trantino Pretoria si appartarono per consultarsi. Parlavano fitto fitto. Non so se l'argomento della conversazione fosse Galati. Certo è che Gaspare aveva qualcosa in mente.

Il giorno dopo, all'ottava sezione arrivò la notizia che avevano trovato Francolino morto, in cella. Qualcuno gli aveva fracassato la testa a colpi di bistecchiera. Tutti i suoi compagni di cella, sette persone, dissero di non aver visto e sentito nulla, neanche un rumore. Siccome il delitto era avvenuto di notte, si erano giustificati dicendo che dormivano, erano piombati tutti alla stessa ora in un sonno profondo e nessuno di loro si era svegliato. La polizia non poteva arrestarli due volte, erano già tutti in galera, e gli inquirenti, loro malgrado, si dovettero accontentare di quella versione dei fatti. La Procura di Palermo incriminò l'intera cella, sette uomini per la morte di Francolino Galati, ma non riuscì mai a individuare l'assassino. Era stata certamente una vendetta, un omicidio di mafia, l'ennesimo sfregio a don Tano che aveva perso così anche il suo secondo figlio.

Susanna finalmente trovò la maniera di entrare all'Ucciardone. Si fece fare un certificato di convivenza dal notaio e quel cornuto di Paternò, a malincuore, dovette autorizzare l'ingresso. Erano sei mesi che non ci incontravamo. E quando me la trovai di fronte nella solita saletta con la barriera di vetro, rimasi fulminato. La guardavo fisso, era di una bellezza che toglieva il fiato.

«Ciao amore.»

Averla lì era una gioia troppo grande. Avrei voluto saltare dall'altra parte del tavolo, stringerla forte, ma mi accontentai di prenderle la mano. Dovevo stare al mio posto. C'erano delle regole precise, una sorta di codice di comportamento non scritto, che ogni detenuto, per una forma di rispetto verso gli altri, era invitato a seguire.

Se per caso stavi a colloquio nella saletta dove non c'era il vetro divisorio e baciavi la tua donna con la lingua, appena tornavi in cella gli altri ti facevano la *boccia*, ti massacravano a legnate. L'uomo d'onore doveva rispettare il decoro del posto. Insieme a tua moglie o alla tua fidanzata in quella saletta c'erano bambini, donne anziane, figli e madri di altri carcerati. Esagerando con le effusioni potevi offenderli tutti. In carcere c'era un'attenzione maniacale per l'educazione. Di riffa o di raffa ti dovevi comportare bene. Addirittura in cella c'erano delle regole. Non si dicevano le parolacce, non si bestemmiava, non si parlava male delle donne e soprattutto non si facevano discorsi sconci. L'intimità era intesa come «assoluta intimità».

Susanna all'inizio rimase un po' spiazzata dalla mia freddezza. Mi vedeva diverso. Certo, il carcere, la vicinanza stretta con Gaspare e Celestino mi avevano indubbiamente indurito. Però capì che il mio atteggiamento era dettato da motivi di opportunità e usò lo sguardo e la forza delle parole per dimostrarmi quanto mi fosse vicina. L'incontro con lei mi scaldò il cuore, mi infuse coraggio, e non solo perché rivedevo la mia donna dopo centottantaquattro giorni dal mio arresto, ma perché la rivedevo più innamorata che mai. Susanna mi portò anche una buona notizia.

«Matilde ha scritto al giudice istruttore Falcone. Gli ha raccontato la tua storia, gli ha detto che sei un bravo ragazzo.»

Non so il motivo, ma per un attimo, sentendo quel nome, Falcone, iniziai a vedere la fine del film, a credere che forse da quel carcere, prima o poi, sarei uscito. Non che Falcone lo conoscessi o mi stesse particolarmente simpatico. Come tutti lo avevo visto in televisione e avevo letto il suo nome sui giornali. Sapevo che quel magistrato era un osso duro, un nemico giurato di Cosa Nostra. In carcere c'era un sacco di gente che lo odiava e lo temeva. Eppure qualcosa mi diceva che non era un giudice alla Paternò. Certamente non aveva bisogno di usare la giustizia per fini personali né gli interessava la politica o arrestare qualcuno per avere un po' di visibilità. Credeva semplicemente nel suo lavoro. Per il suo lavoro aveva sacrificato la sua libertà, la sua famiglia, i suoi affetti più cari. Dicevano che vivesse giorno e notte in ufficio, che cambiasse continuamente abitudini per non farsi ammazzare. E poi era un palermitano come me. Non un siciliano «pentito» come Paternò. Falcone era cresciuto alla Kalsa. Doveva essere per forza in grado di separare il grano dal loglio, lui sì che poteva distinguere tra verità e apparenza.

Arrivò l'inverno. Qualche giorno prima del 25 dicembre chiesi al direttore del carcere se potevo organizzare nella mia sezione un pranzo di Natale a mie spese. Volevo sdebitarmi con i miei amici, fare qualcosa per loro. Il direttore, che era tutta una cosa con Gaspare e Celestino – e ci pensava due volte prima di dire no – acconsentì. Incontrai mio fratello al colloquio e gli spiegai il mio piano. Doveva andare dai migliori ristoratori palermitani, farsi cucinare del cibo e metterlo in cinquanta pacchi da cinque chili ciascuno, in modo che i famigliari dei detenuti lo prendessero in consegna fuori dal carcere e lo portassero ai loro congiunti durante il colloquio. Il piano sembrò funzionare.

Mio fratello noleggiò un furgoncino, si piazzò davanti all'Ucciardone alle cinque di mattina del 25 dicembre e man mano che i parenti arrivavano dava loro il pacco da portare dentro. Feci anch'io il mio colloquio, presi il mio contenitore, scambiai gli auguri con mia madre e tornai in cella.

L'ottava sezione nel giro di un'ora si riempì di tutti i profumi del mondo.

Aprendo tutti i cinquanta pacchi riuscimmo a mettere insieme un pranzo di Natale coi fiocchi. Un menu completo che comprendeva antipasti, primi e secondi, un banchetto che bastava a sfamare un intero piano dell'Ucciardone. C'era ogni tipo di prelibatezza: tacchino al forno, anelletti, arancini, cassate. C'erano le panelle e le lasagne, il capretto al forno e il pesce al cartoccio, c'erano pure il torrone e il semifreddo di mandorle.

I miei compagni, Gino, Paolino, davanti a quelle pietanze paradisiache avevano l'acquolina in bocca. Gaspare, Celestino, il Barone, erano tutti euforici e non trovavano più le parole per dirmi grazie. Erano le undici del mattino. Mancava ancora qualche ora prima di poterci sedere a tavola. Così sistemammo tutto quel ben di Dio sui tavoli e ci preparammo a uscire «all'aria». Decidemmo di approfittarne per passeggiare, per scambiare quattro chiacchiere prima di pranzo come facevamo ogni giorno. Io ero stranamente di poche parole.

L'inverno era arrivato improvvisamente e faceva un freddo polare, aveva iniziato a cadere anche un po' di nevischio. Pensavo ai miei cari e all'inizio di un altro anno che si annunciava pieno di incognite. L'atmosfera natalizia vista dal carcere mi aveva messo addosso un po' di nostalgia. Era il mio primo Natale dietro le sbarre. Chiudevo gli occhi e immaginavo la gente in giro per la città a comprare gli ultimi regali, le case addobbate con il presepe e l'albero, la città tirata a lucido con i festoni e le luminarie, i miei amici che di certo stavano organizzando la loro settimana di vacanza. Andavo avanti e indietro per il cortile, quando venni chiamato da un secondino: «Maqeda, devi andare all'ufficio matricola».

Quando ti chiamano alla matricola le cose sono due: o esci o ti trasferiscono. Io di uscire non ci speravo proprio: un'ora prima avevo visto mia madre e non mi aveva portato nessuna buona notizia. Quindi pensai alla seconda ipotesi. Stava piovendo. Mi avviai lungo un viale lastricato di pozzanghere ed entrai dentro un portoncino. Nella saletta trovai una guardia e accanto il mio amico, il mio angelo custode, Giovanni.

Aveva gli occhi lucidi.

«Che c'è Giò? Che hai? È successo qualcosa?»

Non riusciva a parlare, poi finalmente con le lacrime agli occhi riuscì a biascicare tre parole: «Stai per uscire».

Lo guardai fisso, mi sentivo come rintronato: «Veramente?»

«Sì», rispose sempre più commosso, «ci vediamo fuori amico mio. A più tardi.»

Chiesi a Giovanni di aspettare ancora un minuto, volevo sapere cos'era successo. Mi spiegò sommariamente che avevano arrestato don Tano Galati, che il giudice Falcone, indagando su un altro omicidio di mafia, aveva scoperto essere colui che aveva dato le chiavi della casa di via Croce Rossa ai killer di Cassarà. Il proprietario del palazzo era un cugino del vecchio boss ma non lo aveva detto a nessuno, né a me né a mio zio. Don Tano aveva messo a disposizione dei sicari l'appartamento sperando di raggiungere due obiettivi: scaricare tutti i sospetti su di noi e tornare a essere un uomo che contava nell'organigramma della nuova mafia palermitana. Soprattutto sperava di poter riabilitare suo figlio, Francolino: voleva salvarlo, cancellarlo dal libro nero dei Corleonesi. Ma i Corleonesi, cani senza padrone, avevano fatto il doppio gioco. Si erano serviti di loro per uccidere Cassarà, e dei Galati, padre e figlio, se ne erano ampiamente fottuti. Li avevano abbandonati al loro destino.

Ora mi era tutto chiaro. Ecco cosa voleva farmi capire mio zio scrivendo in quel pizzino «Maqeda» e disegnando accanto una croce. La croce non era solo un avviso per me, zio Angelo non voleva dirmi solo che Francolino Galati poteva uccidermi. La croce era la casa di via Croce Rossa. Che accanto a Maqeda significava: è don Tano che ci ha incastrato, è lui che ci ha fatto arrestare. Ecco, finalmente sapevo chi era il *puparo*, il regista del mio arresto. Ero arrivato all'ultima scena del film.

Avrei dovuto fare salti di gioia. Eppure non riuscivo a essere contento. Ormai ero talmente calato nella parte del detenuto, del mafioso, che per me la cosa più importante in quel momento non era uscire e riconquistare la mia libertà, ma partecipare al pranzo di Natale dell'ottava sezione. Avevo organizzato tutto talmente bene che mi dispiaceva non festeggiare con i miei compagni di cella. Non volevo perdermelo per niente al mondo. Per cui, al «superiore», il capo dei secondini che mi prese in custodia, chiesi se potevo uscire il giorno dopo. Lui credette che lo prendessi per il culo e mi rispose seccato: «Non fare lo stupido, vai a raccogliere le tue cose e vattene, non ho tempo di giocare con te, io».

Tornai in cella e raccontai tutto ai miei compagni.

«*Picciotti*, esco.»

Si scatenò il putiferio. Applausi, pianti, una commozione incredibile. L'ottava sezione dell'Ucciardone era in festa. I miei amici mi preparano il «sacco». Svuotarono l'armadietto di formica, prepararono un bustone di plastica e ci misero dentro i miei vestiti e i miei effetti personali. Misero dentro tutto, tutto tranne lo spazzolino. Il Barone, da navigato del carcere, me lo diede in mano e mi spiegò che me ne dovevo disfare secondo tradizione: «Appena esci devi buttare lo spazzolino in mezzo alla strada. Se lo lasci qui l'usanza vuole che prima o poi torni dentro. Meglio di no, Maqeda».

Il sacco lo lasciai in cella. Il mio guardaroba da mafioso lo regalai al mio amico Paolino. Ormai non mi serviva più. Portai via solo le mutande e la biancheria intima. Li abbracciai tutti, uno per uno, e mi preparai a uscire. Davanti alla cella c'era Gaspare.

«Maqeda, fai il bravo, ci vediamo fuori.»

Mi baciò, mi spinse fuori quasi a forza e mi consegnò ai secondini.

Quando arrivai nel corridoio vidi che da tutte le celle uscivano cento braccia, cento mani che volevano toccarmi.

«Fi-li-ppo! Fi-li-ppo!»

Avanzavo lentamente. I detenuti dell'ottava sezione scandivano il mio nome, applaudivano, gridavano, di gioia, di felicità. E non so se lo facessero perché avevo offerto loro quel banchetto gratis o perché erano davvero dispiaciuti per la mia partenza. Scoppiai a piangere, provai a stringere tutte quelle mani che mi sfioravano. Ma erano troppe, e non riuscii a salutare quegli uomini uno per uno. Mi portarono una seconda volta all'ufficio matricola. Rimasi tre ore fermo lì con dieci paia di mutande in mano, prima di poter riabbracciare la libertà. C'erano mille fogli da firmare, mille documenti da esaminare. Mi riconsegnarono la cinta e i lacci delle scarpe, l'orologio e il portafoglio, e mi accompagnarono davanti al grande portone dell'Ucciardone. Sentii per l'ultima volta i rumori metallici di dieci cancelli che sbattevano dietro di me.

Non fu facile lasciare quel luogo. In tutti i sensi. Fuori c'erano cinquecento persone ad aspettarmi. Il secondino provava ad aprire l'ultimo portoncino di ferro, ma la gente spingeva e lui era costretto a richiudere. Andò avanti così per un'ora. Tanto che a un certo punto dovetti fare io un appello ai miei amici perché si allontanassero.

Ero a venti centimetri dalla libertà. Eppure, nonostante fosse così vicina e la sentissi lì, oltre quel portone gelido, ancora non riuscivo ad agguantarla.

15. FUORI

Il secondino dopo un tira e molla estenuante riuscì ad aprire, mi spinse fuori e richiuse il portoncino temendo di essere investito da quel mare di gente, un mare in tumulto, che sbatacchiava sul cancello a ondate sempre più forti chiedendo che gli venissi consegnato. In un attimo mi trovai in mezzo alla tempesta. La piccola folla mi aveva preso, mi aveva alzato, capovolto e risucchiato. Mi aveva sommerso e quasi affogato. Ma ora mi aveva riportato a galla e mi teneva fermo, dritto sulle onde, per condurmi lontano, al sicuro, verso il largo. Mi affidai completamente, senza volere né guardare né capire chi mi stesse sorreggendo. Sentivo mille mani come una sola. Le sentivo, le volevo sentire, come un unico tocco indecifrabile di paradiso, di calore soporifero e familiare, di pace e intimità ritrovata. Per otto mesi avevo avuto un solo desiderio: abbandonarmi a quelle onde, annegare in quel mare di emozioni autentiche. Quella festa, quella burrasca era la mia rivincita, la mia rinascita.

Basta coi copioni, con le recite, coi registi e le comparse di quel maledetto film. Girata l'ultima scena, fine della storia. Maqeda ringraziava il pubblico e si riprendeva la sua vita, bella o brutta che fosse. C'era Susanna, c'era mia madre, c'era mio fratello. E poi i miei amici, i loro genitori, i miei vecchi colleghi fotografi. Tutti con le Reflex posate a terra e messe in un angolo – al diavolo il dovere e il lavoro per una volta! – tutti con le mani alzate, a fluttuare come gli altri. C'erano Giovanni e Lorenzo. Volti e voci che avevo rivisto e riascoltato dentro di me mille volte per accorciare i giorni, per resistere e non farmi strozzare dalla paura. Loro erano il mio presente. E c'era anche chi come Carmelo, Emma, Matilde erano venuti da lontano, erano tornati dal mio passato per dirmi che c'erano ancora, che nonostante tutto non mi avevano dimenticato.

Pioveva e faceva freddo. Qualcuno aprì una gigantesca bottiglia di champagne e me lo versò addosso. Ero bagnato fradicio. Con la bocca impastata di pioggia e vino francese iniziai a realizzare che era finita, ero di nuovo un uomo libero. Avevo in mano le mutande. Le lanciai dietro di me come pezzi di carta, come le pagine strappate di un romanzo venuto male. Presi da una tasca lo spazzolino da denti e lo gettai lontano, proprio come aveva detto il Barone. Poi mi abbandonai all'euforia. Mi staccai da tutte quelle mani, da tutte quella braccia. Tornai coi piedi per terra e iniziai a correre lungo il viale, a correre sempre più forte, sempre più veloce, fino a che il fiato e il cuore me ne diedero la forza.

Sì, era vero, era tutto vero, non era un sogno. Non c'erano più limiti né catene da spezzare. Non c'erano confini, né sbarre, né cancelli da aprire o chiudere e far finta di non vedere. Porca puttana, potevo saltare, girare a destra o a sinistra, andare dritto, all'indietro o a quattro zampe. Se avessi voluto sarei potuto scappare, ora, subito, sparire senza che nessuno mi trovasse più.

Corsi nella piazzetta accanto alla chiesa, sopra il marciapiede, il pezzettino di strada che riuscivo a vedere dalla mia cella. I miei compagni, Gaspare, Celestino, Paolino, erano tutti lì con le braccia fuori dalla sbarre.

«Ciao, ciao Filippo.»

Non li vedevo ma li sentivo, li sentivo tutti.

«Ciao ragazzi, ciao.»

Andammo a casa di mia madre, rimasi sveglio tutta la notte a mangiare, a bere, a stordirmi di cazzate con i miei parenti. Per una volta, solo discorsi da caffè. Niente mafia, niente divise da indossare, regole o codici da rispettare. Non volevo dormire. Mi sembrava di buttare via il tempo. Ma la verità è che avevo paura. Paura di svegliarmi, di ritrovarmi di nuovo dentro quella cella, sopra quella branda, alle sette tutti in piedi, giusto in tempo per dire un padrenostro e prepararsi a uscire «all'aria».

Mi addormentai la mattina dopo con l'odore dei capelli di Susanna, il profumo della sua pelle, il tepore lieve e delicato del suo corpo. Avevamo fatto l'amore, più volte. Poi ero rimasto stretto a lei, confuso, disorientato. Temevo di perderla di nuovo. Avevo chiuso gli occhi sperando che quella sbronza, la sensazione irrepetibile di sensi appagati, il bozzolo di calore umano in cui mi sentivo avvolto, durasse per sempre, non si sgonfiasse mai. E finalmente mi ero fatto rapire dal sonno.

Ma quando mi svegliai, sei ore dopo, non ero più lo stesso. Il sesso, la festa, i bicchieri di vino mezzi vuoti e mezzi pieni seminati per casa, il ricordo di tutte quelle luci, quelle voci, mi davano sui nervi come un feroce mal di testa dopo aver alzato troppo il gomito. Avrei dovuto sentirmi bene, invece no. Niente di quello che avevo attorno mi apparteneva più, neanche l'amore.

Mi sentivo mutilato. Mi mancavano i miei vecchi compagni, mi mancava l'Ucciardone. Così, ogni giorno per un mese, tornai davanti al carcere. Mi piazzavo davanti all'ingresso del penitenziario alle sei di mattina. Consolavo i parenti dei detenuti, li riempivo di pacchi pieni di capretti e panettoni, di pasta di mandorle e arancini. Il cibo era sacro, non lo avevo dimenticato. Che lo carezzassero al mio posto adesso i miei compagni, che lo mettessero sulla mia branda e lo mangiassero alla mia salute. Poi andavo in quella piazzetta, su quel marciapiede, a salutare i miei amici.

Susanna mi spingeva a staccarmi da quel luogo, a dimenticare quella mia ossessione: «Ora sei libero, goditi la vita».

Ma io non ci riuscivo. La mia mente, il mio cuore, erano rimasti ancora lì, oltre quelle mura.

Con me, lo stesso giorno, avevano scarcerato zio Angelo. Anche lui era cambiato. L'accusa di mafia e l'arresto avevano mandato a scatafascio tutti i suoi affari. La Setteveli era affogata nei debiti, ostaggio dei creditori. Solo un miracolo avrebbe potuto salvarla e lui non aveva più voglia di combattere. Voleva mollare, farsi da parte e andarsene da Palermo. Ora non era più l'eminenza grigia della mafia. Alla fine sapeva di essere stato solo il cattivo consigliere di se stesso. Il carcere l'aveva abbruttito, lo aveva fatto invecchiare in un colpo. Gli erano venute le rughe e una zazzera di capelli bianchi. Ci rivedemmo una mattina che andai a trovarlo allo «Scanto». Mio zio, che tutta la vita aveva sperato che diventassi come lui, guardando ora i miei occhi senza luce, i gesti e le espressioni da mafioso cresciuto alla scuola di Gaspare e Celestino, stentava a riconoscermi.

«Filippo? Ma che ti hanno fatto?»

«Niente zio, sono diventato un uomo.»

Io gli volevo bene. E forse, se fossi tornato indietro, avrei rifatto tutto quanto per lui, i medesimi sbagli, gli stessi passi avventati. Mi sarei affidato a zio Angelo con la stessa infantile incoscienza con cui mettevo il mio nome sotto i suoi arraffati imbrogli, così firmando, senza saperlo, il mio ingresso all'Ucciardone. Ma ormai le nostre strade si erano divise. Lui era il passato, io il futuro.

Entrambi eravamo crollati sui nostri stessi sogni, sui cristalli sottili della nostra presunzione cieca, la certezza che niente ci avrebbe scalfito, che eravamo noi i più forti e c'era chi ci guardava le spalle.

E invece il terreno era franato a noi e a loro sotto i piedi. Avevamo fatto, consapevolmente, il passo più lungo della gamba. Solo che io ero caduto e in qualche modo mi ero rialzato. Per sopportare il carcere mi ero inventato una vita parallela, ero andato a lezioni di mafia dai migliori, dai vincenti. Potevo diventare uno di loro. Lui, zio Angelo, no, era rimasto a terra, era rimasto se stesso, schiacciato dall'onda lunga che aveva sommerso e azzerato il più infame dei perdenti, don Tano.

Mio zio era preoccupato. La società di leasing stava rischiando la bancarotta. Quelli che avevano chiesto un prestito, convinti che in galera ci saremmo rimasti a lungo, avevano smesso di pagare le rate. Si erano accumulati debiti su debiti e la guardia di finanza si era messa a indagare. Finire intrappolati nelle maglie di un'altra inchiesta giudiziaria significava prima o poi tornare in galera. Nessun errore di persona questa volta. Carcere sicuro. E non rischiava solo lui. Facevo parte anch'io dell'imbroglio. Teoricamente, potevano arrestare anche me. Di nuovo. È vero, mi mancavano i miei compagni di cella, ma all'idea di varcare un'altra volta in manette la soglia dell'Ucciardone mi sentivo morire. L'incubo di tornare dietro le sbarre mi perseguitò per mesi, diventò una malattia. Venni sopraffatto dalla paranoia. Vedevo poliziotti dove non c'erano, mi sentivo spiato e pedinato. Ogni volta che incrociavo due carabinieri per strada ero convinto che fossero lì per me, che fossero venuti a prendermi per riportarmi in cella.

Il giudice Paternò aveva smesso di perseguitarmi. Da quando ero tornato in libertà si era preso un mese di ferie arretrate. Era stato attaccato sui giornali per la leggerezza con cui mi aveva mandato in galera e, per sfuggire alle domande, aveva preferito sparire per un po'. Tornare in gattabuia per me significava alla fine glorificarlo, dargli ragione su tutta la linea. Persino il giudice Falcone, davanti all'evidenza di quella truffa, si sarebbe offerto di firmare per primo il mandato di cattura.

Mi convinsi di essere un mezzo latitante, un ricercato, anche se non mi cercava nessuno. Di giorno facevo una vita normale. Stavo con i miei amici, vedevo la mia donna, frequentavo i soliti locali. Di notte, per paura che i carabinieri piombassero a casa e mi buttassero di nuovo giù dal letto, andavo a ingattarmi in una vecchia villa che la mia famiglia aveva costruito a San Martino delle Scale, sulle montagne sopra Palermo. Era una casa spoglia, dove non c'era nulla, neanche l'energia elettrica e il gas per scaldarsi e cucinare. Avevo con me candele e torcia. Organizzavo un giaciglio con un materasso e delle vecchie coperte e cercavo di dormire, col freddo che mi rosicchiava le ossa. Ma lì mi sentivo al sicuro. Tra quelle montagne, anche volendo, nessuno mi avrebbe trovato.

Con Susanna le cose di colpo si erano messe male. Paradossalmente eravamo più uniti e felici quando stavo in carcere. Lei non capiva il mio stato d'ansia, la difficoltà ad adattarmi alla vita normale, il non riuscire a fuggire dai miei fantasmi. Ed era stanca di venirmi dietro, di non vedermi la notte. Voleva vivere con me, mi aveva così tanto aspettato che non ne poteva più di rimandare ancora. Si voleva sposare.

Io a tutto pensavo, tranne che al matrimonio. L'amavo ma ero confuso. Segnato dalla mia lunga prigionia, non ero pronto a un passo così impegnativo, volevo aspettare un altro po'.

«Stiamo tanto bene così», le dicevo, «cosa ti cambia un pezzo di carta?»

Ma lei no, mi aveva messo alle strette e all'ennesimo rifiuto mi aveva dato un ultimatum: «Ok, vuoi fare il matto? Fallo! Ma sappi che così mi perdi!»

L'avevo cercata per giorni ma ormai non mi rispondeva più nemmeno al telefono. L'unico modo per riconquistarla era presentarmi da lei con una proposta di matrimonio. Altre stronzate Susanna non ne voleva sentire.

Feci passare troppi giorni prima di decidermi e lei smise di aspettarmi. E visto che la notte io scappavo, andavo a dormire fuori Palermo, Susanna cominciò a uscire. Il venerdì e il sabato si chiudeva in qualche discoteca e tornava a casa all'alba. A volte anche ubriaca. All'inizio lo faceva per farmi ingelosire. Ma una mattina, una domenica che ero andato a trovarla per fare pace – le avevo comprato pure un anello di brillanti – lei a casa non c'era. La madre mi disse che era uscita neanche da cinque minuti.

«È andata all'aeroporto, sta partendo per Milano, una sua cara amica dei tempi dell'università fa il compleanno e l'ha invitata alla sua festa. Raggiungila», insisteva, «perché non vai con lei?»

Già, perché no? Le potevo fare una bella sorpresa, spuntavo a Punta Raisi, le davo l'anello, lei si scioglieva, mi dava un bacio e partivamo insieme, di nuovo felici. Presi al volo un taxi e mi fiondai all'aeroporto. Così, senza bagagli. Al limite, pensai, se mi serve qualcosa la compro a Milano. In autostrada non c'era traffico, arrivai nel giro di un quarto d'ora. Scesi dalla macchina sotto il cartello «Partenze», pagai il tassista e andai di corsa a cercare Susanna. C'era un sacco di gente in fila davanti ai banchi dell'Alitalia. Ma mentre mi stavo avvicinando alla biglietteria, da lontano, vidi che in coda, l'una dietro l'altro, c'erano Susanna e Paternò.

Lui le sussurava nell'orecchio, lei faceva la finta distaccata e quando non poteva fare a meno di rispondere abbozzava sorrisi imbarazzati. Questa storia mi puzzava. Se il loro incontro era stato il frutto di una semplice coincidenza era quantomeno sospetta. Possibile che entrambi partivano di domenica ed entrambi andavano a Milano? Possibile che fossero stati invitati alla stessa festa? Certo era possibile, ma era tutto comunque dannatamente strano. Potevo fare una sceneggiata, una piazzata, lì davanti a tutti. Ma se poi scoprivo che invece di essersi incontrati per caso, all'aeroporto c'erano andati insieme? L'avrei perdonata Susanna? Mi sarei fidato ancora di lei?

No, basta, non volevo sapere altro. Ormai, qualunque ragionevole spiegazione – ammesso che ce ne fosse una – non mi interessava più. Il solo fatto di vedere la mia donna accanto all'uomo che mi aveva tolto tutto, la libertà, l'allegria, l'onore, la reputazione, me la fece cadere dal cuore. Avevo l'anello di brillanti in mano. Me lo rificcai in tasca, girai i tacchi e me ne andai. Presi un altro taxi e tornai a casa.

Qualche giorno dopo, al suo ritorno, mi cercò lei: «Ho deciso di andare a vivere al Nord. Alla festa di Milano ho conosciuto un avvocato che lavora a Pavia. Mi ha proposto un lavoro. Sono stanca di vivere qui».

Pensava che rispondessi con cose del tipo «No, dai, resta, sposiamoci». Non le dissi né ti amo né mi manchi, non le chiesi nemmeno spiegazioni sul fatto che all'aeroporto l'avevo vista insieme a Paternò. Le augurai solo buona fortuna e lei rimase spiazzata.

«Come, mi dici solo questo?»

«Sì, questo è tutto.»

Separarmi da lei era diventata una questione di puntiglio, forse ridicola, assurda, me ne rendo conto. Magari cercavo soltanto una scusa, un pretesto da codardo per evitare il matrimonio, per interrompere un rapporto inquinato dalla mia paura di lasciarla sola, di essere arrestato di nuovo. D'altra parte vedevo anche lei stanca. Era fredda, senza più stimoli. Voleva qualcosa che io in quel momento non le potevo dare: stabilità, sicurezza, una famiglia. E quindi la lasciai andare.

«Scusa, Susanna, ma non me la sento di continuare.»

Quella all'aeroporto fu l'ultima volta che la vidi.

Carmelo Di Salvo mi era venuto a fare visita a casa, gli avevo detto che con Susanna era finita e mi voleva consolare: «Non ti preoccupare, compare, chiusa una porta si apre un portone. Tu puoi avere tutte le femmine che vuoi».

Carmelo, che era giornalista sempre, ventiquattr'ore su ventiquattro, pure quando faceva l'amico, mi aveva portato una notizia. Mi aveva detto che Gaspare e Celestino erano tornati in libertà. Erano usciti per scadenza dei termini di custodia cautelare e, approfittandone, si erano dati alla macchia. Erano sicuri che prima o poi qualcuno li avrebbe rispediti dentro, perciò si erano regolati di conseguenza, facendo perdere le loro tracce. Erano a tutti gli effetti dei «latini», entrambi latitanti.

Credevo di non rivederli mai più. Invece un giorno, una mattina che mi trovavo a passeggiare da solo sulla spiaggia di Porticello immerso nei miei pensieri, un bambino – avrà avuto sei o sette anni – mi si avvicinò.

«Tu sei Maqeda?»

«Sì, perché?»

«Ti manda i suoi saluti la Sacra Famiglia.» E mi passò il mio spazzolino da denti, quello che avevo gettato per strada una volta uscito dal carcere.

Sacra Famiglia era il nome di un grosso peschereccio, uno di quelli d'altura, in costruzione alla baia di Porticello. Ci lavoravano da due mesi una ventina di operai, tutti del posto. Ma l'armatore era stato arrestato, i soldi erano finiti e la barca era rimasta un'opera incompiuta, un monumento al «vorrei ma non posso». Fuori era stata assemblata, dentro era vuota, con la base poggiata sulla sabbia. Il bambino me lo doveva aver mandato qualcuno. Mi avvicinai al peschereccio, mi arrampicai su una scaletta per guardare meglio e vidi comparire, dal pozzetto della barca, la testa di Gaspare.

«Oh, Maqeda! *Veni cà, trasi!*»

Parlava sottovoce. Baci e abbracci, pure con Celestino.

«Allora, Maqeda, che ci conti? Ti siamo mancati?»

Vivevano barricati lì dentro chissà da quanti giorni. Lo spazio era parecchio e si erano organizzati. C'erano due lettini appoggiati alle pareti e al centro, adagiata sulla sabbia, una cassa di champagne rovesciata, un piano che usavano come tavolo da pranzo. Era la riproduzione di una cella vera e propria. Solo che, a differenza di quella dell'Ucciardone, questa era sempre aperta, e volendo, se qualcuno l'avesse completata, poteva pure galleggiare.

Uscivano solo di notte. Appena tramontava il sole, filavano via da quella barca come clandestini. Andavano ogni sera a cena nello stesso ristorante, una vecchia trattoria sul mare di Punta Verità. Avevano saputo che anch'io di notte dormivo dove capitava, come una preda braccata, e mi proposero di rimanere con loro.

«Cammina con noi, ti invitiamo a cena, così parliamo.»

Andammo a mangiare. Il proprietario del ristorante ci fece accomodare in una saletta riservata senza finestre, con le pareti spesse di cemento armato, a prova di microspia. Avevano paura di essere intercettati.

«Sai Maqeda, dobbiamo stare attenti», mi spiegava Celestino, «qui pure i muri hanno le orecchie.»

Tutto il tempo a tavola lo passammo a ripercorrere quegli otto mesi all'ottava sezione.

«Ti ricordi Gino? E il Barone? Sembrava una *pulla*, una *buttana* con tutti quei profumi.»

E giù risate. Stranamente mi sentivo tranquillo, rilassato, accanto a quei due. Loro erano mafiosi veri. Io no, io lo ero stato per gioco, per necessità, per spirito di sopravvivenza. Eppure con loro non avevo paura di essere arrestato, colto in flagranza con due latitanti. Perché se anche un poliziotto, un magistrato, un giorno mi avesse contestato la frequentazione con quei due ricercati, io avrei saputo come rispondere.

«È colpa vostra», avrei detto, «voi me li avete presentati.»

Gaspare e Celestino non mi chiesero mai di entrare nella loro banda. In carcere aveva un senso essere uno di loro, adesso no. Capivano da soli che non sarei stato un seguace, che presto o tardi avrei ripreso la mia strada. Li vedevo come amici, non come icone da imitare. C'erano ragazzi della mia età disposti a tutto pur di conoscerli, pur di avere una loro occhiata complice, un loro cenno di assenso, una pacca sulla spalla, qualcosa che potesse sollevarli un gradino sopra gli altri. Erano considerati miti, Gaspare e Celestino a quei tempi. In negativo – si capisce – ma pur sempre leggende. Io stavo al mio posto. Non domandavo nulla in cambio della loro amicizia e loro non domandavano nulla a me. Facevano la loro vita e io facevo la mia. Li frequentavo solo perché in carcere avevamo dormito sotto lo stesso tetto, avevamo mangiato sopra la stessa tavola, con le stesse posate, bevendo negli stessi bicchieri. A volte facevo la spesa all'alba, li raggiungevo e mi mettevo a cucinare per loro dentro il peschereccio. Spaghetti col pomodoro pachino e sgombro arrosto. Preparavo la salsa di pomodoro e mettevo a cuocere la pasta sui fornellini da campeggio, come quando eravamo all'ottava sezione ed ero l'aiutante del cuoco Topazio. E quando si sedevano a tavola e assaggiavano il primo boccone, lodi sperticate, complimenti *a tignitè*:

«Filippo, hai le mani d'oro!»

Gustavano tutto con un piacere immenso, come se fosse un grande succulento déjà vu.

«Maqeda», mi diceva Gaspare con la bocca tutta imbrattata di sugo, «ricordati che qualsiasi cosa succede, tu su noi due potrai contare sempre. Noi ti guarderemo le spalle a vita.»

Se mi cercavano o mi mandavano a dire che volevano pranzare con me, anche una, due, tre volte la settimana, all'inizio partivo e correvo, non dicevo mai di no. Anche a costo di rischiare l'arresto. Ma poi col passare dei giorni, delle settimane, mi accorsi che per Gaspare e Celestino stavo sacrificando i miei amici di un tempo, Giovanni e Lorenzo. È vero, loro non erano stati in carcere con me. Ma mi erano stati lo stesso vicini, erano ugualmente miei fratelli. Per cui decisi di mollare un po' la cima, di allungare la distanza tra me e quel peschereccio. Anche perché quei nostri incontri stavano diventando troppi e troppo pericolosi. Dovevo allontanarli, Torrisi e Trantino Pretoria. E per farlo usai la stessa tecnica che i medici avevano utilizzato per somministrare il metadone a Emma, la tecnica a scalare. Prima dieci incontri in un mese, poi nove, cinque, tre, e poi ognuno *a so' casa*.

Cucinare mi stava iniziando a piacere. Mia madre, che è una donna straordinaria, una fabbrica di idee, si era inventata una nuova attività, una vera novità per Palermo. Aveva aperto un negozio per casalinghe. Donne che volevano fare in casa la frutta martorana, le pecorelle pasquali di marzapane, i cannoli. Dolci elaborati che senza gli attrezzi, le macchine e soprattutto gli ingredienti di un pasticcere professionista sarebbero stati difficili da realizzare. Mia madre si era inventata un kit per massaie, una scatola con la pasta di mandorle, le formine di gesso, il colorante, i pacchettini di ghiaccia, la farina sfusa di mandorle, tutto quello che non esisteva in commercio e poteva servire a preparare il classico dolce siciliano da vetrina. Vide lungo. Fu un successo. Il negozio ogni giorno era strapieno di gente e, per riempirlo ancora di più, mia madre cucinava sul momento, davanti alle clienti. E io l'aiutavo. Guardavo come faceva lei, memorizzavo tutto e poi provavo a rifare i dolci da solo – le cassate, il buccellato, le torte ripiene. E le donne impazzivano. Molte venivano solo per girare dall'altra parte del bancone e magari essere guidate, sfiorate, toccate mentre – con le mie dita sulle loro – insegnavo a stirare la pastafrolla sulla teglia. Alcune erano sposate e anche *bone*.

Sapevano che non ero più fidanzato e allora, di nascosto – senza che mia madre se ne accorgesse – mi chiamavano, venivano durante la pausa pranzo e volevano che le prendessi, che le facessi mie lì, sul retro del negozio. Mi divertivo, mi sembrava di tornare indietro nel tempo, a quando facevo il fotografo e cambiavo donna con la stessa frequenza di un rullino da dodici pose. Mi sentivo meglio, quasi liberato dalla morsa dei miei fantasmi: la polizia, la paura dell'arresto, i boss nascosti nella pancia del peschereccio. E poi questa storia della cucina mi stava intrigando. Mi piaceva stare a contatto con la gente, ricevere complimenti inaspettati. Mi inventavo dolci di sana pianta, improvvisavo, senza essere un pasticciere. Solo che avevo culo e mi venivano bene. E dopo un po', chiunque venisse in negozio cercava me.

«C'è Filippo?»

«Signora, eccomi. Che le preparo oggi?»

Io bluffavo, senza volerlo recitavo ancora una volta. Dicevo che ero un maestro pasticcere ma in realtà non sapevo mettere neanche la frutta candita sulla cassata. Quando ero in difficoltà, andavo nel retro e chiedevo aiuto a mia madre che era pronta a venirmi in soccorso. Ma a tutte loro, alle casalinghe che affollavano il negozio, piaceva vedermi così, come un grande esperto in dolciumi, caruccio e un poco bugiardo.

Un giorno – vedi i casi della vita – in negozio arrivò una cliente speciale, la moglie di Cassarà. Era una signora sulla quarantina, bella ed elegante. La riconobbi da una foto che avevo visto sui giornali. Ordinò una torta e pagò velocemente. Mi guardò negli occhi giusto il tempo di prendere il resto e non mi riconobbe. Non sapeva, non poteva sapere di avere davanti l'uomo che era stato sospettato ingiustamente di aver preso parte all'omicidio del marito, né io glielo dissi. Potevo fermarla, raccontarle la mia storia, ma poi cosa sarebbe cambiato? Nessuno le avrebbe restituito suo marito, tantomeno io, parlandole, mi sarei sentito meglio. Perciò lasciai perdere, continuai a fare il mio lavoro.

«Va bene signora, allora per la torta può passare più tardi.»

«Grazie mille, buona giornata.»

Uscì dal negozio e corse via.

Il «Giornale di Sicilia» iniziò a scrivere di noi. Nel giro di due mesi a Palermo aprirono altri otto negozi uguali al nostro. Ci volevano rubare l'idea, ci volevano copiare, ma la gente veniva sempre da noi.

Lavorare con mia madre, riavvicinarmi a lei dopo tanti anni, era per me una sorta di ritorno alle origini. Dopo il carcere avevo smarrito la strada, non sapevo più se ero carne o pesce, mi ero messo alla ricerca di me stesso mentre lei era sempre lì, una roccia, una spada. Ora mi pentivo di non averla ascoltata. Perché mia madre mi aveva avvisato del pericolo che stavo correndo quando lavoravo alla Setteveli. Vedeva me e zio Angelo con le tasche gonfie di soldi, con una macchina nuova ogni settimana. Sapeva, capiva che c'era qualcosa che non andava. E sul momento stava zitta. Poi, come gli angeli, spuntava la domenica, dopo la messa, si faceva il segno della croce, ci guardava negli occhi e sbottava: «Vedrete che tutti questi vostri amici un giorno vi volteranno le spalle. Quelli che vi stanno facendo ridere oggi, domani vi faranno piangere».

Era come se avesse visto il film del mio arresto ancora prima che il regista decidesse di far partire il primo ciak.

Arrivò l'estate. Organizzai un bel viaggio a Pantelleria, una settimana di completo relax tra le rocce nere e i *dammusi* del lago di Venere. Andai con Giovanni e Lorenzo. Volevo passare un po' di tempo con loro, rinverdire la nostra amicizia, ritrovare un'intimità che in quel periodo – per colpa mia, è vero – era coperta di ruggine e aveva bisogno di una mano di vernice fresca per tornare a splendere come una volta.

La mattina affittavamo un gommone, andavamo a fare il bagno al largo. Tornavamo a casa nel pomeriggio, cucinavo un piatto di spaghetti col pesce, ci facevamo un bicchiere di vino ghiacciato e ci buttavamo come sacchi di patate sulle sdraio, aspettando che venisse sera. Se ne avevamo voglia uscivamo per una passeggiata in paese. Altrimenti stavamo tranquilli in giardino, a ricordare tutte le minchiate che avevamo fatto dal giorno in cui c'eravamo conosciuti. Era finito il periodo del divertimento a tutti i costi. Non avevamo pensieri, non c'erano orari, ci bastavamo a vicenda.

Eravamo lì da appena due giorni. Dormivamo. Squillò il telefono nel cuore della notte, come quando era scoppiato l'incendio allo «Scanto». Il trillo lo avevo sentito lontano, nel dormiveglia e avevo provato la stessa sensazione di angoscia, lo stesso maledetto presentimento.

Andò a rispondere Giovanni. Pregai perché non entrasse nella mia stanza. Ma quando sentii aprire la porta sgranai gli occhi.

«Filippo», mi disse abbracciandomi, «ti devo dare una brutta notizia.»

Avevano ammazzato mio zio. Due killer a bordo di una moto lo avevano freddato qualche ora prima, davanti alla sua casa di Palermo, sotto gli occhi della moglie. Quei maledetti lo avevano assassinato nel momento di maggiore difficoltà, quando era più debole, quando non contava più niente e non era più un pericolo né un ostacolo per nessuno. Non piansi. Rimasi zitto, freddo davanti a Giovanni che mi portava la notizia. Mi preparai per andare all'aeroporto. Volevo prendere il primo aereo per Palermo. C'era un volo che partiva all'alba. E mentre chiudevo la valigia pensavo alla mafia, a tutti quei mafiosi vestiti con le camicie di seta che in carcere si *annacavano*, si riempivano la bocca di parole come onore, rispetto, amicizia, fedeltà. Gente come Gaspare e Celestino. Non erano forse stati loro che mi avevano assicurato che avrei avuto le spalle coperte, che qualcuno avrebbe vigilato sempre su di me?

E allora come mai mio zio era stato assassinato? Non era anche lui, forse, sangue del mio sangue? Torrisi e Trantino Pretoria erano Corleonesi, erano dei vincenti, dovevano per forza sapere che zio Angelo era stato condannato a morte. Un loro dito alzato, una loro parola, magari poteva fermare la mano degli assassini. E invece no, pum pum, tre colpi di pistola e fine della storia. Quanto ero stato ingenuo! Me ne rendevo conto solo in quel momento. Io alle minchiate di Gaspare e Celestino avevo creduto, e quando quel giorno, nella pancia del peschereccio, senza chiederla mi avevano offerto la loro protezione eterna, a vita come l'ergastolo, li avevo pure ringraziati. A cosa era valsa la mia scuola di mafia in carcere? Il fatto di stare dalla parte giusta, l'ottava sezione, di conoscere gli assassini più spietati, di lisciare loro il pelo? Era servito a qualcosa incontrarli di nascosto, aiutarli, senza mai chiedere nulla in cambio?

No. Neanche con tutta l'amicizia e il rispetto che avevo dato a quegli infami, ero riuscito a salvare la vita di mio zio. Io in carcere avevo girato il mio film, ero arrivato fino all'ultimo fotogramma. Ma il secondo finale lo avevano aggiunto loro, di nascosto, a luci spente, quando ormai io ero uscito di scena.

Alla fine i Corleonesi ci avevano usati e gettati via, avevano trattato me e mio zio né più né meno come avevano fatto don Tano e i suoi figli. Ci eravamo illusi di essere diversi, grazie ai miei amici potenti, ma alla fine eravamo come loro, carne da macello, sagome sul tirassegno. Eravamo dei perdenti. Lo erano i Galati e lo eravamo noi, fin dall'inizio, questa è la verità.

La verità è che la mafia è una farsa, è un grande inganno, un'illusione, la mafia è una merda. Se ero il migliore a recitare all'Ucciardone, i veri assassini, i veri boss – ora me ne rendevo conto – fuori dal carcere erano attori molto più bravi di me. Arrivai a Palermo nel pomeriggio, con l'aereo delle sette. All'aeroporto mi venne a prendere Matilde. Era silenziosa. Si vedeva che era preoccupata. In macchina tentò di consolarmi, di farmi coraggio con frasi di circostanza. Guidava lei. Poi a un tratto si fece severa, mi prese la mano e mi disse ciò che pensava veramente. Lo fece senza tanti giri di parole.

«Filippo, finalmente questo cancro ti è stato estirpato. Adesso sei libero.»

Lei mio zio lo odiava, questo lo sapevo. Aveva sempre pensato che fosse un mafioso. Ma a lui non interessava essere un boss. Lui i boss li corteggiava, li consigliava, a volte li redarguiva e credeva che il potere vero venisse dalla sua capacità di sedersi attorno a un tavolo e trattare, dalla forza che metteva nel trasformare un nemico nel suo più fedele alleato. Era convinto che il denaro fosse un elisir di lunga vita. A volte mi diceva: «Filippo, per stare bene tu, devi far star bene quelli che ti stanno attorno».

Era questa la sua filosofia. Se c'era acqua annaffiava tutto il giardino, non rischiava di allagarne una parte per fare appassire l'altra. Bevevano tutti alla sua fonte, mafiosi e gente comune.

Non volli neanche vederlo il corpo di mio zio. Preferii tenere di lui il ricordo da vivo, quando con i Ray-Ban a goccia, il doppiopetto grigio e l'Alfetta Spider posteggiata fuori entrava in un bar e pagava da bere a tutti.

Aveva aiutato centinaia di persone nella sua vita, disoccupati, poveracci. Allo «Scanto», nel suo ufficio, ogni giorno c'era un pellegrinaggio continuo di questuanti. Chi chiedeva un lavoro, chi un consiglio, una raccomandazione o una carta da centomila lire. E lui ascoltava tutti e non diceva mai di no.

Poi, certo, c'erano i mafiosi, *malacarne* di tutti i tipi, quelli avidi, giudiziosi o spregiudicati, che non volevano guerre o che sparavano al primo intoppo. Con quelli doveva convivere, con quelli mio zio doveva fare i conti ogni giorno. Ma anche se li nutriva e li ingrassava non si era dimenticato da dove veniva. In un verso o nell'altro trovava il modo di aiutare anche i poveracci, la «gentuzza» senza grandi mezzi. Che magari non aveva i soldi per aprire un bar o una pasticceria e che lui agevolava con prestiti a fondo perduto. Non era un santo – non lo sono nemmeno io – ma era un brav'uomo zio Angelo. Al suo funerale c'era tutta Palermo, anche gente sconosciuta, che non avevo mai visto e che piangeva come se avesse perso un parente stretto, uno zio, un padre. Ristoratori, baristi, piccoli imprenditori che lo avevano seguito fin dall'inizio, gli erano stati accanto e lo avevano conosciuto quando ancora non era nessuno. Qualche giorno dopo la sua morte mi arrivò una strana telefonata. Era un certo don Masino Lupo, un boss della vecchia guardia, un suo vecchio amico. Si voleva mettere a disposizione.

«Tuo zio era un benefattore, per me era un fratello. Se hai bisogno di qualcosa, sono qui. Ti posso aiutare?»

«No grazie.»

Clic. Feci cadere la linea. Che andasse al diavolo pure lui.

Non sapevo più a chi dare i resti. La polizia dopo il delitto aveva cominciato a tormentarmi. Entravo e uscivo continuamente dalle caserme. Volevano sapere perché secondo me avevano ammazzato zio Angelo, se era un mafioso, se aveva qualche nemico.

«Non lo so, non so niente», rispondevo, «lasciatemi in pace.»

All'inizio temevo che sparassero anche a me. Mi sentivo il secondo sulla lista nera. Io ero la sua ombra, il suo alter ego. Ma non mi importava, a questa eventualità cercavo di non pensare. Sapevo che se mi avessero voluto uccidere lo avrebbero fatto e non avrei potuto fare niente per fermarli. Così continuai a fare la mia vita, guardai avanti.

Andai allo «Scanto», nell'ufficio di zio Angelo. In uno scaffale, nascosto tra i libri trovai un piccolo quaderno sfuggito alle perquisizioni dei poliziotti, un registro dove erano annotati tutti i nomi di quelli che gli dovevano soldi. Bruciai tutto. Misi in vendita le sue auto di lusso, la Porche, la Bentley, un motoscafo di quindici metri. Contattai il responsabile di un'agenzia immobiliare e lo incaricai di trovare un acquirente per il palazzo. Volevo allontanarmi da Palermo, almeno per un po', la mia città iniziava a farmi venire la nausea.

Mi trasferii a San Vito lo Capo, un paesino sul mare vicino a Trapani. C'ero stato qualche volta in vacanza, mi piaceva, sembrava uno di quei posti di una volta, da cartolina, col mare un tutt'uno col cielo, il porticciolo ben curato, le casette bianche affacciate sulla spiaggia. Era perfetto per riflettere. Così affittai una camera in una piccola pensione e mi misi a pensare. Cucinare mi piaceva ancora, nonostante tutto, e avevo voglia di inventarmi qualcosa. Passeggiando per il paese vidi un buco di negozio con un cartello con la scritta «Vendesi». Era una vecchia gelateria, cinquanta metri quadrati, e dentro faceva schifo, c'erano topi ovunque, le macchine e gli attrezzi erano coperti di ruggine e di grasso. Ma io già me lo immaginavo un ristorante aperto tutta la notte.

Rilevai l'attività, chiamai un mio amico architetto e gli chiesi di realizzare un progetto. Mi occupai io stesso di disegnare il logo, che feci stampare anche su delle magliettine che in pochi giorni invasero il paese. Il locale lo chiamai «Filo Continuo». «Filo» perché è il diminutivo di Filippo, «Continuo» perché era sempre aperto.

Sapevo fare molto poco allora ai fornelli, la mia era una cucina da principiante e intuivo che se volevo sfondare dovevo imparare a cucinare sul serio. Così mi misi a studiare. Provavo e riprovavo ricette: quando non mi ricordavo un ingrediente, un tempo di cottura, chiamavo mia madre, ma ne inventavo anche di nuove.

Il ristorante in poco tempo ebbe un successo straordinario, diventò il posto più figo di San Vito. Non dormivo mai, lavoravo tredici ore al giorno a quaranta gradi all'ombra. Di mattina ripassavo gli appunti di mia madre, di notte lavoravo. Ero dimagrito sei chili. Ma la mia cucina, per quanto artigianale, piaceva, incuriosiva.

Avevo un cugino chitarrista, Pino. Faceva parte di un complesso. Lo invitai a suonare col resto della banda nel mio locale. Mi inventai una serata etnica. Feci allestire fuori, in strada un gazebo arabo e dissi ai musicisti di agghindarsi con abiti orientali. Si misero a suonare a piedi scalzi, seduti a terra, con i bongo e il liuto arabo. Nel giro di due ore mille persone si radunarono davanti al ristorante. Ballavano sui marciapiedi, sopra i tavoli. Sembravano tutti impazziti. Fu una serata indimenticabile.

San Vito Lo Capo mi dava un'occasione per ripartire, per rifarmi una vita. Ma i miei clienti purtroppo erano tutti turisti, in paese non ero amato. I vecchi commercianti del posto mi detestavano, mi consideravano un intruso, un guastafeste. Volevano che San Vito rimanesse un posto tranquillo, un riparo per famiglie, dove andare a prendere un gelato e al massimo guardare il mare. Per il chiasso, per la musica alta, non erano pronti, le novità davano solo fastidio. Però ormai con la musica dal vivo mi ero gasato. Ogni giorno organizzavo un concerto, una serata a tema. Il proprietario di un alberghetto accanto al mio ristorante, uno che i primi tempi faceva l'amico, iniziò a farmi la guerra.

Cominciò a mandarmi i carabinieri, la guardia di finanza, la Siae. E tutti a chiedere la stessa cosa: «Ma lei ce li ha i permessi per alzare la soglia dei decibel?»

«No, non ce li ho.»

Mi facevano la contravvenzione, io strappavo la multa e continuavo a lavorare. Nacque a San Vito il «Cuscus Fest». Gli organizzatori erano dei miei amici. Pensavo che un gesto di generosità verso gli abitanti del paese potesse stemperare antipatie e incomprensioni. Così, nella serata conclusiva della manifestazione decisi di offrire dolci e gelati gratis a tutti i commercianti. Ma neanche questo scalfì il muro d'invidia che ci separava. Tutte le sere i carabinieri bussavano alla porta del locale, tutti i giorni i vigili mi chiamavano in caserma, ai centralini del commissariato di polizia arrivavano decine di telefonate anonime che sollecitavano un controllo sul mio passato o sul mio ristorante.

«Ma lei è quello che è stato in carcere per Cassarà?» Ogni volta la stessa domanda a cui seguiva sempre la stessa risposta: «Sì, sono io».

Stremato, misi in vendita l'attività e me ne andai.

A quel punto volevo scappare dalla Sicilia. E non c'entrava niente la mafia e la paura di essere ucciso. Con quella avevo imparato a convivere. Questa volta era la mia terra, era la mia gente che mi respingeva.

Decisi di prendermi una vacanza: da tempo sognavo di farmi un bel viaggio in moto. Allora avevo una Kawasaki 1000 nuova di zecca. Mi era rimasta dai tempi d'oro della Setteveli, quando facevo l'imprenditore, quando non sapevo come spendere i soldi e acquistavo moto e macchine come fossero caramelle. Ne avevo così tante che mi ero visto costretto a prendere un altro garage per farle stare dentro tutte: Harley, Bmw, Triumph, molte delle quali mai usate, e che pur disfarmene avevo praticamente regalato.

Così, dopo l'ennesima insistenza di Alfredo, il trascinatore di una bella comitiva di Bologna che avevo conosciuto a San Vito – un tipo sveglio che vendeva vino – tornai a casa, preparai la valigia e salutai mia madre.

Era ancora estate, non faceva freddo, per cui con calma, senza correre, salii in sella alla moto e partii. Di notte. Dopo otto ore e mezza arrivai a Bologna. Chiamai Alfredo e passai con lui sette giorni di assoluto relax.

Mi ero posizionato all'Hotel Baglioni, un albergo di lusso. Vivere bene mi piaceva ancora e volevo *spardare* la vita, regalarmi il massimo del comfort, alla faccia degli invidiosi. La mattina dormivo fino a tardi, facevo colazione, uscivo e stavo in giro fino a notte fonda per bar e ristoranti. Dopo tanto tempo trascorso a sgobbare, era giusto concedermi il lusso di non farmi mancare nulla, per una volta essere servito e riverito e godermela.

Andai anche a Riccione, un sabato sera che il mio amico mi portò a ballare in uno dei locali più famosi della collina, il Pascià. In discoteca Alfredo mi presentò una sua amica, una ragazza di Alessandria che continuava a guardarmi con insistenza. Si chiamava Barbara e studiava all'università. Era bionda, carnagione chiara, occhi neri, un fisico da modella. Dopo aver bevuto Martini e chiacchierato tutta sera, ubriachi finimmo a letto. Me la portai in albergo perché disse di abitare con delle amiche e a casa sua non avremmo potuto restare soli. Barbara mi piaceva parecchio, tra noi ci fu un'intesa sessuale perfetta. Non era una cosa importante, lo sapevamo entrambi. Era il capriccio di una notte. Per me era scontato. Ma l'indomani mattina, appena sveglia, a colazione, lei si sentì in dovere di confessarmi l'esistenza di un fidanzato: «Sai, ci dobbiamo sposare tra qualche mese».

Era la classica frase di chi vuole mettere le cose in chiaro, per una misura supplementare di prudenza, nel caso mi venissero strane idee. Ma io non cercavo una storia seria. Non volevo legarmi, desideravo vivere alla giornata e glielo dissi.

«Menomale», fece lei tutta contenta, «sai, a voi siciliani non si sa mai cosa vi può passare per la testa.»

Mi scopò un'altra volta e se ne andò.

Quando Alfredo mi chiese il motivo per cui avevo chiuso il mio ristorante di San Vito, tentai di spiegargli che mi ero stancato di fare la guerra con una parte di quel paese che non vedeva di buon occhio me e la mia attività. Ma più entravo nei particolari più mi rendevo conto che lui non capiva. In un primo momento era convinto che fosse stata la mafia a farmi scappare, qualche boss che magari, visto il successo del locale, mi aveva preso di mira per chiedermi il pizzo.

«No», dissi io, «niente mafia, era la mentalità di quel posto che non funzionava.»

Tuttavia il mio amico non riusciva a rassegnarsi al fatto che avessi rinunciato definitivamente a fare il cuoco.

«Perché non vieni a lavorare qui?» mi chiese a un certo punto. «Conosco un tizio che farebbe carte false per aprire un ristorante siciliano.»

Lui vendeva vino e aveva tutta una serie di contatti e di rapporti con imprenditori, giovani e rampanti, della provincia emiliana che non sapevano come investire i loro soldi. La proposta era allettante, potevo tentare un'altra avventura da un'altra parte, ma ero troppo stanco e demotivato per gettarmi così presto di nuovo nella mischia. Rifiutai l'offerta.

Partii e tornai in Sicilia. Arrivai a Reggio Calabria di notte. Dopo dieci minuti sarebbe salpato il traghetto, il *ferry boat*. Salii sul ponte a guardare il mare. Soffrivo. Più vedevo avvicinarsi la mia terra, più sentivo crescere dentro di me un malessere, una strana sensazione di inquietudine. Forse era il il fatto di essere uno «scappato» a mettermi a disagio. O forse la consapevolezza di tornare a casa e non avere niente, a parte gli affetti, per cui valesse la pena restare. Niente di somigliante alla mia indole, alle mie aspettative di attore mancato e bisognoso di consenso. Un nuovo pubblico, un nuovo palcoscenico, qualcosa che almeno per un mese, un giorno, cinque minuti mi facesse sentire vivo e apprezzato. Avevo sei ore di strada alle spalle e altre tre ancora davanti prima di arrivare a casa. Da una cabina telefonica prima di imbarcarmi avevo chiamato mia madre e le avevo detto di non aspettarmi alzata.

«Arrivo tardi, mamma, ci vediamo domattina.»

Ero stanco, di pessimo umore. Alla guida della moto non avrei retto ancora a lungo, mi si chiudevano gli occhi. Prudenza consigliava di fermarsi e ripartire l'indomani. Ma mi scocciava passare la notte a Messina, che cazzo facevo tutto solo in un albergo? Mi sembrava triste, più triste di quanto mi sentivo in quel momento. Così quando attraccammo recuperai le forze e mi misi a correre per arrivare quella notte stessa a Palermo.

Sulla strada statale che mi avrebbe immesso sull'autostrada, proprio all'imbocco di una curva stretta, superai un'auto che mi sembrava troppo lenta. Non vidi che in senso contrario stava arrivando un Tir con rimorchio. Cercai di evitarlo ma l'asfalto era viscido, persi il controllo della moto e il camion mi prese in pieno. Uno scontro frontale, un rumore fortissimo di vetri rotti e lamiere accartocciate. L'impatto fu così violento che fui scaraventato a una cinquantina di metri, in un campo di grano sulla parte destra della carreggiata.

La Kawasaki, che era finita sotto il camion, si era spezzata in quattro tronconi. L'autista era convinto di avermi ammazzato e aveva chiamato la polizia per autodenunciarsi. Sulla macchina che mi precedeva quando avevo tentato il sorpasso c'era casualmente un prete, il quale sperando fossi ancora vivo era sceso, si era messo i paramenti sacri e si era preparato a darmi l'estrema unzione. Addosso non avevo più neanche il casco. La botta era stata così forte che si era aperto a metà, come una mela. Le gambe, le braccia non le sentivo più, avevo uno squarcio sullo stomaco, altri due tagli profondi sulle spalle e dietro la nuca, sputavo sangue.

Ecco, pensai, sto morendo, ecco la fine ingloriosa di Maqeda. Niente proiettili, niente vendette, niente mafia, un semplice suicidio agevolato da un sorpasso azzardato. Già vedevo la lapide.

Un ragazzo che scese dalla sua macchina con la fidanzata si accorse che respiravo ancora. Capì che non era il caso di aspettare l'ambulanza. Mi caricò sulla sua auto e mi portò all'ospedale di Messina, dove mi sottoposero a un delicato intervento chirurgico per un edema cerebrale che poteva rivelarsi fatale. L'operazione andò bene, ma ora bisognava pensare alle mie braccia e alle mie gambe. Avevo fratture ovunque: le articolazioni erano compromesse e dovevo tornare sotto i ferri se volevo, un giorno, sperare di tornare a camminare di nuovo.

Mia madre organizzò in ambulanza il mio trasferimento all'Ospedale Civico di Palermo: si sentiva più tranquilla affidandomi alle cure di quei medici, in più avrebbe potuto starmi vicina giorno e notte. Rimasi lì due mesi. Entravo e uscivo dalle sale operatorie. Stavo diventando pazzo.

Immobilizzato, in preda a dolori lancinanti odiavo tutti, medici, infermieri, uomini delle pulizie, tutti a cominciare da me stesso. Non volevo vedere nessuno e nei momenti di sconforto pensavo al suicidio come unica via d'uscita possibile. Dal momento che non c'era riuscito il camion a uccidermi, in quei giorni di dolori lancinanti pregavo che qualcuno o qualcosa mi aiutasse a farla finita. Mi ero convinto che la colpa del mio incidente era da attribuire a Palermo, al fatto che mi fossi ostinato a tornare. A un certo punto me la presi pure con mia madre. Dopotutto era per lei che avevo rifiutato l'offerta del mio amico. Fossi rimasto a Bologna non sarebbe successo niente, magari avrei avuto il mio momento di gloria, la mia felicità, ciò che cercavo. Giurai a me stesso che se fossi uscito con le mie gambe da quell'ospedale me ne sarei andato per sempre.

Il mio amico Lorenzo abitava e lavorava a Roma. Aveva aperto una piccola casa editrice e si occupava di arte moderna.

«Che stai a fare a Palermo?» mi ripeteva. «Vieni qui. »

Mi vedeva insoddisfatto, capiva che per me la Sicilia ormai era solo una prigione, una cella più grande di quella dell'Ucciardone che non mi permetteva di essere me stesso. Stavo male anche fisicamente: erano passati sei mesi dall'incidente e ancora non camminavo, per muovermi avevo sempre bisogno della stampelle.

«Come faccio a venire a Roma?» gli rispondevo tutte le volte. «Devo fare la fisioterapia.»

«Falla qui la fisioterapia», rispondeva lui, «ti farà bene cambiare un po' aria.»

La rabbia che avevo dentro mi diede la forza di mollare tutto e lasciare Palermo, dove mi sentivo inseguito dal *picchio*, dalla malasorte.

Quando arrivai a Roma non conoscevo nessuno a parte Lorenzo. Per due mesi rimasi tappato a casa sua, uscivo solo per andare dal fisioterapista. Al sessantaduesimo giorno – io ancora zoppicavo – il mio amico venne da me e mi parlò di un progetto che gli stava a cuore.

«Filippo, senti, mi devi aiutare.»

Doveva organizzare un evento in Vaticano. C'erano le più alte cariche della curia, c'erano ministri, sottosegretari, c'era pure il presidente del Consiglio.

Mi feci spiegare tutto e a un certo punto chiesi: «Senti, ma che si mangia?»

«Niente», rispose.

«Benissimo», dissi, «ci penso io.»

Organizzammo una cena alle Terme di Diocleziano. Affittammo le cucine di un ristorante in centro, feci uscire tutti, impiegati e proprietari, e mi misi al lavoro da solo. Decisi di fare un cuscus per ottocento persone. In tutto cinquanta chili: di tutti i tipi, con la carne, col pesce, con le verdure. Lo preparai in dodici ore, dalle sette di mattina alle sette di sera. Non so come riuscii in quell'impresa. Se mi chiedessero di ripeterla oggi mi sentirei male solo al pensiero, ma quella volta avevo fatto una sfida con me stesso, volevo fare qualcosa di speciale.

L'indomani quell'evento finì in prima pagina su molti giornali. L'avevano soprannominata «La cena degli angeli» e nei resoconti della serata i cronisti si erano soffermati sulla tavola, sulla genuinità di quel cibo ecumenico, che aveva messo d'accordo tutti.

Ci inventammo un altro evento. Durante il «Cuscus Fest» a San Vito Lo Capo avevo conosciuto due cuochi, uno palestinese l'altro israeliano, che erano diventati miei amici. Invitai i due cuochi a Roma e organizzai «Una cena per la Pace» al Palazzo di San Salvatore in Lauro.

C'erano tante personalità, ambasciatori, esponenti delle comunità ebraiche, rappresentanti del governo palestinese, c'era pure il capo dello Stato. Da quel momento il mio nome iniziò a girare nella capitale.

Mi chiamava il ministro, mi cercava il segretario di partito o la signora nel cui salotto si attovagliava la Roma che conta. Entravo nelle loro case e cucinavo per loro. Volevano provare le mie ricette siciliane, piatti senza aglio e cipolla, senza soffritti che coprivano i sapori, così come le mie invenzioni mischiando ingredienti sul momento. E li facevo impazzire.

Mi cercavano anche due, tre volte la settimana. All'inizio non chiedevo soldi, lavoravo gratis, e Lorenzo si incazzava.

«Filippo sei un cretino! Ti devi fare pagare!»

A casa di un regista preparai per la prima volta la caponata di melanzane. Non l'avevo mai fatta. Non mi ricordavo bene il procedimento e per farmelo spiegare chiamai come al solito mia madre. Lei non sapeva di questo mio nuovo lavoro e lì per lì non capiva:

«La caponata? Ma che devi fare? Perché non te ne torni a Palermo?»

«Tu non ti preoccupare, dimmi solo come si fa.»

Mi contattarono due imprenditori che volevano aprire a Roma un ristorante siciliano. Avevano sentito parlare di me e mi volevano incontrare. Il locale era ancora un cantiere. Accettai senza sapere a cosa andavo incontro. Assunsi due cuochi in gamba. A loro per primi dovevo far vedere che io ero lo chef, che ero il più bravo, per cui bluffavo, cucinavo a braccio, improvvisavo, un po' come con le casalinghe al negozio di mia madre. Quello che facevo era pura intuizione.

Prima di aprire il locale i proprietari mi convocarono per stabilire il mio compenso. Io non sapevo quanto chiedere e portai Lorenzo con me perché trattasse.

«Per questa consulenza», disse a un certo punto il mio amico, «dovete dare a Filippo venticinque milioni.»

Mi sembrava uno sproposito, e quando la riunione finì e uscimmo dal locale glielo dissi.

«Tranquillo, fai fare a me.»

Il ristorante aprì e andò alla grande. L'avevo arredato con mobili moderni. I colori predominanti erano arancione e giallo: molto mediterraneo, molto Sicilia. Quel locale fu il mio trampolino. Era sempre pieno e si mangiava come a casa, prodotti semplici e cibi genuini. Facevo arrivare le materie prime da Palermo – il pesce fresco, il capretto, la ricotta per i cannoli e le cassate. Mi mettevo d'accordo con i commercianti e mi facevo spedire tutto con l'aereo. In questi dieci anni ho viaggiato molto, anche all'estero. Ho fatto esperienza, ho studiato, ho affinato la mia tecnica.

È così che sono diventato uno chef, per caso, perché la vita mi ci ha portato, perché Palermo, la Sicilia, non mi hanno voluto e io me ne sono andato. Grazie al carcere e grazie a Dio mi sono inventato un altro ruolo, un altro personaggio, un'altra storia.

16. SIPARIO

Ora sono un cuoco. Lo sarò fino al giorno in cui mi stuferò anche di questo e diventerò qualcos'altro. Chissà, magari domani aprirò l'armadio e troverò un altro abito di scena che mi calzerà a pennello, un altro copione scritto apposta per me. Vedremo, lo deciderà il destino. Per ora ho voglia di fermarmi. Mi sono anche innamorato. Ho conosciuto una donna e oggi vivo con lei. Fino a poco tempo fa avevo paura di legarmi. La parola matrimonio mi terrorizzava, evocava un'idea di radici che per natura non riesco a piantare. Eppure mi sono ricreduto. Lei si chiama Flavia, fa l'autrice televisiva. Un giorno mi ha chiamato per invitarmi a un programma dove si parlava di cucina e dopo un po' siamo usciti insieme. All'inizio facevo fatica a sciogliermi. Ma lei mi ha lasciato il mio tempo, mi ha conquistato, con la sua dolcezza, col suo feroce disincanto. Non mi ha mai fatto domande, non mi ha mai chiesto nulla sulla mia vita passata e tanto mi basta. A me interessa che ami l'uomo che sono adesso. Maqeda ormai è morto, l'ho seppellito io stesso quando sono scappato da Palermo.

Oggi Flavia non l'ho vista per niente. Sono uscito di casa all'alba. Lorenzo ha organizzato un altro dei suoi eventi, una cena per seicento invitati a San Lorenzo in Lucina, in una grande terrazza che domina i tetti di Roma. Tutto il giorno sono rimasto qui, chiuso in cucina. Non mi sono fermato un momento. Poco fa ho preso il cellulare in mano. C'erano quattro chiamate perse. Era lei. L'ho richiamata.

«Ciao amore, come stai?»

Ha cazzeggiato un po', poi mi ha dato la notizia: «Aspetto un bambino».

È al terzo mese. Le ho detto che sono felice. Sono uscito all'aria aperta e ho cercato un divano in terrazza. Mi sono seduto, ho voluto ricordare. Avevo bisogno di tornare indietro, di raccontare la mia storia.

Ora lo posso dire, credo di avere vissuto troppe vite. L'attore che è in me è vecchio e stanco. Troppi copioni incollati, troppe parole confuse, troppe immagini sbiadite. Tante volte mi sono trovato da solo ai fornelli. Ho provato a cucinare il piatto perfetto. Nella più grande delle pentole che possiedo ho versato, come tocchi di carne, le mille battute, le mille storie dei personaggi che ho incarnato, sperando di ottenere un distillato non troppo amaro. È venuta fuori una brodaglia indigesta. Tutte le volte ero tentato di assaggiarla, ma alla fine non ne ho avuto il coraggio. Forse è arrivato il momento, ora non posso più rimandare. Devo fermarmi, devo trovare me stesso, stasera devo bere il mio calice.

Ora lo posso dire, lo dico sottovoce solo a te, che sei mio figlio, che arriverai tra poco e troverai ad aspettarti un uomo che ha sempre vissuto al centro di un palcoscenico vuoto. Giuro, sono stanco di cambiare vita. Con te non voglio fingere, basta trucchi. Ora spengo le luci, abbasso il sipario e nel frattempo mi presento: io sono Filippo, e da oggi sarò solo tuo padre.

Questo racconto ha avuto per fortuna una prima lettrice d'eccezionale sensibilità: Cristina Lupoli, editor curiosa e consigliera tenace. Si deve al suo entusiasmo e anche a quello di Stefania Rumor se *Maqeda* è diventato un libro. Un particolare ringraziamento alla mia redattrice Paola Finzi, che è stata doppiamente brava. Da un lato è riuscita a tenere testa ai ladri che di notte si intrufolavano dentro casa sua, dall'altro mi è stata vicina concedendomi di «rubarle» qualche prezioso consiglio.
La verità del romanzo – i cui personaggi e il cui intreccio sono frutto di pura fantasia – tiene conto di alcune storie vere. Tra queste, quelle che mi sono state raccontate da Filippo La Mantia, buon amico, cuoco talentuoso e attore mancato. Anche a lui, grazie di cuore.

S.S.

Roma, aprile 2007

Romanzi e Racconti

201. Dorothy Strachey, *Olivia* (3ª ediz.)
202. Rosellen Brown, *Un cuore diviso*
203. Franco Cuomo, *I sotterranei del cielo*
204. Meša Selimović, *Il derviscio e la morte*
205. Annamaria Ruffa, *La durata della resa* (2ª ediz.)
206. Tom Robbins, *Feroci invalidi di ritorno dai paesi caldi* (2ª ediz.)
207. Haruki Murakami, *L'elefante scomparso* (2ª ediz.)
208. Colin Shindler, *La mia vita rovinata dal Manchester United*
209. Jane Langton, *Emily Dickinson è morta*
210. Piero Tarticchio, *Nascinguerra* (2ª ediz.)
211. Anna Pavani, *Brucerai all'inferno*
212. Mihály Földi, *Inquietudine*
213. Raul Montanari, *Che cosa hai fatto*
214. Matthew Reilly, *Tempio*
215. Angelo Cannavacciuolo, *Il soffio delle fate*
216. Paul Theroux, *O-Zone*
217. Fulvio Abbate, *Teledurruti*
218. Gene Brewer, *K-PAX. Da un altro mondo* (2ª ediz.)
219. Matteo B. Bianchi, *Fermati tanto così* (2ª ediz.)
220. Francesco Gazzè, *Il terzo uomo sulla luna*
221. Alfredo Chiàppori, *Il mistero del* Lucy Fair (2ª ediz.)
222. Annie Proulx, *Cartoline* (2ª ediz.)
223. John Dos Passos, *Manhattan Transfer* (2ª ediz.)
224. Pat Barker, *Labili confini*
225. Giosuè Calaciura, *Sgobbo* (2ª ediz.)
226. Aldous Huxley, *La scimmia e l'essenza*
227. Haruki Murakami, *La fine del mondo e il paese delle meraviglie*
228. Luigi Magni, *I cavalli della luna*
229. Kaye Gibbons, *L'amuleto della felicità*
230. Violette Leduc, *Thérèse e Isabelle* (3ª ediz.)
231. Maria Teresa Rienzi, *Mentre il re dorme*
232. Peter Moore Smith, *Rivelazione*

233. Peter Roos, *Amare Hitler. Storia di una malattia*
234. Marmaduke Pickthall, *Said il pescatore*
235. Mario Apice, *Oltre il passato*
236. Bruno Traven, *La nave morta*
237. Raul Montanari, *Il buio divora la strada*
238. Maurizio Micheli, *Garibaldi amore mio*
239. Martin Millar, *Io, Suzy e i Led Zeppelin*
240. Dagoberto Gilb, *L'ultimo domicilio conosciuto di Mickey Acuña*
241. Giorgio Faletti, *Io uccido* (14ª ediz.)
242. Franco Cuomo, *Il tatuaggio*
243 Paul Theroux, *Hotel Honolulu*
244. Dougie Brimson, *Il diario di Billy Ellis*
245. Beppe Sebaste, *Tolbiac*
246. Franco Matteucci, *Il visionario* (2ª ediz.)
247. Alberto Gavellotti, *Di tutte le fate*
248. John Birmingham, *Blocchi di fumo colorato*
249. Gillian Slovo, *Polvere rossa*
250. Jane Langton, *Sole nero a Nantucket*
251. Andrea Mancinelli, *Solitudini imperfette* (2ª ediz.)
252. Gianfranco Bettin, *Qualcosa che brucia*
253. Laura Facchi, *Il megafono di Dio*
254. Diogo Mainardi, *Contro il Brasile*
255. Salvatore Bruno, *L'allenatore*
256. Paul I. Wellman, *Vento di terre lontane*
257. Ralph "Sonny" Barger, *Corri fiero, vivi libero* (2ª ediz.)
258. Fausta Cialente, *Ballata levantina*
259. Fulvio Abbate, *Zero maggio a Palermo*
260. Matthew Reilly, *Ice Station*
261. Vieri Razzini, *Il dono dell'amante*
262. Franz Krauspenhaar, *Le cose come stanno*
263. David Wojnarowicz, *Hotel Waterfront*
264. Bruno Traven, *Il tesoro della Sierra Madre*
265. Mark Macdonald, *Flat*

298. Giorgio Faletti, *Niente di vero tranne gli occhi* (4ª ediz.)
299. Tom Petsinis, *Il dodicesimo dialogo*
300. Ken Bugul, *Dall'altra parte del cielo*
301. *I racconti del mistero*, a cura di Piero Gelli
302. *Morte per oroscopo*, a cura di Anne Perry
303. Lemmy (con Janiss Garza), *La sottile linea bianca. Autobiografia* (2ª ediz.)
304. Enrico Brizzi, *Jack Frusciante è uscito dal gruppo*
305. Pierluigi Severi, *I giorni del rancore*
306. Romano Forleo, *L'altro amore* (3ª ediz.)
307. Ilaria Bernardini, *Non è niente* (2ª ediz.)
308. Paul Theroux, *L'ultimo treno della Patagonia* (2ª ediz.)
309. Thomas Childers, *Fra le ombre della guerra*
310. Shawna Kenney, *Memorie di una dominatrice teenager*
311. Patricia Verdugo, *Calle Bucarest 187, Santiago del Cile* (2ª ediz.)
312. Diane Atkinson, *Romanzo di amore e di sporcizia*
313. Ralph "Sonny" Barger, *Morto in 5 battiti*
314. Valerio Millefoglie, *Manuale per diventare Valerio Millefoglie*
315. Jeanne Hersch, *Primo amore (Temps alternés)* (2ª ediz.)
316. Raul Montanari, *La verità bugiarda* (2ª ediz.)
317. Myers Ben, *Il Dio della Scopata*
318. Stephen Fry, *Le palle da tennis delle stelle*
319. Franz Krauspenhaar, *Cattivo sangue*
320. Andrea Levy, *Un'isola di stranieri*
321. Marie Ndiaye, *Tutti i miei amici*
322. John Saul, *Voci di mezzanotte*
323. Caryl Chessman, *Cella 2455. Braccio della morte*
324. Paul Theroux, *Mosquito Coast*
325. Giampiero Comolli, *Cineteca Eurasia. Ricordi di film visti in viaggio*
326. Giorgio Faletti, *Io uccido* (6ª ediz.)
327. Lily Tuck, *Notizie dal Paraguay*
328. George Santayana, *L'ultimo puritano*

329. Edward Lewis Wallant, *Gli inquilini di Moonbloom*
330. Hwang Sŏk-yŏng, *Il signor Han*
331. Andrea Mancinelli, *Molto prima dell'amore* (2ª ediz.)
332. Jim Hague, *Cinderella Man*
333. Maria Stella Conte, *Terza persona singolare* (2ª ediz.)
334. Lynda Barry, *Uno schifo di storia*
335. David Maine, *Il diluvio*
336. Stella Rimington, *A rischio*
337. Annie Proulx, *I segreti di Brokeback Mountain* (2ª ediz.)
338. José Pablo Feinmann, *Il Giorno dela Madre*
339. Giuseppe Goisis, *Senza replica*
340. Rick Moody, Flannery O'Connor, Sylvia Plath, Mark Doty, William T. Vollmann e altri, *Il gomito di Dorothy Parker. Scrittori e tatuaggi, scrittori tatuati* (a cura di Kim Addonizio e Cheryl Dumesnil)
341. Pap Khouma, *Nonno Dio e gli spiriti danzanti*
342. Ken Saro-Wiwa, *Sozaboy*
343. Philip Le Roy, *L'ultimo testamento* (2ª ediz.)
344. Enrico Brizzi, *Jack Frusciante è uscito dal gruppo*
345. Enrico Brizzi, *Bastogne*
346. Enrico Brizzi, *Tre ragazzi immaginari*
347. Enrico Brizzi, *Elogio di Oscar Firmian e del suo impeccabile stile*
348. Antonio Faeti, *Sul limitare*
349. Boosta, *Un'ora e mezza* (2ª ediz.)
350. Marco Baldini, *Il giocatore*
351. Luigi Carletti, *Alla larga dai comunisti* (2ª ediz.)
352. Ken Bugul, *La ventottesima moglie*
353. Tariq Ali, *Un Sultano a Palermo*
354. Trevor Hoyle, *I padroni della notte*
355. Pippo Russo, *Il mio nome è Nedo Ludi*
356. Matteo B. Bianchi, *Esperimenti di felicità provvisoria* (2ª ediz.)
357. Francesco Arcucci, Katia Ferri, *Nerone, Cristo e il segreto di Maddalena* (2ª ediz.)
358. Mjriam Pressler, *Il veleno delle rose*

359. Guido Bagatta, *Little Luca e la maschera meravigliosa*
360. Paul Theroux, *Dark Star Safari*
361. Michael Gold, *Ebrei senza denaro*
362. Patrizia Chelini Liverani, *Continua a parlare*
363. Paola Pitagora, *Sarò la tua bambina folle*
364. Domenico Cacopardo, *L'accademia di vicolo Baciadonne* (2ª ediz.)
365. Giosuè Calaciura, *Urbi et Orbi*
366. Jonathan Ames, *Sveglia, Sir!*
367. Enrique de Hériz, *Bugia*
368. Michelle Herman, *La mia vita con Phil*
369. Freddy Longo, *A colazione con Tennessee Williams*
370. Andrea Levy, *Il frutto del limone*
371. Raul Montanari, *L'esistenza di dio* (2ª ediz.)
372. John Barlow, *I divoratori*
373. Dario Cresto-Dina, *Animalìe. Dizionario mitologico degli animali domestici*
374. John Dos Passos, *La riscoperta dell'America*
375. Bruce Wagner, *Il palazzo dei crisantemi*
376. Caryl Chessman, *Quel ragazzo è un killer!*
377. Mike Phillips, *L'ombra di me stesso*
378. Hwang Sŏk-yŏng, *L'ospite*
379. Stefano Bollani, *La sindrome di Brontolo* (3ª ediz.)
380. Charles Williams, *Mortacci*
381. Catena Fiorello, *Picciridda* (3ª ediz.)
382. Higashino Keigo, *La seconda vita di Naoko*
383. Vaikom Muhammad Basheer, *Mio nonno aveva un elefante*
384. Giorgio Faletti, *Fuori da un evidente destino* (3ª ediz.)
385. Camila Raznovich, *Lo rifarei!* (2ª ediz.)
386. John Saul, *La casa maledetta*
387. Werewere Liking, *La memoria amputata*
388. Ben Greenman, *Superpessimo*
389. Max Beerbohm, *Zuleika Dobson. Una storia d'amore a Oxford*

390. Maria Stella Conte, *La casa dei gusci di granchio*
391. Sonny Barger, *Freedom. Leggi e leggende della strada*
392. David Maine, *Caduto*
393. Pino Di Silvestro, *L'ora delle vipere*
394. Lynda Barry, *Star bene mi uccide*
395. Edward Lewis Wallant, *L'uomo del banco dei pegni*
396. Franco Santoro, *Tiki*
397. Franco Cuomo, *Anime perdute*
398. Ji-young Gong, *Come una sorella*
399. Mario Levi, *Istanbul era una favola*
400. Carl Hancock Rux, *Asphalt*
401. Laurent Sagalovitsch, *Lontano da cosa?*
402. Tariq Ali, *All'ombra del melograno*
403. Pierfrancesco Majorino, *L'eterno giovedì*
404. Chiara Ingrao, *Il resto è silenzio*
405. Alessandro Militi, *Fuffa*™
406. Tom Robbins, *Le anatre selvatiche volano al contrario*
407. Rita El Khayat, *Il legame*
408. *Incubi*, a cura di Raul Montanari
409. Thomas Kelly, *Il grattacielo dell'Impero*
410. Salvo Sottile, *Maqeda*

Stampato nell'aprile 2007
per conto di Baldini Castoldi Dalai *editore*
da *Mondadori Printing* S.p.A.
Stabilimento Nuova Stampa - Cles (TN)